淡海乃海

水面が揺れる時

〜三英傑に嫌われた不運な男、朽木基綱の逆襲〜

十四

［著］イスラーフ

［絵］

TOブックス

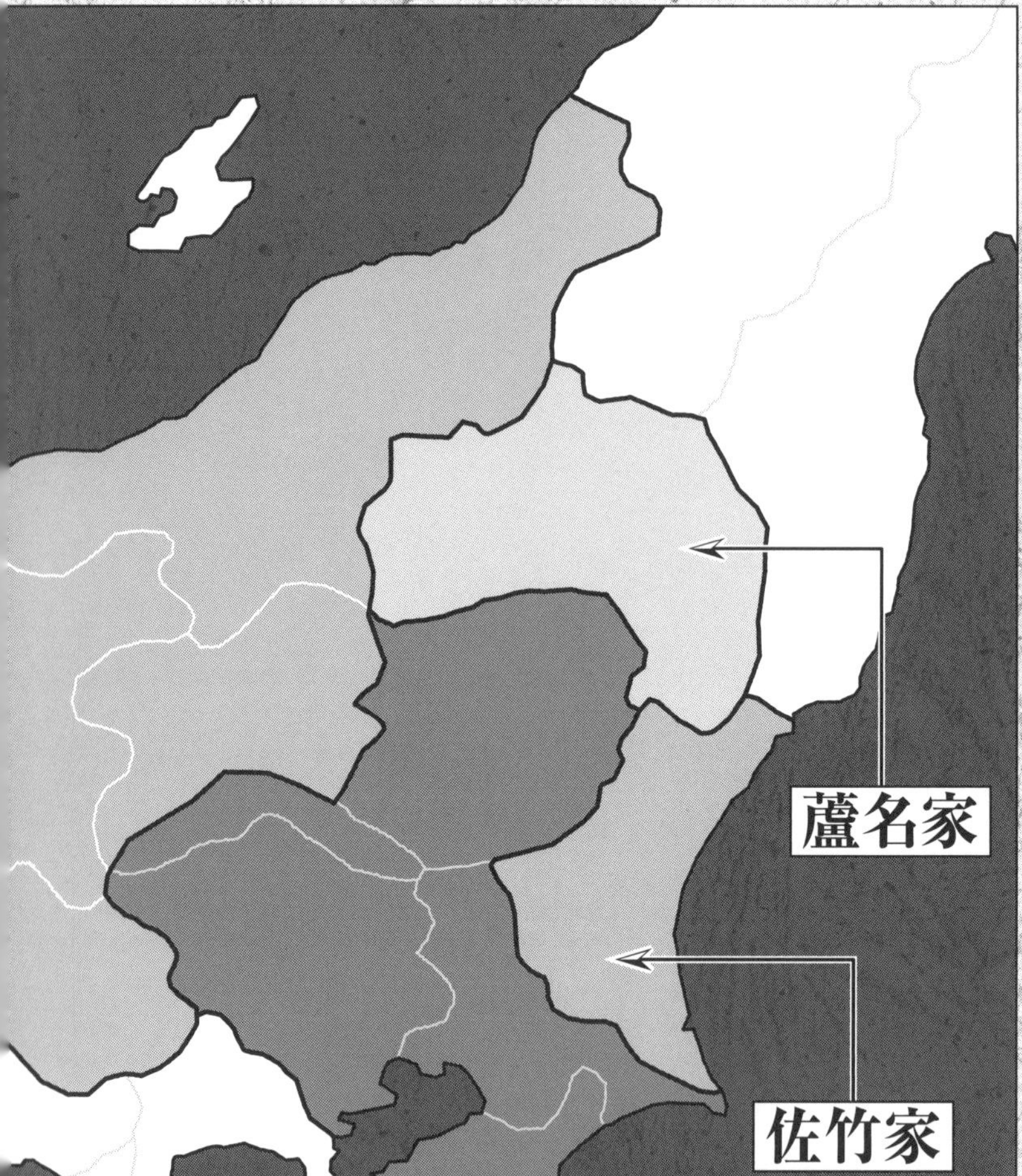

蘆名家
佐竹家
太平洋

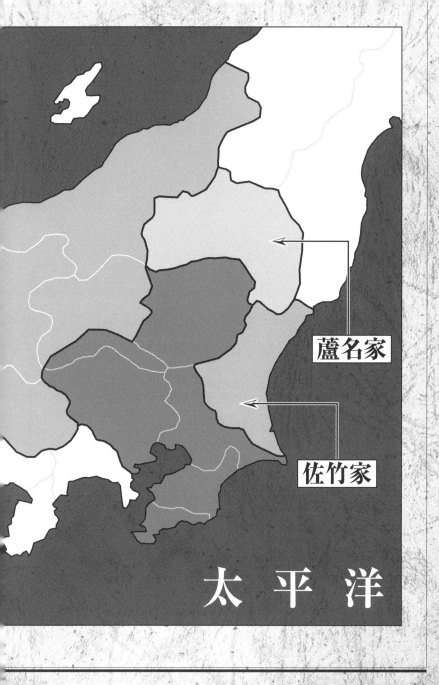

日本国勢力図① [にほんこくせいりょくず①]

朽木家
琵琶湖
三好家
長曽我部家
太平洋

日本国勢力図②【にほんこくせいりょくず②】

人物紹介 [じんぶつしょうかい]

朽木家 [くつきけ]

朽木《くつき》前内大臣《さきのないだいじん》基綱《もとつな》
主人公、現代からの転生者。天下の半ばを制し天下統一へと邁進する。家督を嫡男の堅綱に譲り隠居する。

朽木《くつき》小夜《さよ》
基綱の妻。六角家臣平井加賀守定武の娘。聡明な女性。

朽木《くつき》綾《あや》
基綱の母。京の公家、飛鳥井家の出身。転生者である息子に違和感を持ち普通の親子関係を築けない事、その将来を不安に思っている。

雪乃《ゆきの》
基綱の側室。氣比神宮大宮司の娘。好奇心が旺盛で基綱に強い関心を持つ。自ら進んで基綱の側室になる事を望む。

朽木《くつき》大膳大夫《だぜんだゆう》堅綱《かたつな》
基綱と小夜の間に生まれた子。朽木家の当主。

朽木《くつき》次郎右衛門《じろうえもん》佐綱《すけつな》
基綱と小夜の間に生まれた子。朽木家の次男。幼名は松千代。

鶴《つる》
基綱と雪乃の間に生まれた子。朽木家の次女。

黒野《くろの》重蔵《じゅうぞう》影久《かげひさ》
鞍馬流志能便。八門の頭領であったが引退し相談役として主人公に仕える。

黒野《くろの》小兵衛《こへえ》影昌《かげあき》
鞍馬流志能便。重蔵より八門の頭領の座を引き継ぐ。情報収集、謀略で主人公を助ける。

朽木《くつき》惟綱《これつな》
稙綱の弟、主人公の大叔父　主人公の器量に期待し忠義を尽くす。

朽木《くつき》主税《ちから》基安《もとやす》
主人公の又従兄弟《またいとこ》。主人公と共に育ち、主人公に強い忠誠心を持つ。主人公からはいずれ自分の代理人にと期待されている。

明智《あけち》十兵衛《じゅうべえ》光秀《みつひで》
元美濃浪人。朝倉家臣であったが朝倉氏に見切りを付け朽木家に仕える。軍略に優れ、主人公を助ける。

竹中《たけなか》半兵衛《はんべえ》重治《しげはる》
元は一色家臣であったが主君一色右兵衛大夫龍興との不和から浪人、主人公に仕える。軍略に優れ、主人公を助ける。

沼田《ぬまた》上野之介《こうずけのすけ》祐光《すけみつ》
元は若狭武田家臣であったが家中の混乱から武田氏を離れ主人公に仕える。軍略に優れ、主人公を助ける。

朽木家譜代 [くつきけふだい]

宮川《みやがわ》又兵衛《またべえ》貞頼《さだより》
朽木家家臣　譜代　殖産奉行

荒川《あらかわ》平九郎《へいくろう》長道《ながみち》
朽木家家臣　譜代　御倉奉行

守山《もりやま》弥兵衛《やへえ》重義《しげよし》
朽木家家臣　譜代　公事奉行

長沼《ながぬま》新三郎《しんざぶろう》行春《ゆきはる》
朽木家家臣　譜代　農方奉行

阿波三好家 ［あわみよしけ］

三好豊前守実休《みよしぶぜんのかみじっきゅう》
長慶の二弟。長慶死後、家督問題で不満を持ち平島公方家の義栄を担いで三好家を割る。

安宅摂津守冬康《あたぎせっつのかみふゆやす》
長慶の三弟。長慶死後、家督問題で不満を持ち平島公方家の義栄を担いで三好家を割る。

三好日向守長逸《みよしひゅうがのかみながやす》
三好一族の長老。長慶死後、豊前守実休、摂津守冬康と行動を共にする。

伊賀上忍三家 ［いがじょうにんさんけ］

千賀地半蔵則直《ちがちはんぞうのりなお》
伊賀上忍三家の一つ千賀地氏の当主。

藤林長門守保豊《ふじばやしながとのかみやすとよ》
伊賀上忍三家の一つ藤林氏の当主。

百地丹波守泰光《ももちたんばのかみやすみつ》
伊賀上忍三家の一つ百地氏の当主。

河内三好家 ［かわちみよしけ］

三好仙熊丸《みよしせんくままる》
三好左京大夫義継の息子、河内三好家の当主。

三好左京大夫義継《みよしさきょうだゆうよしつぐ》
河内三好家の当主であったが足利義昭に斬られ死去する。

松永弾正忠久秀《まつながだんじょうのちゅうひさひで》
三好家重臣。義継の死後は仙熊丸を守り育てる。

内藤備前守宗勝《ないとうびぜんのかみむねかつ》
三好家重臣。松永弾正忠久秀の弟。義継死後、仙熊丸を守り育てる。

織田家 ［おだけ］

織田信長《おだのぶなが》
尾張の戦国大名。三英傑の一人。歴史が変わった事で東海地方に勢力を伸ばす。基綱に好意を持ち、後年同盟関係を結ぶ。大変な甘党。小田原城攻防戦の最中に病死。

織田勘九郎信忠《おだかんくろうのぶただ》
織田信長の嫡男。小田原城攻防戦にて深手を負い死す。

織田三介信意《おださんすけのぶおき》
織田信長の次男、嫡男信忠の同母弟。優柔不断な性格で決断力が無い。弟の三七郎信孝とは犬猿の仲。

織田三七郎信孝《おださんしちろうのぶたか》
織田信長の三男、嫡男信忠、次兄信意の異母弟。癇性が激しく思慮が浅い。兄の三介信意を軽蔑している。

上杉家 ［うえすぎけ］

上杉左近衛少将輝虎《うえすぎさこんのえしょうしょうてるとら》
上杉家当主。元は長尾家当主であったが上杉家の家督と関東管領職を引き継ぐ。主人公を高く評価し対武田戦について助言を受ける。大変な酒豪。

上杉景勝《うえすぎかげかつ》
関東管領上杉輝虎の姉と長尾越前守房景の間に生まれた子。輝虎の養子となり主人公の娘竹を妻に娶る。

竹《たけ》
基綱と側室雪乃の間に生まれた子。朽木家の長女。上杉家へ嫁ぐ。

華《はな》
関東管領上杉輝虎の姉と長尾越前守房景の間に生まれた子。輝虎の養女となり織田勘九郎信忠に嫁ぐ。

奈津《なつ》
関東管領上杉輝虎の姉と長尾越前守房景の間に生まれた子。華の妹。輝虎の養女となり竹若丸と婚約する。

足利家（平島公方家）「あしかがけ・ひらしまくぼうけ」

足利《あしかが》左馬頭《さまのかみ》義栄《よしひで》

義輝、義昭の従兄弟。義輝の死後、三好豊前守、安宅摂津守に擁立され将軍になる事を目指すが病死する。

足利《あしかが》義助《よしすけ》

義輝、義昭の従兄弟。義栄の弟。義栄の死後、三好豊前守、安宅摂津守に擁立され将軍になるが将軍職を辞職する事で義昭と和睦する。

徳川家「とくがわけ」

徳川《とくがわ》甲斐守《かいのかみ》家康《いえやす》

徳川家当主。織田家を裏切り北条家を潰して甲斐、相模を領する。

朝廷・公家「ちょうてい・くげ」

飛鳥井《あすかい》雅綱《まさつな》

主人公の祖父。

飛鳥井《あすかい》雅春《まさはる》

主人公の伯父。

目々《めめ》典侍《ないしのすけ》

主人公の叔母。朝廷に出仕。

近衛家「このえけ」

近衛《このえ》前久《まえひさ》

五摂家の一つ、近衛家の当主。関白の地位にある朝廷の実力者。主人公を積極的に武家の棟梁へと推す事で天下の安定と朝廷の繁栄を取り戻そうとしている。

毛利家「もうりけ」

毛利《もうり》右衛門督《うえもんきょう》輝元《てるもと》

毛利家の当主。毛利陸奥守元就の孫。

吉川《よしかわ》駿河守《するがのかみ》元春《もとはる》

輝元の叔父。毛利陸奥守元就の次男。弱年の輝元を支える。勇将として名高い。山陰地方を担当する。

小早川《こばやかわ》左衛門佐《さえもんさ》隆景《たかかげ》

輝元の叔父。毛利陸奥守元就の三男。弱年の輝元を支える。知将として名高い。山陽地方を担当する。

安国寺《あんこくじ》恵瓊《えけい》

毛利家に仕える外交僧。朽木の勢力拡大を防ぐために謀略を巡らす。

足利将軍家「あしかがしょうぐんけ」

足利《あしかが》義昭《よしあき》

義輝の弟。一乗院の門跡であったが兄の死後還俗して足利義昭と名乗り幕府の再興を目指す。

本願寺「ほんがんじ」

顕如《けんにょ》

浄土真宗本願寺派第十一世宗主。主人公を仏敵と敵視する。

下間《しもつま》筑後守《ちくごのかみ》頼照《らいしょう》

七里《しちり》三河守《みかわのかみ》頼周《よりちか》

杉浦《すぎうら》壱岐守《いきのかみ》玄任《げんにん》

本願寺坊官であり、加賀一向一揆の大将。越前に攻め込む。

大友家「おおともけ」

大友《おおとも》左衛門督《さえもんかみ》義鎮《よししげ》

大友氏二十一代当主。法名の宗麟で知られる。豊後、豊前を領するが領内の反乱に手を焼く。キリシタン大名としても高名。足利義輝より九州探題に任じられた事を誇っている。

島津家「しまづけ」

島津《しまづ》修理大夫《しゅりだゆう》義久《よしひさ》

島津氏第十六代当主。島津四兄弟の長兄。三州（薩摩・大隅・日向）の総大将たるの材徳自ら備わりと評される。

島津《しまづ》又四郎《またしろう》義弘《よしひろ》

島津四兄弟の次弟。雄武英略を以て傑出しと評されている。

島津《しまづ》又六郎《またろくろう》歳久《としひさ》

島津四兄弟の三弟。始終の利害を察するの智計並びなくと評されている。

島津《しまづ》又七郎《またしちろう》家久《いえひさ》

島津四兄弟の四弟。軍法戦術に妙を得たりと評されている。

❖勢力相関図［せいりょくそうかんず］

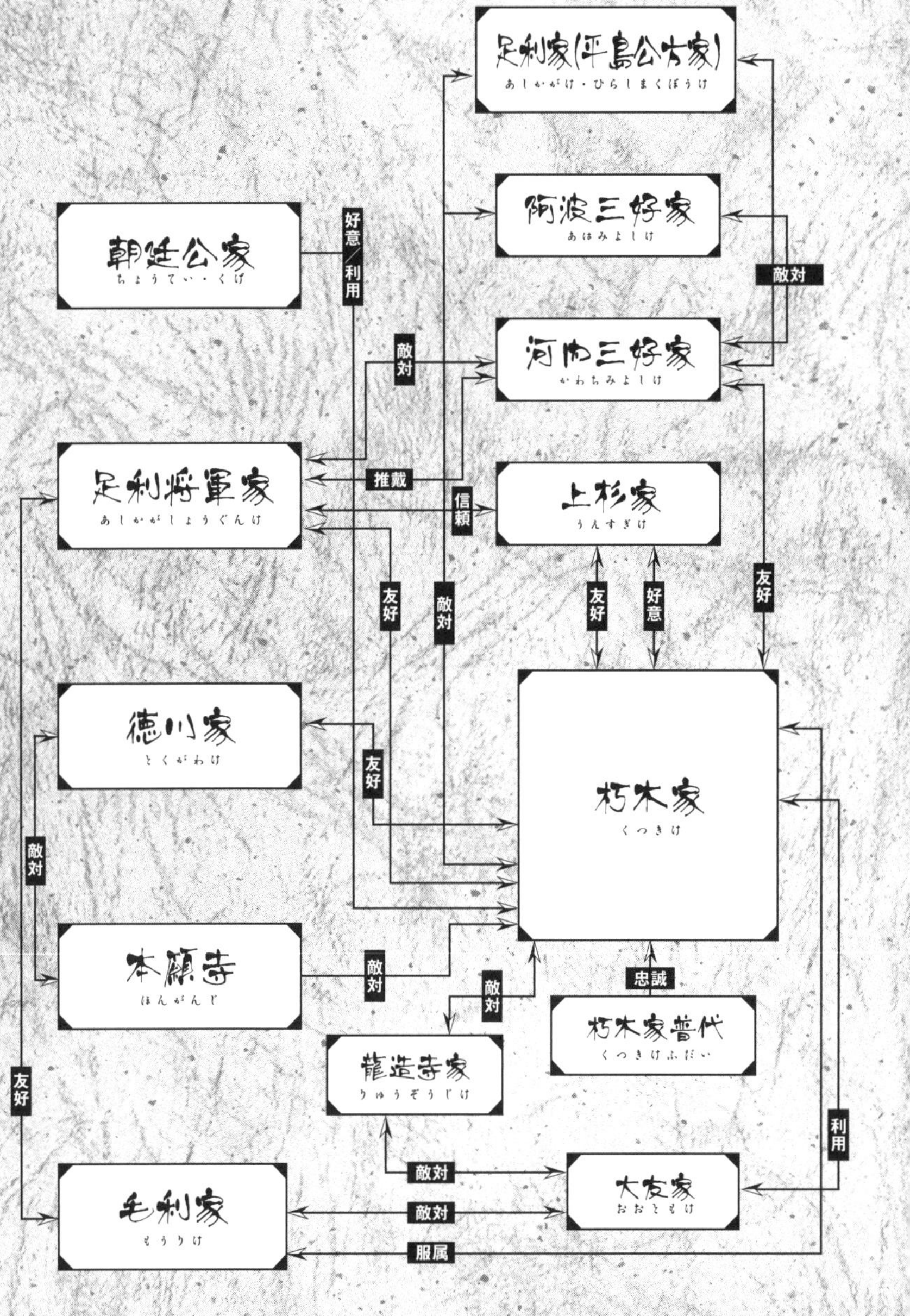

目次【もくじ】

あふみのうみ
みなもがゆれるとき

ILLUST. 碧風羽
DESIGN. AFTERGLOW

三郎右衛門滋綱《さぶろうえもんしげつな》

禎兆《ていちょう》五年（一五八五年）六月上旬　近江国蒲生郡八幡町《おうみのくにがもうぐんはちまんちょう》　八幡城　朽木亀千代《くつきかめちよ》

一族の朽木主税《ちから》殿が俺の頭に烏帽子《えぼし》を付けてくれた。そして顎《あご》のところで紐《ひも》を結ぶ。父上が顔を綻《ほころ》ばせた。

「凛々《りり》しいぞ、亀千代」

凛々しいのだろうか？　よく分からない。でも父上の隣で母上が目を潤ませているから少しは凛々しいのかもしれない。

「大殿のお若い頃にそっくり」

いかんな、また始まった。母上は直《す》ぐに俺が父上に似ていると言い出す。傅役《もりやく》の黒田休夢《くろだきゅうむ》、千種三郎左衛門《ちぐささぶろうざえもん》は必死に笑うのを堪《こら》えているだろう。

「真、よく似ておられる」

主税殿もニコニコしながら同意した。母上を見ながら父上が苦笑している。そして〝主税〟と声を掛けた。主税殿が紙を取り出し掲げた。〝滋綱〟と記してある。

「亀千代、本日から三郎右衛門滋綱と名乗るがいい。滋の字は潤い、草木が育つ様を表す。朽木に

潤いをもたらし、育てる男になれ」

「有り難うございまする。名を汚《けが》さぬよう懸命に努めまする」

周囲から〝おめでとうございまする〟と声が上がった。三郎右衛門滋綱か……。うん、悪くない。いい名前だ。

「いずれ、その方には六角《ろっかく》の名跡《みょうせき》を継がせる」

六角？　父上の言葉に彼方此方《あちこち》からざわめきが起きている。母上は驚いていない。知っていたようだな。それにしても六角？　俺は朽木の家から外れるのか……。

「まだまだ先の事だ。だが六角家を継ぐとなればこの近江には置けぬ。遠くへ行く事になろう。多分、九州だな。三郎右衛門には九州を纏《まと》め上げられるくらいの男になってもらう」

九州を纏め上げられるくらいの男？　なれるのだろうか？　いや、それよりも大友《おおとも》や龍造寺《りゅうぞうじ》が居るのだが……。やはり潰すのかな？

「だからな、暫《しばら》くは俺の手元で色々と教える。励めよ」

「精進するのですよ」

「はい」

父上、母上の言葉に答えると二人が満足そうに頷いた。父上の傍《そば》で色々学ぶか。それは楽しみだがどうなるのかな。朽木の家から外れるのは些《いささ》か気になる……。

「三郎右衛門滋綱様、元服おめでとうございまする。いずれは六角家を継がれるとの事、重ねてお喜び申し上げまする」

「おめでとうございまする」

父上の御前を下がり自室に戻ると休夢と三郎左衛門が祝ってくれた。二人ともニコニコしている。この者達は俺が朽木家を外れ六角家を継ぐ事に不満を感じていない。六角家を継ぐ事はいい事だと思っている。

「うむ、有り難う。聞きたい事が有る」

俺の言葉に休夢と三郎左衛門が〝はて〟、〝何でございましょう〟と言った。

「父上は六角家を継ぐとなれば近江には置けぬと申された。これはどういう事か？」

二人が顔を見合わせた。

「黒田殿は播磨《はりま》の御方じゃ。近江の事は今ひとつ明るくあるまい。某《それがし》から話そうと思うが」

「そうしていただけますか」

三郎左衛門が俺を見た。

「三郎右衛門様は六角家の事、どの程度御存じでしょう？」

六角家の事か……。

「南近江を領して大いに勢いの有った家だったと聞く。母上も六角家の養女として父上の許《もと》に嫁がれた。だが観音寺《かんのんじ》崩れの御家騒動で勢いを無くし最後は父上に敵対して滅ぼされた。俺の知っている事はそんなものだ」

二人がウンウンというように頷いた。おおよそは間違っていないのだろう。

「そうですなあ。六角家が滅んだのは三郎右衛門様がお生まれになる前の事、知らぬのも已《や》むを得ませぬな」

三郎左衛門が嘆息した。ふむ、俺の知っている事はほんの一部らしい。

「六角家は代々近江守護を任された家でした。近江佐々木源氏の本家でございましたが分家の京極《きょうごく》家の方が羽振りがよかった。なんと言っても四職《しき》の家ですからの」

「三郎左衛門、四職とは何だ？」

俺が問うと三郎左衛門が吃驚《びっくり》したような表情を見せた。いかんな、俺は相当に物知らずらしい。恥ずかしかった。

「なるほど、三郎右衛門様は御存じないか……」

「已むを得ますまい。我らが若い頃でさえ守護達は在京せず四職など形骸化していた」

「確かに」

三郎左衛門と休夢が顔を見合わせて頷いている。幕府に関わりが有るのか。〝三郎右衛門様〟と休夢が俺に話し掛けた。

「三管四職《さんかんししき》と申しまして三管とは管領《かんれい》になれる細川《ほそかわ》、畠山《はたけやま》、斯波《しば》の三家を指します。この三家以外から管領が出た事はございませぬ。四職とは山名《やまな》、一色《いっしき》、赤松《あかまつ》、京極の事でこの四家は侍所《さむらいどころ》別当《べっとう》に任じられました。この四職に土岐《とき》、上杉《うえすぎ》、伊勢《いせ》を含めて七頭《しちとう》と称する事もございます。これらの家は足利《あしかが》の幕府で最も重んじられた家でございました」

「なるほど」

そういうものか。そういえば畠山が首を刎《は》ねられたな。切腹させろと騒いだと聞いたがそういう事か。父上が首を刎ねたのはわざとだな。そんな事を考えているとと三郎左衛門が〃話を続けますぞ〃と言った。

「戦国乱世の世になると京極家はあっという間に没落しました。一方六角家は定頼《さだより》公という英傑《えいけつ》が現れたちまち近隣に勢力を広げました。当時北近江では京極氏を追い落とした浅井《あざい》家が勃興しておりましたがそれを服属させ伊勢、伊賀《いが》、大和《やまと》にも勢力を伸ばし、その身代は八十万石、動かせる兵力は二万を越えました。幕府からは管領代に任じられ、定頼公が動けば京の政局は一変すると言われたほどにございます」

「うむ」

相当な人物だな。名前を聞いた事は有ったがそれほどとは思わなかった。

「その後を継いだのが義賢《よしかた》公、御台所様を養女にして大殿に嫁がせました。義賢公もなかなかの御方で、当時日の出の勢いだった三好家も義賢公には一目置いておりました。惜しい事に観音寺崩れでお亡くなりになられ、その後は六角家は外から養子を迎えた。後は三郎右衛門様の知る通り、六角家は大殿に敵対し滅ぼされました」

「うむ」

「六角家に仕えていた者達の殆《ほとん》どが朽木家に仕えました。その中には今でも六角家の遺徳を偲《しの》ぶ者も多い。三郎右衛門様が六角家を継ぎ近江に居ればその者達が三郎右衛門様を慕うようになるかもしれませぬ。それでは御屋形様のお立場にも悪い影響が出るでしょう。大殿はそれを案じておられるのだと思います」

「そういう事か。また観音寺崩れのような事が起きかねぬという事だな」

「はい」

「よく分かったぞ」

二人が満足そうに頷くのを見ながらなるほどと思った。確かに近江に置くのは拙《まず》い。遠くへ遣らなければならぬ。だから九州か。

「今ひとつ聞きたい事が有る」

二人が頷いた。うむ、どうやら俺が何を聞きたいか察しているらしいな。

「父上は俺に九州を纏め上げられるほどの男になれと仰《おっしゃ》られた。しかし九州には大友、龍造寺が居る。これを如何《どう》思うか?」

二人が顔を見合わせた。そして休夢が〝今度は某が〟と言うと三郎左衛門が〝お願い致す〟と言った。

「大殿は大友、龍造寺を滅ぼしましょう」

シンとした。予想していた事だが心に響いた。一つ息を吐《つ》いた。

「やはりそうなるか」

「三郎右衛門様もそのように思われますか?」

「うむ、父上は薩摩《さつま》に兵二万を置いている。薩摩、大隅《おおすみ》が混乱せぬようにとの事だが俺は違うと見ている。あれは大友、龍造寺への牽制《けんせい》であろう。違うか?」

休夢、三郎左衛門が〝如何《いか》にも〟、〝その通りかと〟と言った。

「それに今のままでは山陽山陰《さんようさんいん》の一部から北九州は毛利《もうり》、大友、龍造寺の勢力下に在る。いざという時、朽木の意向が通り難い。そのような事を父上が見過ごすとも思えぬ」

俺の言葉に二人が顔を見合わせ笑い出した。

「ハハハハハハ。いや、畏《おそ》れ入りましたぞ」

「真に。休夢殿、大殿の血でござるかの」

「血でござろう。姿形だけではない、頭の中も大殿譲りにござる」

褒められているようだがよく分からぬ。そんな大した事を言ったとは思えぬのだが……。

「近いうちに九州遠征がございましょう。元服された以上、三郎右衛門様もそれに加わる事になります。初陣《ういじん》でございますな」

「楽しみでございます」

休夢、三郎左衛門が嬉しそうに言った。初陣か、鎧《よろい》に馴《な》れておかなければならぬな。

強くあれ

禎兆五年（一五八五年）　六月上旬　山城国《やましろのくに》葛野郡《かどのぐん》　飛鳥井雅春《あすかいまさはる》邸　飛鳥井雅春

「北野天満宮《きたのてんまんぐう》祠官《しかん》、松梅院禅昌《しょうばいいんぜんしょう》にございまする」

ふむ、なんとも顔の丸い男じゃな。そして目が細く口が小さい。その所為《せい》か表情が見え難いような……。顔で判断するのは早計じゃが会って嬉しい人物には見えぬ。

「麿《まろ》が飛鳥井雅春じゃ。北野天満宮の祠官が何用かな？　心当たりが無いが」

禅昌が僅かに畏《かしこ》まる姿を見せた。何の用件で私に会いに来たのかは予想が付く。油断は出来ぬ。

「先日の事でございますが相国《しょうこく》様より北野社に対して朝堂院《ちょうどういん》を再建するため押領した土地を返還するようにとの命令がございました」

禅昌がこちらを窺《うかが》うように見ている。やはりそれか。予想が当たっても嬉しくないの。しかし表情に出す事は出来ぬ。

「……それで」

「押領と申されましても既に長い年月が過ぎそこで生計を立てている者もございます。今更それを返還せよと申されましても……」

禅昌がこちらをちらりちらりと見ている。内容よりも態度の方が不愉快じゃ。

「返還すれば今そこで暮らしている者達は路頭に迷う事になります。生きていく事が出来なくなりましょう」

「……」

「儀同三司《ぎどうさんし》様から土地を取り上げては生きていく事が出来なくなる者が居ると相国様を説得していただく事は出来ませぬか？　伯父《おじ》である儀同三司様からの説得ならば相国様も無視は出来ぬと思うのですが……」

さて、如何したものか……。説得など論外じゃが……。

「他の方々はなんと？」

「いえ、回ってはおりませぬ。先《ま》ずは儀同三司様にと」

「左様か」

禅昌が〝はい〟と頷いた。嘘ではないかもしれぬのう。相国に近い私が反対しているとなれば他の者も説得し易《やす》い。或《あるい》は私なら御し易いとでも思ったか。

「難しいのう。朝堂院の再建はこちらから相国に頼んだものじゃ。それを今更止めてくれとは言えまい」

「……」

「それにの、そなたも何故朝堂院を再建するかは知っていよう」

「はい、異国の使者との謁見のためと聞いております」

表情が渋い。余計な事をと思っているのかもしれぬ。

「異国の使者が来るなど久方《ひさかた》ぶりの事じゃ。朝廷の権威、帝の御威光も弥増《いやま》すというものよ。なおさら止めてくれとは言えぬ。そのような事を言えば朝廷は朝に夕にと言う事が違うと相国は怒ろう。相国は武家じゃからの、そういうところは厳しい」

あれは嘘を吐かれる事を嫌がるからの。昔それで酷《ひど》い目に遭った。公武の関係を危うくするような事は出来ぬ。

「しかしそれでは路頭に迷う者が」

「それは別に対処すればよかろう。違うかな？」

「……」

「北野社が土地を押領したのは事実。それを返還せよというのはおかしな話ではない。むしろ正論ではおじゃらぬかな？」

禅昌が居ずまいを正した。

「菅公《かんこう》が如何思われるかが心配にございます」

「……」

「北野社が責められ苦しんでいるとなれば……」

「祟《たた》るかな？」

禅昌が首を横に振った。

「私には分かりませぬ。それだけに心配にございます」

上手いのう。祟るとは言わず心配か……。

「ならばその事、相国に直《じか》に伝えては如何かな？」

「直に？」

予想外の答えだったようじゃの。声が上擦っている。

「そうじゃ、近江に行って相国に菅公が祟ったらとんでもない事になるから土地の返還は止めてほしいと言えばよかろう」

「それは……」

「そなたの説得に納得すれば相国も土地の返還を諦めよう。そうでなければ……、まあ麿には分からぬな」

禅昌の顔が青白く強張っている。ふむ、焼き討ち、根切りを想像したか。そうじゃのう、叡山《えいざん》は再建されぬままじゃ。

「近江に行くなら急ぐ事じゃ。相国はせっかちなところが有るからのう。ぐずぐずしていると怒り出しかねぬ。早う会って説得した方がいいと思うぞ」

「……」

やれやれ、俯《うつむ》いて震えておるわ。これではとてもではないが近江に行って相国を説得など無理じゃな。と言って簡単に諦めるとも思えぬ。ふむ、次は太閤殿下を訪ねるかもしれぬのう。ま、無駄であろうが……。


禎兆五年（一五八五年）七月上旬　　近江国蒲生郡八幡町　　八幡城　　朽木基綱

「大丈夫なのですか、本当に」

「大丈夫です」

綾ママが納得しかねるような表情をしている。俺も腑《ふ》に落ちない。綾ママは五十も半ばを過ぎたんだが外見は四十代後半だからな。段々年齢が近付いているような気がする。なんでだろう？　若返りの秘法とか有るのなら教えてほしいものだ。

「御気になさいますな、母上。元々この件は北野社に非が有ります。それを正しただけの事。北野社もそれを理解したからこそ素直に土地を返納したのでしょう」

敢《あ》えて笑顔で話したが綾ママの表情は全く変わらなかった。不本意だな。相談役の長宗我部宮内《ちょうそかべくない》少輔《しょうゆう》、飛鳥井曽衣《そえ》、黒野重蔵《くろのじゅうぞう》、平井加賀守《ひらいかがのかみ》は俺と綾ママを見て嬉しそうにしている。綾ママに会えて嬉しいのか、俺が困っているのを見て嬉しいのか、どっちだろう？

「それならいいのですが……」

綾ママが一つ息を吐いて立ち上がった。そして〝無理はなりませぬよ〟と言って部屋を出ていった。それを見届けてから相談役の四人が笑い出した。とんでもない奴らだ。

「いけませぬなあ、大方様に御心配を御掛けしては」

「曽衣、俺は北野社に対して何もしていない」

胸を張って言える。この問題は平和裏に解決した。武力発動は掛け声すら無かった。

先月、伊勢兵庫頭《ひょうごのかみ》が太政大臣《だじょうだいじん》朽木基綱の命令として北野社に対して不法に占拠した大内裏《だいだいり》の土地の返納を命じた。〝朝堂院を再建する。北野社は不法に占拠した土地を朝廷に返納すべし〟。ぐずると思ったんだがな、北野社は直ぐに土地を返納した。そして土地を利用していた百姓達は北野社の命令で他の土地に移動する事になった。

文句を言ったのはこの連中だった。これまで長年住んできた土地を追われるのだ、無理も無い。という事でこの連中には朽木から御見舞金みたいな感じで銭を配った。効果てきめん、百姓達は銭を受け取ると大喜びで去っていった。土地の返納は何のトラブルも無く完了した。これには太閤《たいこう》、関白《かんぱく》を始め公家達も吃驚したようだ。俺も吃驚したけど。

「北野社では大騒ぎになったそうでございます」

「そうそう、公家達に救けを求めたとか。しかしどなた様も首を横に振られたそうで。北野社は泣く泣く土地を返納したそうにございます」

曽衣と宮内少輔が笑いながら話している。

おかしいな、俺はそんな話は聞いた事が無いぞ。北野社も文句が有るなら引き下がらずに俺に言えばよかったのだ。兵を派遣して焼くぞと脅してやったのに。琉球《りゅうきゅう》の使者も俺を怒らせるととんでもない事になると理解しただろう。なんで簡単に引き下がるんだ？　納得が行かん。

「公家達は天神様よりも大殿の方が恐ろしいようで」

「無理も有るまいよ、重蔵殿。比叡山は焼き討ちされ再建を未だ許されず、本願寺《ほんがんじ》は消滅したからな」

舅《しゅうと》殿の言葉に宮内少輔、曽衣、重蔵が頷いた。皆ニコニコ嬉しそうだ。俺ってそんなに怖いの？　なんか不本意だ。公家達は俺よりも天神様、菅原道真《すがわらのみちざね》を怖れるべきだろう。内裏《だいり》に雷が落ちても知らないぞ。

元々天神様は祟り神なのだ。学問の神様になったのは江戸時代以降だ。正式な名称は天満大自在《てんまんだいじざい》天神《てんじん》。日本太政威徳天《にほんだいじょういとくてん》とも呼ばれる事が有る。藤原《ふじわら》氏はこの天満大自在天神の祟りで酷い目に遭っている。綾ママが俺を心配するのもそれが有るからだ。だがな、俺は公家じゃない、武家だ。怨《おん》霊《りょう》だの祟りが怖くて戦が出来るか！　そして朽木は藤原氏じゃない。宇多源氏《うたげんじ》の末裔《まつえい》なのだ。これを忘れてはいけない。

朽木は宇多源氏の末裔、つまり宇多天皇の子孫なのだが宇多天皇は道真を引き立て重用した人物だ。要するに俺は道真の主筋だよ。不当に占拠した土地を返せと言ってどこが悪い？　しかもその土地を国のために使うのだ。これ以上正当な行為は無い。天神様だって俺の要求を正当なものだと判断するだろう。文句なんて言う筈《はず》が無い。文句を言うのは人間だけだ。

「比叡山は焼き討ちしたが天台宗《てんだいしゅう》を禁じてはいない。一向宗《いっこうしゅう》も争いはしたが滅ぼしたのは細川掃部《かもんの》頭《かみ》だ。俺ではないぞ、舅殿」

舅殿が〝左様ではございましょうが〟と言って首を横に振った。

「公家達は大殿を怖れておりますからな。まあ、某も大殿が比叡山を焼き討ちなされた時は驚きました。自分に同じ事が出来るかと問い、とても出来ぬと思った時、大殿を恐ろしく思った事を憶えております」

恐ろしく思った？　はて、妙だな。舅殿は昔を懐かしむような表情をしている。本当に恐ろしかったのか？

「今も怖いのかな？」

舅殿が首を横に振った。

「そのような事は有りませぬ。今ならば分かります。あれは出来ぬと思った事を大殿が軽々と越えられた事に対する驚き、畏怖《いふ》であったのでしょう」

畏怖か。中世は宗教の権威が強いからな。それを無視した俺は異端児ではある。怖れられて当然か。

「今は亡き承禎入道《じょうていにゅうどう》様が亡くなられる直前に申されておりました」

「……なんと申された？」

「惜しい事だと」

「惜しい？」

問い返すと舅殿が頷いた。また昔を懐かしむような表情だ。宮内少輔、曽衣、重蔵がそんな舅殿をじっと見ていた。舅殿は気付いていない。惜しいとは一体如何いう事だろう。

「六角家と朽木家が共に手を取って三好《みよし》家と戦う事は出来ぬだろうかと某が問いました。入道様は比叡山が有る以上、それは難しかろうと。やはり越前《えちぜん》、若狭《わかさ》方面に進まざるを得ぬ。惜しい事だと……」

「そうか、それが惜しいか」

なるほどな、承禎入道も舅殿も俺が畿内で勢力を伸ばすとは考えていなかったのだ。いや、想定出来なかったのだ。

俺自身、最初は北に進むつもりだった。堅田《かたた》の一向門徒衆が俺に敵対しなければ、比叡山がそれに連動しなければ、そして六角が崩れなければ、俺は北近江から越前、加賀《かが》方面を領する一大名で終わっただろう。精々百五十万石から二百万石の大名だった筈だ。だが一向門徒の動きがそれを許さなかった。俺は比叡山を焼き滋賀郡を獲った。それによって朽木は京への道を切り開いた。舅殿にとっては衝撃だったのだろう。

もしそれが無ければ足利の世は続いたかもしれないな。三好も畿内を制したままだったかもしれない。……やらなければならない事だからやった。信長《のぶなが》がやった事だから躊躇《ちゅうちょ》なく出来た。それだけの事だ。それが無ければ俺だって出来なかっただろう。だがそれが有るから今の朽木が有る。不思議な話だな……。いかんな、過去を振り返るのは年老いてからでいい。今はやらねばならぬ事が有る。

「土地の接収が済んだ以上、朝堂院を建てるのに支障は無くなった」

俺の言葉に皆が頷いた。

「先ず大極殿《だいごくでん》を建てる。今後帝は異国からの使者とはそこで謁見する。その事を全国の諸大名に伝える」

また皆が頷いた。

京の朝廷が朽木によって権威を回復しつつある事を全国の諸大名に教えるのだ。北野社も朽木の命に素直に従ったという事もアピールしよう。朽木の権威は天神様よりも上なのだと皆も理解するだろう。特に関東では天神様は八幡神と共に武家から尊崇されているからな。影響は小さくない筈だ。

「琉球もここ二、三年の内に服属するだろうと付け加えよう」

「宜《よろ》しいのでございますか？」

曽衣が問い掛けてきた。

「構わない。その頃には九州も片付くだろう。琉球もその意味は分かる筈だ。違うか？」

俺の問いに皆が頷いた。龍造寺、大友が無くなれば九州から琉球へと兵を出せる条件が整う。朽木は四国と九州の二方面から琉球へ兵を出す事が可能になるのだ。薩摩に置いた二万の兵は九州の安定のためではなく琉球征伐のための兵になるだろう。直ぐに武力を使うつもりは無い。だが力を見せる事も重要だ。力の裏付けの無い外交はどうしても重みが無い。

龍造寺の隠居にとってはまた一つ憤懣《ふんまん》の種が出来たな。面白く有るまい。不満に思っている筈だ。そろそろ伊賀衆に九州で騒乱を起こさせるように命じよう。龍造寺と大友の間で派手に花火を上げさせる。一度は調停しよう。朝廷から争いを止めるようにという宣旨を貰い紛争を収めるのだ。だがその後で直ぐに再発させる。そして許さずに潰す。当然だ、朝廷の御扱いを踏み躙《にじ》ったのだからな。今年から来年にかけて実行だ。

禎兆五年（一五八五年）　七月中旬　近江国高島《たかしま》郡朽木谷　朽木城　朽木基綱

「三郎右衛門は朽木に来るのは二度目だな」

「はい」

湖に面していない山奥の小さな村。繁栄はしているが朽木領内なら珍しい事ではない。山奥だがここは京に近い。京の大原《おおはら》から朽木までは約六里といったところか。そしてここは若狭の海も近い。若狭の海産物を京に運ぶにはここを通る。ここは交通の要所と言っていい。

恵まれた土地だ。守るに易く攻めるに難い。足利将軍家が何度もここに逃げてきたのも道理だ。だがこの土地に安住しては大きくはなれない。大きくなるには外に出る必要が有る。高島郡で大きくなるか、若狭に出て大きくなるか。俺も高島七頭と戦った後は清水山《しみずやま》城に居を移した。本当は若狭に出たかったが若狭は六角家、足利家と密接に繋がっていた。

朽木城に入ると三郎右衛門が不思議そうな顔をした。八幡城に比べれば小さ過ぎる城だ。この城がかつては朽木家の本城だったとは信じられないのだろう。三郎右衛門は清水山城で生まれたが清水山城の事は殆ど覚えていないらしい。覚えていなくて幸いだ。清水山城は八幡城よりも小さい。そして朽木城はその清水山城よりも小さいのだ。その事を言うと三郎右衛門は〝信じられない〟と呟いた。

「これから大叔父上《おおおじうえ》を見舞う。そなたも知ってはいようが大叔父上は一族の長老であり主税の祖父に当たる方だ。長年にわたり俺を助けてくれた方でもある。粗相の無いようにせよ」

「はい」

主税が俺に〝有り難うございまする、祖父も喜びましょう〟と言って頭を下げた。大叔父は数年前から病がちで寝たり起きたりの生活が続いている。文の遣り取りはしているが最近では字に震えが見えるようになった。体力の衰えが酷いのだろう。しばしば意識を失うようになった。もう長くない、大叔父もそう思ったのだろう。俺に会いたいと言ってきた。

大叔父は自室で横になっていた。単衣《ひとえ》を掛けている。俺を見ると嬉しそうな表情を見せて起きようとした。傍に控えていた女中が傍に寄ってそれを助けようとした。

「無用だ、大叔父上。横になられよ」

「何の、大した事は有りませぬ。些か暑さ負けしましてな、横になっていただけにござる」

鼻の奥がツンとした。

「かもしれぬな。だがわざわざ起きて疲れる事も無い。俺と大叔父上の仲ではないか。遠慮は要らぬ」

主税が傍に寄って大叔父に〝無理はなりませぬ〟と言って横にならせた。大叔父は逆らわなかった。やはり起きるのは辛いのだ。大叔父の傍に寄って腰を下ろした。三郎右衛門、休夢、三郎左衛門が横に並んだ。

「亀千代を元服させた。三郎右衛門滋綱と名乗らせる事にした。滋は滋養の滋という字を当てる。潤い、草木が育つ様を表すからな。朽木に潤いをもたらし、育てる男になってほしいと願って付けた。三郎右衛門、挨拶《あいさつ》せよ」

「三郎右衛門にございます」

三郎右衛門が頭を下げると大叔父が〝おお〟と声を上げた。

「大殿の御若い頃によく似ておいでじゃ」

大叔父の言葉に三郎右衛門が照れ臭そうな表情をした。

「似ているかな、大叔父上」

「似ておりますな。大樹《たいじゅ》公よりも似ておられましょう」

三郎右衛門が嬉しそうにしている。まあ俺も嬉しいんだが素直に喜べない。俺に似ているという事は美男子じゃないという事だ。

「三郎右衛門にはいい日を選んで六角家を継がせる事になる。六角三郎右衛門滋綱の誕生だ」

「六角家の名を汚さぬように努めまする」

三郎右衛門が強い口調で答えた。その様子を大叔父が眼を細めて見ている。昔の俺を想っているのかな。

三郎右衛門は六角家を継ぐ事を嫌がるかと思ったのだがそういう事は無かった。三郎右衛門には六角家は母方の養家、近江源氏の名門という認識が有るらしい。六角家を継ぐのは名誉だと思っているようだ。後は嫁だな、出来れば六角家の血を引く娘がいい。と言っても今では六角の血を伝えているのは北畠か梅戸《うめど》くらいだ。難しいかもしれん。

「三郎右衛門は御爺《おじい》の死後に生まれた。元服したのだし挨拶させねばな」

「御隠居様もお慶《よろこ》びなされましょう」

大叔父が嬉しそうに顔を綻ばせた。御隠居様か、懐かしい言葉だ。大叔父にとっては今でも御爺は御隠居様なのだと思った。

「朽木は大きくなった。だが元はこの朽木谷を領する国人領主に過ぎなかった。その事を忘れさせたくない」

大叔父が頷いた。

「そうですな。大きいという事に慣れれば、それに驕《おご》れば下の者達の心が分からなくなります。それが原因で滅んだ家が幾つ有る事か……」

「全くだ」

六角家もその一つだ。六角家が国人衆の心を掴めなくなった時、代わりに彼らの心を掴んだのが俺だった。六角家は滅ぶというよりも融けるように無くなった。いずれ三郎右衛門にはその辺りも伝えなければならん。

「見事に九州を征し、四国を征されましたな。残りは関東と奥州《おうしゅう》だけになりました」

「うむ」

「楽しみでございます。大殿が、朽木が天下を統一する。その日が来るのが……。御隠居様も喜ばれましょう」

「そうだな、大樹が今関東を攻略しているがもう直ぐ埒《らち》が明こう。そうなれば奥州だけだ。直ぐに服属するだろう。それまで元気でいてくれなくては困るぞ、大叔父上」

俺の言葉に大叔父が顔をクシャクシャにして喜んだ。胸が痛い。関東、奥州も有るが九州の再遠征も有るのだ。

「大殿」

「何かな」

「いい天下人に御成り下され」

「……」

大叔父が手を伸ばして俺の手を握った。

「弱い天下人ではなく天下を守る強い天下人に」

「勿論だ、大叔父上」

俺が手を握り返すと大叔父が嬉しそうに頷いた。

大叔父が想った事は足利だろう。朽木は足利に頼られ、いや祟られた。天下の将軍が八千石の朽木にしがみ付いたのだ。そして足利の権威を保つために周囲を混乱させた。天下人は強くなければならん。強くなければ……。そうでなければ天下は乱れるのだから……。

大叔父の訃報《ふほう》が朽木から届いたのは八幡城に戻って直ぐの事だった。安らかな死顔だったと報告が届いた。

惣無事令《そうぶじれい》

禎兆五年（一五八五年）　八月下旬　　河内国讃良郡北条村《かわちささらほうじょう》　飯盛山城《いいもりやま》　朽木基綱

「目出度いな、孫六郎殿《まごろくろう》」

「有り難うございまする」

元服して三好孫六郎長継《ながつぐ》と名乗った千熊丸《せんくまる》が深々と頭を下げた。大叔父の葬儀が終わって一カ月、今日は千熊丸の元服だ。長継の長は養祖父の三好長慶《ながよし》から、継は父親の義継《よしつぐ》から取った。三好家の当主に相応《ふさわ》しい名前だろう。

「凛々しい若者だ。弾正《だんじょう》、備前守《びぜんのかみ》、亡き左京大夫《さきょうだゆう》殿も泉下でお慶びであろう。これまで御苦労だったな」

労《ねぎら》うと松永《まつなが》弾正、内藤《ないとう》備前守が〝有り難うございまする〟と言って頭を下げた。世辞を言ったつもりは無い。元服した三好孫六郎長継はなかなかの美男子だ。これから先三、四年は背も伸びるだろう。そうなれば美丈夫《びじょうふ》と呼ばれるようになるのは間違いない。百合《ゆり》も喜ぶだろう。もっとも百合は未だ十一歳だ、遊び相手だな。

挨拶もしっかりしているから将来は明るい。弾正と備前守は厳しく育てたようだ。この少年がしっかりした人物になってくれれば河内、和泉《いずみ》、大和が安定する。そうなれば畿内の安定度も一段と上がるだろう。三好、松永、内藤とは婚姻で関係強化を図っていく。次は松永、内藤だな。でも俺の娘は、百合の下は未だ七歳の幸と福だ。今は新当流の剣術に夢中で棒切れ振り回して遊んでいる。婚姻政策の先行きは明るくない。焦らずゆっくり行こう。

「約束通り、年内に孫六郎殿と百合の婚儀を執り行う」

〝有り難うございまする〟と弾正、備前守が頭を下げた。

「有り難うございまする。相国様の婿《むこ》として恥ずかしくないよう、努める所存にございまする」

孫六郎の頬が紅潮している。可愛いわ。思わず楽しくなって笑い声を上げてしまった。

「頼もしい言葉だ、期待している。だが余り気負うなよ」

「はい」

「百合は未だ十一歳、子供だ。頼むぞ」

「はい」

「弾正、備前守。婚儀が済んだら直ぐにとは言わぬが俺の相談役として近江に来ないか？　大体四、五年後かな？」

その頃には孫六郎と百合の二人は名実ともに夫婦になっている筈だ。そして孫六郎は今以上に頼もしくなっているだろう。二人が顔を見合わせた。

「その気にはなれぬか？」

二人が困惑を見せている。多分ずっと孫六郎の傍にいるつもりなのだろう。この二人は三好の忠臣なのだと思った。この男達にそこまで忠誠心を持たせた三好長慶、その大きさに感心した。実際長慶が生きている時、俺は何も出来なかった。北近江で長慶の影に怯《おび》えてびくびくしていた。

「いいお話ではないか。弾正、備前守」

「それは」

「ですが」

戸惑う二人に孫六郎が笑いかけた。

「私の心配は無用だ。何時《いっ》までも子供ではない。折角のお誘いなのだ。お受けしては如何か？」

未だ十二歳なのにエライものだ。素直に感心した。

「ではこうしよう。備前守はこれまで通り孫六郎殿の傍にいる。そして弾正は再来年から近江で俺に仕える。如何かな？　孫六郎殿のためにもその方がよくはないかな？」

〝なるほど〟、〝確かに〟と二人が同意した。そうだろう？　今後は一人前の大名として遇されるのだ。中央との結び付きは強い方がいい。

「よし、では決まりだな。頼むぞ、弾正」

「はっ。何処《どこ》まで御役に立てるかは分かりませぬが懸命に努めまする」

弾正が頭を下げる。それを孫六郎がニコニコと笑みを浮かべて見ていた。大したものだ、百合はいい婿を得たらしい。大樹にとっても頼れる義弟になるだろう。久し振りに大樹に文でも書くか。喜ぶだろうな。

禎兆五年（一五八五年）　九月上旬　　　近江国滋賀郡大津町《しがぐんおおつ》　　児玉周《こだまかね》

ドンと音がするとヒュルヒュルと頼りない音がした。そして夜空に美しい花が咲くと彼方此方から歓声が上がった。

「綺麗ですね」

「うむ」

父と母が穏やかな表情で花火を見ている。小次郎《こじろう》兄上、三次郎《さんじろう》兄上、六次郎《ろくじろう》兄上の表情にも陰《かげ》りが無い。そして隣に居る妹の春《はる》、弟の幸丸《ゆきまる》も目を瞠《みは》って花火を見ている。以前のように周囲を警戒する事も怯える事も無い。なんて和《なご》やかなのか……。

「花火と言えば大津と敦賀《つるが》。次は敦賀の花火を見てみたいものだ」

「敦賀は遠いですよ、三次郎兄上」

「船で塩津浜《しおつはま》まで行けば後はそれほどでもない。それに敦賀は明《みん》や南蛮の船が来て賑《にぎ》やかだと聞く。一度見てみたいものだ」

「そうですね。それは有ります。それに食べ物が美味しいと聞きました。敦賀には明や南蛮の料理を出すところも有ると聞いております」

「ははは、お前は何時も食べ物の話だな」

兄達が話している。何時もと変わらないと思った。好奇心の強い三次郎兄上と食べ物に目の無い六次郎兄上。そしてそれを黙って聞いている小次郎兄上と幸丸。

「周、春、人が多い。決して傍を離れるなよ」

父の注意に〝はい〟と答えると父が満足そうに頷いた。確かに人が多い。彼方此方に灯りが有る所為でよく分かる。武家や庶民だけではない。衣装から公卿《くぎょう》と覚《おぼ》しき方も居る。大津は京に近い、公卿方も見物に来ると聞いていたけど本当なのだと思った。また花火が上がった。人々の歓声が上がる。来てよかったと思った。

「姉上」

「なあに」

「相国様ってどのような御方？」

春が空を見上げながら訊ねてきた。

「そうね、とてもお優しい御方よ。色々とお気遣いをして下さるわ」

春が私を見た。不思議そうな表情をしている。

「本当に？　怖くないの？　相国様は焼き討ちとか根切りとかなさる方でしょ」

「怖くないわ。いつも冗談ばかり仰って楽しい御方よ」

また夜空に花火が上がった。

「綺麗ね」

「ええ」

少しの間、花火を見ていた。

「姉上を側室にってお話はないの？」

「……私を？」

春の声は小さかったけど私を驚かせた。春は可笑《おか》しそうに私を見ている。

「だって相国様は大変な女好きなんでしょう？　側室が何人も居るって……。姉上は綺麗だからお声が掛かるかなって思ったんだけど……」

確かに何人も居る。でもその殆どは家が没落しているのだ。相国様の側室になったのもそれが理由だろう。

「父上だって心配しているわよ。姉上が本当に側室になったらどうしようって。孫が生まれても可愛がれないって。母上はその時はその時って落ち着いているけど」

「心配は要らないわ。相国様は好色な御方では無いもの。頼り甲斐《がい》の有る御方だから女性の方が相国様を放っておかないんだと思うわ」

「ふーん」

「私の事も大変心配して下さるしお優しい御方よ」

相国様があの騒動を上手に捌《さば》いてくれた御陰で毛利の家も児玉の家も傷付く事は無かった。その事には父も本当に感謝している。頼り甲斐の有る御方なのだ。私達がこうして花火を見られるのも相国様の御陰……。どれほど感謝しても感謝しきれない。

「じゃあ姉上の方が側室になりたくなった？」

「！」

春が悪戯《いたずら》な表情で私を見ている。

「だって頼り甲斐のある御方なんでしょ。相国様なら毛利の殿様だって何も言えないわ」

「……そんな事有るわけないでしょ」

「ふーん」

私が相国様の側室に？　幸せになれるかしら？　少なくとも妹の言う通り右馬頭《うまのかみ》様の事を気にしなくてもよくなるだろう。児玉の家の事も案じて下さるから心配は要らない。あの御方の傍ならなんの心配も要らないに違いない。でも側室？

「楽しそうだな。何を話しているのだ？」

三次郎兄上が話し掛けてきた。春がニヤッと笑った。また悪い事を考えている。悪戯が大好きなのだから……。

「兄上方の事よ。姉上の代わりの方に皆そわそわしていたって教えたの。特に三次郎兄上はね。そうでしょう？」

「おい、変な事を言うな」

三次郎兄上が慌てている。どうやら本当らしい。

「あら、本当の事でしょ。父上だって、〝あー〟とか〝その〟とか言ってまともに話し掛けられないんだから。男の人って美人には弱いのよね」

父も？　驚いて父を見ると父は素知らぬ表情で花火を見ている。でも母が傍で苦笑しているから本当なのだと思った。

「親しくなったの？」

問い掛けると春が〝ええ〟と答えた。

「どんな方？」

「美人よ。姉上に負けないくらいの美人。名前は教えてもらえなかったけど今回の仕事が初めての仕事だって言ってたわ。どんな仕事かと思っていたけどまさか姉上の身代わりになって囮《おとり》になるとは思わなかったって笑ってた。毛利の殿様の想い人になるなんて一生の思い出だって」

「……」

「凄く朗らかで楽しい方なの。でも賊が襲ってきても全然慌てなかったからやっぱり違うなって思ったわ」

「そう」

どんな方なのだろう。一度会ってお礼がしたいのだけれど……。相国様にお願いしてみようかしら……。


禎兆五年（一五八五年）　九月中旬　肥前《ひぜん》国杵島《きしま》郡堤《つつみ》村　須古《すこ》城　龍造寺隆信《たかのぶ》

月が出ていた。細長い月だ。その月を見ながら独り飲む。……楽しめぬと思った。心の奥に澱《おり》が有る。……太政大臣朽木基綱……。天下の統一は未だ成っていない。しかし皆から天下人と認められた人物だ。確か儂《わし》よりも二十歳若かった筈、となれば今は三十七か……。親子ほども歳が違うの。

龍造寺家を守るためにはその男を天下人として認め頭を下げなければならぬ。しかしそれが儂に出来るのだろうか……。

「苦いのう」

一息に酒を飲み干した。酒も苦いと思った。銚子《ちょうし》から酒を注ぎまた飲んだ。澱は流れ落ちない。そして苦さが増した。三十七か……、儂が三十七歳の時は何をしていただろう？　肥前の東は制していたな。うむ、丹坂峠《にさかとうげ》の戦いか。有馬《ありま》、大村《おおむら》を破って肥前の南にも勢力を伸ばした頃だった。肥前の統一は夢ではない。龍造寺はもう弱い国人ではない。そう思った筈だ。自分に自信が出てきた頃かもしれぬ。だが実際に肥前を統一するにはそれから十年近くかかった……。

「戯《たわ》けた話よ」

声に苦渋が有った。同じ歳で天下の半ば以上を統一する男がいる。それなのに儂は肥前一国の統一が見えてきたと自分に自信を持つとは……。いや、大体儂は天下を望んだ事が有っただろうか？　無かった。九州の片隅でなんとか大きくなろうと足掻《あが》いていただけだった。儂には天下は見えなかったのだ。酒を注いで飲んだ。苦いのは分かっている。美味くない酒だ。それでも飲まずにはいられなかった。

「儂は及ばぬのか……」

そんな事は無いと否定したかった。しかし儂が勝るところが有るだろうか？　あの男は畠山の首を刎ねた。聞けば足利で認められた家格など朽木の天下では何の意味も無いと言って首を刎ねさせたのだという。見事だと思った。流石《さすが》だと思った。天下人の言葉だと感嘆した。大友がその事に不満を漏らしていると聞いて嗤《わら》った。足利が滅んだのにそれを認められぬ愚か者と。過去の栄光に縋《すが》る愚か者と。だが自分がその立場にあったならあの男のように言えただろうか……。足利の天下で認められた家格など龍造寺の天下では何の意味も無いと。その事を思うと息が苦しくなる。

儂は九州に居た。あの男は近江に居た。あの男には常に天下が見えただろう。儂は余り天下を意識しなかった。その差なのだろうか？　儂が近江に居れば獲れる獲れぬは別として天下を目指したのだろうか？

「分からぬのう、分からぬ」

孫四郎《まごしろう》があの男に近付いている。孫四郎は朽木に従う事が龍造寺の家を保つ事になる、そう考えているのだろう。龍造寺は朽木に勝てぬ、勝てぬのなら積極的に臣従すべきだ。そして家と領地を守るべきだと考えているのだ。もしかすると儂の事を諦めの悪い男だと呆《あき》れているのかもしれぬ。しかしのう……。

「苦いのよ」

孫四郎、お主はこの苦さを分かっているのだろうか。儂はこれまで誰にも頭を下げたくないと思って戦ってきた。その儂が、五十を過ぎ六十を目の前にして頭を下げる……。あと何年儂は生きられるのか。五年か、もっと短い、いや長いのか。その歳月を耐え続けねばならない……。孫四郎、お主は儂にそれを強いるのか……。

月を見た。中空に頼りなく浮かんでいる。まるで儂のようだと思った。大きくなろうとしてなれずに苦しんでいる。

「惨《みじ》めだの」

思わず自嘲が漏れた。いっそ小さければ諦めが付いた。だが今の儂は中途半端に大きい。諦める事が出来ぬ。せめて九州を制していれば迷わずあの男と戦えた。諦められず、戦えず、ただ酒に逃げて憂さを晴らす。惨めとしか言いようがない。酒を呷《あお》った。苦いわ、苦いのよ。

戦いたい、いや戦うべきだと思った。こんな苦い思いをするくらいならあの男と戦うべきだと。だが……。

「戦えるかの……」

語尾が弱い。家臣達の多くは朽木など大した事はないと言っている。大友にあそこまで譲歩するなど弱腰が過ぎると……。

「ふふふふふふふ」

笑い声が出た。本心ではあるまい。朽木は島津をあっという間に滅ぼしたのだ。大友への譲歩は後顧の憂いを無くすためだった。実際、今では大友は朽木の機嫌を取ろうと必死ではないか。四国の遠征に兵を出した。関を廃す事も街道の整備も受け入れた。不満なら戦支度をしろと言われて尻尾を巻いた。

「ふふふふふ、苦いのう、苦いわ」

もっともそれは儂も同じか。その証拠に家臣達も突っぱねて戦おうとは言わなかった。ただ黙って受け入れただけだ。龍造寺は朽木に勝てぬ、そう見ているのだ。いや、儂はもっと惨めかもしれぬ。家臣達の迎合に慰められているのだからな。

杯に酒を注いで呷った。急にやるせなさが胸に込み上げた。涙が滲《にじ》む。零《こぼ》れるのを避けようと宙を見た。月がぼやけて見えた。その事が腹立たしかった。杯を床に叩き付けるとカラカラと音を立てて転がった。何故木の杯ではなく土器《かわらけ》の杯を使わなかったのか。そうであれば潔《いさぎよ》く砕け散っただろう。少しは気が晴れただろうに……。

「儂のようだの」

杯を見ながら呟いた。潔さが欠片《かけら》も無い。涙が零れる。儂はこんな思いをするために戦ってきたのだろうか。生きてきたのだろうか？

「違う、そうではない」

儂は大きくなりたかったのだ。誰にも頭を下げたくなかったのだ。戦うべきだ。たとえ負けても戦うべきなのだ。だが戦う事が出来るのだろうか……。誰が儂に付いてくるのだろう……。

禎兆五年（一五八五年）　九月下旬　駿河国安倍郡府中《するがのくにあべぐんふちゅう》　駿府城《すんぷじょう》　甘利信康《あまりのぶやす》

大樹が大殿からの文を読んでいる。時々眉を寄せる事も有れば笑みを浮かべる事も有る。眉を寄せるのは筆跡の所為かもしれない。大殿は癖の有る右肩上がりの文字を書かれるので有名だ。笑みを浮かべているから文の内容は悪い報《しら》せではないのだろう。

「よき報せにございますか？」

半兵衛《はんべえ》殿が訊ねると大樹が笑みを浮かべて頷かれた。

「三好家の千熊丸殿が元服された。三好孫六郎長継と名乗ったようだ。なかなかしっかりしている。いずれは私のいい協力者になるだろうと書いて有る」

〝おお〟、〝それは目出度い〟と声が上がった。浅利彦次郎《あさりひこじろう》殿、山口新太郎《やまぐちしんたろう》殿、柴田権六《しばたごんろく》殿、池田勝三郎《いけだかつさぶろう》殿だ。

「では百合姫様は？」

半兵衛殿が訊ねると大樹が〝うむ〟と頷かれた。

「年内に三好家に嫁ぐ事になる。今年は百合、来年は次郎右衛門《じろうえもん》、慶事が続くがそれだけに忙しくなるな」

「ですがこれで三好家、毛利家との結び付きが強まりましょう」

新太郎殿の言葉に皆が頷いた。大殿の天下がまた一つ強固になる。

「父上は着々と手を打っておられるな。羨ましい事だ。それに比べて関東は……」

大樹が溜息を吐いた。

「そう申されますな。相模《さがみ》から武蔵《むさし》、上野《こうずけ》の国人衆はいずれも朽木の権威を認めております」

柴田殿が大樹を慰めた。相模、武蔵は大樹が自ら征し上野は上杉の勢力下に有る。

「下野《しもつけ》、常陸《ひたち》、下総《しもうさ》、上総《かずさ》、安房《あわ》の大名、国人衆も朽木に逆らおうとはしませぬ。ただあの者達は自らの争いを止めようとはせぬだけにございます。おそらくは意地でございましょう」

「だがそれこそが朽木の権威を認めぬという事であろう。違うか、権六」

大樹の言葉に柴田殿が困ったような顔をした。鍾馗《しょうき》様が困っている。似合わぬ表情だ。だが大樹も困っているのだ。服属したと言いながら争っている。だが朽木に抗《あらが》うわけではない。これを如何すべきか……。一人や二人ではない、関東の彼方此方で騒乱が続いている。

「下野では結城《ゆうき》、小山《おやま》、宇都宮《うつのみや》ですな。そこに常陸の佐竹《さたけ》が加わります。そして常陸では佐竹、江《え》戸《ど》、鹿島《かしま》、大掾《だいじょう》。上総、下総では里見《さとみ》、土岐、千葉《ちば》、原《はら》。まさに群雄割拠ですな、厄介な事ではあります」

半兵衛殿がおっとりとした口調で笑いながら言った。

「半兵衛殿、群雄割拠と言えば聞こえはいいが内実は大きくなろうとしてなれずにいるだけであろう」

「これは手厳しい。いや身も蓋もないかな」

前田《まえだ》殿と半兵衛殿の遣り取りに彼方此方から苦笑が漏れた。前田殿も〝半兵衛殿には敵《かな》わぬ〟と苦笑いをしている。

「どうも関東は尾張《おわり》や美濃《みの》とは違うな。尾張は織田《おだ》、美濃は一色と大名が居た。国人衆はその下で勢力を保ったが大名の支配下に在った。勝手に争うなどという事は許されなかった。そうであろう？」

池田殿の言葉に皆が頷いた。その通りだ、それは甲斐《かい》も同じであった。

「だが関東には大きな勢力が無い。上杉の影響力は大きいが支配しているのは上州《じょうしゅう》だけだ。他は小さい勢力が争い続けている。相模、武蔵の国人衆は大人しくこちらに従っているがそれは北条の支配を受け入れた所為ではないかな。支配を受け入れた以上逆らえば潰される。その経験の有無の差ではないかと思うのだが……」

かもしれぬ。皆も考えながら頷いている。

「では潰しますか」

皆が半兵衛殿の顔を見た。にこやかに笑みを浮かべている。

「先ずは下総の千葉ですな。幸い家中が治まっておらぬとも聞きます。ここを潰し南へと下ります。真里谷《まりやつ》、庁南《ちょうなん》の両武田《たけだ》を攻め土岐、里見を攻めるのです。さすれば残りの国人衆も大人しくなりましょう」

「……」

「大樹、関東の者共に厳しい姿を御見せなされませ。朽木の威を関東で立てるにはそれしかありませぬぞ。大殿もそれをお望みの筈」

もう笑ってはいない。じっと大樹を見詰めている。

「半兵衛の言う通りだと思う。先ずは国人衆に争いを止めるようにと通達を出す。もう直ぐ獲り入れの時期だ。一旦はそれを口実に戦を止めるだろう。だが直ぐに始める筈だ。それを咎《とが》めて攻め滅ぼす」

大樹の言葉に半兵衛殿が〝よき御思案〟と言って満足そうに頷いた。


禎兆五年(一五八五年)　十月上旬　　近江国蒲生郡八幡町　　八幡城　　朽木基綱

「雪乃《ゆきの》、越後《えちご》から文が届いたぞ」

雪乃がパッと顔を輝かせた。

「竹《たけ》からでございますか?」

「ああ、そうだ」

懐《ふところ》から文を取り出し雪乃に渡すと貪るように読み出した。俺が隣に腰を下ろしても全く無視だ。幼い時に遠くに手放したからな、心配なのだろう。

「まあ、弾正少弼《だんじょうしょうしょうひつ》様が竹を臈長《ろうた》けたと」

雪乃が楽しそうに笑い出した。娘が褒められて嬉しいらしい。まあ俺も嬉しい。あの上杉弾正少弼景勝《かげかつ》が妻を臈長けたと褒めた? 趣味は刀剣集めの武骨者がどんな顔で竹に臈長けたと言ったのやら。想像するだけで楽しくなる。もう十七歳か。手放してから十年になるのだな。景勝が褒めるほどに美しくなったのだろう。

「子を産んで一気に大人びたのかもしれぬな」

「左様でございますね。……私は如何でございました?」

雪乃が俺の顔をじっと見詰めてきた。竹に張り合っているのか? 迂闊《うかつ》な返事は出来んな。

「そなたは変わらなかったと思うぞ。なんと言っても竹を産む前から美しかったからな」

「まあ、御上手な」

「真の事だ」

雪乃が一瞬だけ俺を睨《にら》んで直ぐにコロコロと笑い出した。取り敢えず及第点は頂いたようだ。女達の間で直ぐに広まるだろうな。色々と言わされるに違いない。

「大殿」

「如何した？」

雪乃が不安そうな顔をしている。理由は分かる。だが敢えて気付かない振りをした。

「上杉家で関を廃すると」

「うむ、そのようだな」

不安そうな表情は変わらない。

「大丈夫でしょうか？　混乱は致しませぬか？」

「分からんとしか言いようがないな」

「……何故関を？」

雪乃が問い掛けてきた。

「そうだな、朽木家と上杉家、それに織田家は枡《ます》を統一する事で商いの利便を図った。朽木家と織田家は元々関を廃していたが上杉家は廃さなかった。越後上布、金、それに領内の湊《みなと》からの収益で十分に裕福だったのだ。謙信《けんしん》公は関を廃する事で得る利よりも関を廃する事で起きる国人衆の反発の方が危険だと思ったのだろう。あの当時、武田家、北条家は勢いを喪失していたとはいえ健在だった。それに越中《えっちゅう》も不安定だったからな」

雪乃が頷いた。

「その当時はそれでよかったのだ。上杉は越後、信濃《しなの》、上野、朽木が近江、越前、加賀、若狭、そんなものだったろう。織田が美濃、尾張から三河《みかわ》だ。天下を見回してみれば関を廃している勢力よりも関を維持している勢力の方が大きかったのだ。上杉家も然程《さほど》に影響を受ける事は無かったと言える」

「なるほど、左様でございますね」

考えてみると朽木家って不思議な家だな。この手の話を側室とするんだから。妙に経済観念が発達しているような気がする。

「だが状況が変わった。朽木家が天下の大部分を制した。それによって関を維持しているのは関東、奥州だけになった。関が有るのと無いのとでは物の動き、値段が全然違う。徐々に越後の産物は売れる場所が少なくなり、越後には物が入ってこなくなりつつあるのだろう。つまり越後は商人《あきんど》にとって魅力のある土地ではなくなりつつあるという事だ。このままでは商人が越後から消えかねん。婿殿はそれに気付いたのだと思う」

雪乃が深刻そうな表情で頷いた。

規制の強い場所と規制の緩い場所のどちらが企業に喜ばれるか？　当然だが規制の緩い場所に決まっている。となるとだ、企業、商品は規制の緩い場所に集まり、規制の強い場所には企業、商品は集まらないという状況が発生する事になる。ごく自然にだが一種の経済封鎖が発生するわけだ。経済封鎖を受けた国は徐々に体力が失われていく。

「それで関を廃そうとされているわけですね」

「そうだ」

「上手く行きましょうか？」

「分からんとしか言いようがない。だが弾正少弼殿は竹とは十三違いだから今年で三十になる。上杉家の当主として十分過ぎるほどに実績を積んできた。それに世継ぎを得た事でその地位は更に強まったと言える。やるなら今だろう」

ホウっと雪乃が息を吐いた。

「案ずるな、雪乃」

「……」

「上杉家は義に厚い家と言われているがな、昔から利には煩《うるさ》いのだ。おそらく謙信公も関を廃する事には賛成するだろう」

「謙信公もですか？」

雪乃が小首を傾げた。

「そうだ。そうなれば国人衆達も反対は出来まい。大体今では北条も武田も無いのだ。上杉に反旗を翻《ひるがえ》そうにも後ろ盾が無ければどうにもならん。そして上杉には朽木が付いている」

蘆名《あしな》は当主が幼く頼りにならん。半兵衛からは大樹が関東制圧に乗り出すと文が届いた。多少尻を叩いたらしい。関東制圧が終われば関が残るのは奥州と九州の一部になる。上杉にとって状況は益々悪くなるのだ。やるなら今だ。躊躇《ためら》っている余裕は無い。

悪くないな。上杉が関を廃するという事は朽木の経済政策を受け入れ朽木の経済圏に加わるという事だ。政治面だけではなく経済面でもより密接に繋がる事になる。武家や公家はその意味に気付かないかもしれないが商人は気付く筈だ。上杉の朽木への従属度は更に強まった。

関東の国人衆にも関を廃するようにと大樹に命じさせよう。関東では常陸、下野、下総、上総、安房の国人衆が朽木に従属を表明しながらも争う事を止めないらしい。要するに朽木を舐めているのだ。大樹は半兵衛の進言を受け入れて下総から制圧にかかる事を決めた。面白いのは戦を止めるようにと命じた事だな。大樹の考えだがまるで秀吉の惣無事令だ。支配者というのは考える事は同じらしい。大樹も支配者らしくなってきたという事なのだろう。

惣無事令と関の廃止は朽木に従うか如何かの踏み絵だ。朽木を舐めている連中が従うとは思えない。多分反旗を翻すだろう。関東の大掃除だな。下総、上総、安房を制した後、北上する。手強いのは佐竹だろう。場合によっては蘆名と連合して朽木に抵抗する事も考えられる。その時は上杉との共同作戦も視野に入れるべきだろう。

手強くはないが厄介な存在も有る。常陸の鹿島郡、行方郡《なめがた》に存在する南方三十三館衆《なんぽうさんじゅうさんだてしゅう》だ。別に三十三人の国人衆が居るというわけではない。三十三というのは多数という意味のようだ。一応あの辺りで大きな勢力を持つのは大掾氏、そしてその支族の鹿島氏らしいがこの両者がパッとしない。その所為で鹿島郡、行方郡では大きな勢力が存在しないらしい。家柄はいいんだけどな。大掾氏は坂東平氏国香流《ばんどうへいしくにかりゅう》だから平将門《たいらのまさかど》と争った家で常陸平氏の嫡流でもある。平家で有名な伊勢平氏も国香流だから武家では名流と言える。伊勢氏、北条氏もこの流れだ。大本は桓武《かんむ》天皇に行きつくから朽木よりも早く臣籍に下った事になる。

パッとしない理由としては一つには三十三館衆の自立心が強いという事が有るのだろう。だが大掾氏、鹿島氏にも問題が有るようだ。鹿島氏は内紛が絶えず、その事で力を弱めている。大掾氏も過去に上杉禅秀《ぜんしゅう》の乱に加わった事で勢力を失い回復出来ずにいる。つまり旗頭になりそうな家が力を失っているのだ。その事で鹿島郡、行方郡の三十三館衆は力を結集出来ないのだろう。という事で鹿島郡、行方郡は他の勢力から見れば美味しそうな肉にしか見えないという困った状況にある。この肉を狙っているのが常陸の中央に蟠踞《ばんきょ》する江戸氏だ。そしてこの江戸氏を佐竹氏が狙っている。これでは紛争は収まらない、収まる筈がない。

更に困った事はこの三十三館衆の中に塚原《つかはら》氏が居る事だ。朽木は塚原とは縁が有るからな。こいつは無視出来ない。半兵衛が下総から南下しようと言ったのもその辺りを考えての事だろう。縁とか柵《しがらみ》とか、人間が生きていればどうしても生じる。厄介な話だわ。

信用

禎兆五年（一五八五年）　十月上旬　　近江国蒲生郡八幡町　　八幡城　　朽木基綱

スッと襖《ふすま》が開く音がした。気の所為ではない、刀を握り締めた。今度は閉めた。という事は敵ではない。敵ならば逃げ易いように開けたままにする筈だ。

「お呼びにより千賀地半蔵《ちがちはんぞう》、参上致しました」

闇の中に声が響いた。

「今宵は半蔵か」

「はっ」

身体を起こした。

「九州の状況を聞こうと思ってな。如何なっている？」

「よくありませぬな。大友は内部の対立が酷くなっております」

「と言うと？」

「これまでは宗麟《そうりん》と国人衆の間で対立が有りましたが今では宗麟と嫡男の五郎義統《ごろうよしむね》の間も思わしくありませぬ」

半蔵の声には笑いの成分が含まれていた。悪い奴だな、他人の不幸を喜ぶとは。俺は笑いを抑えているぞ。

「宗麟は国人衆を抑えられぬか？」

「はい、街道の整備も国人衆は宗麟の命には従いませぬ。大殿の一喝に恐れをなして従ったような有様にございます。抑えが利かぬようで」

「頼りない事だな」

半蔵が含み笑いを漏らした。宗麟は国人衆の統制に苦労している。対島津《しまづ》戦、秋月《あきづき》戦でいいところが全くなかったからな。国人衆に足元を見られているのだ。これでは龍造寺には勝てん。

「嫡男との対立の理由は？」

「隠居したにもかかわらず実権をなかなか渡さないという事が不満のようで。五郎義統は二十歳を過ぎもう直ぐ三十になります。不満も出ましょう」

なるほどな。飾り物の二代目社長か。戦国だけじゃない、現代でもよく有る理由だ。父親が実権を離さず息子は不満に思う。特にこの時代は平均寿命が短い。五十まで生きられれば十分長生きだ。三十近くになって実権が無いとなれば不満を持つには十分過ぎるほどの理由だろう。

「もっとも五郎義統にはいい評判が有りませぬ」

「無いか」

「有りませぬ。意志薄弱で優柔不断、おまけに酒癖が相当に悪いそうでございます」

酒乱かよ。いや不満が有って酒に逃げているのかもしれない。だが意志薄弱で優柔不断か。当主には一番向かない性格だな。特に今の大友では如何にもならんだろう。宗麟が実権を離さないのはそれが有るのかもしれない。実際大友家は江戸時代には存在しない事を考えれば五郎義統には相当に問題が有ると見ていい。そういえば伊東《いとう》の嫁に懸想《けそう》したというのも有ったな。まあどこまで本当かは分からないが。

「宗麟には他に子供が居たな?」

「はい、田原《たばる》宗家を継いだ田原常陸介親家《ひたちのすけちかいえ》、田原氏庶流の武蔵田原《むさしたわら》家に婿入りした田原民部少輔《みんぶしょうゆう》親盛《ちかもり》が居ります。宗麟の信頼が厚いのは三男の民部少輔にございます」

武蔵田原家か。宗麟の重臣、田原紹忍《じょうにん》の婿養子という事だな。確認すると半蔵がその通りだと答えた。

「掻き回しますか?」

「うむ、肥前の隠居が手を出したくなるほどに掻き回してくれ」

「はっ」

半蔵が嬉しそうにしているのが分かった。対立の要因は有り過ぎるほどに有る。特に後継者争いによる御家騒動は効果的だ。掻き回し甲斐が有ると思ったのだろう。

「それとな、九州一円で噂を流してほしい」

「どのようなな？」

「大友は名門、源氏の流れ。龍造寺のような国人とは違う、とな」

「それは……」

半蔵が低い声で笑い出した。

「大殿も意地が悪い」

「そう褒めるな、半蔵」

肥前の隠居の血圧を上げてやろう。大友に負けたくないと思っている山城守にとっては何よりも頭に来る事の筈だ。

「それで龍造寺は？」

「相変わらず昼間から酒が止まらぬそうにございます。龍造寺山城守は不満が有るようにございますな。大殿の許にも鍋島《なべしま》より報せが参っておりましょう」

「文は来ている。もっともあの男、隠居の悪口を言わなければ愚痴も零さぬ。大したものよ。最近の文には街道を整備した事で人の通りが賑わい出したと書いてあった。今のところは俺との繋がりを維持するだけでいいと考えているのだろう。用心しているようだ、相当に厳しい立場なのかもしれぬ」

半蔵が微《かす》かに笑った。

「だいぶ疎《うと》まれているようにございます。疑われてもいるようで」

「そうか」

手切れとなれば最初に殺されそうだな。如何する？　逃がす手筈を用意させるか？　いや、もう少し様子を見よう。現時点では朽木と龍造寺の間で緊張は無いのだ。

「龍造寺の家臣達は朽木と戦う事に躊躇いは無いのか？」

「さて、随分と威勢のいい事を言っておりますな。朽木と戦っても敗《ま》ける事は無いと。しかし正面から戦って勝てるとは思っておりますまい。大方は山城守への迎合でございましょう」

迎合か、或いは傷の舐め合いかな。不満は有る、だが起ち上がるには踏ん切りが付かないといったところか。

「龍造寺の隠居は？」

「同じでございましょう、なればこそ酒を飲むのかと」

「そうだな」

本気で勝てるとは思っていない。酒を飲むのも憂さを晴らしているだけだ。いや本当に憂さを晴らしているのか？　煽《あお》っているという事は無いか？　自分で自分を追い込んでいる……。考え過ぎかな。

「龍造寺の隠居の我慢が何処まで続くかだな？」

「左様で」

半蔵が含み笑いを漏らした。長くは持たないと見ているらしい。或いは長くは持たせないか。楽しくなってくるわ。

「薩摩、大隅は落ち着いているか？　民が朽木に対して不満に思うような事は無いか？」

「問題は有りませぬ。薩摩、大隅の民は朽木の支配を受け入れつつあります。なんといっても税の取り立てが緩やかになったと喜ばれています」

結構な事だ、誰だって楽な生活をしたいからな。その内島津の事は忘れてくれるだろう。

「では小山田左兵衛尉《おやまださひょうえのじょう》を薩摩から呼び戻す」

「……動き易くするのですな？」

「そうだ。薩摩、大隅が安定したなら何時までも二万もの兵を置いておく理由は無い。大友も龍造寺も不審に思うだろう。それに左兵衛尉達も不満に思うだろうからな。琉球の使節が帰ったら呼び戻す」

単身赴任は結構辛いのだ。戻ったら労ってやらなければ。ボーナスとして銭を与え、そして宴会を開いて俺自ら酒を注いで回ろう。それから若い娘達にも酌《しゃく》をさせよう。戦国版コンパニオンガールだ。喜んでくれるよな？

「宜しいのでございますか？　菱刈《ひしかり》には金山がございますぞ？」

「構わぬ。奪われても一時の事だ。金山を持って何処かに逃げる事は出来ぬのだからな」

龍造寺が最初に狙うのは大友領の筈だ。薩摩、大隅まで兵を出すのは難しいだろう。出してもいいがその場合は兵力の分散になりかねない。いずれ北から朽木勢が来るのだ。その時には金山の放棄か維持かで悩む事になる。むしろ兵を南に出してもらいたいものだ。第二次世界大戦の日本軍じゃないが手の広げ過ぎによる戦力不足が龍造寺を襲うだろう。

禎兆五年（一五八五年）　十月中旬　山城国葛野・愛宕郡《あたごぐん》　仙洞御所《せんとうごしょ》　目々典侍《めめないしのすけ》

「今日は冷えるの、昨日は暖かかったのだが……」

兄が背を丸めてお茶を啜《すす》っている。従一位《じゅいちい》、准大臣《じゅんだいじん》、朝廷では押しも押されもせぬ重臣の一人なのに、背を丸めて茶を啜る姿はとてもそうは見えない。

「これから寒さは益々きつくなりましょう」

私の言葉に兄が〝そうじゃの〟と答えてまたお茶を啜った。

「北野社から取り上げた土地の整地が漸く《ようや》終わるようじゃの」

「まあ、左様でございますか」

兄が頷いた。

「予想外に日が嵩《かさ》んだようじゃがあと二、三日で終わると聞いた。まあ田畑も有れば家屋も有る。日が嵩むのは已むを得ぬ事よ」

「随分と詳しいのですね」

兄が顔を綻ばせた。

「見に行ったのよ」

「まあ」

驚くと兄が声を上げて笑った。

「中山権大納言殿《なかやまごんだいなごん》に誘われてな。勧修寺権中納言殿《かじゅうじごんちゅうなごん》も同行した」

「左様でしたか」

兄が上機嫌で頷いた。

「磨と権中納言殿は今回が初めてだが権大納言殿は三度目らしい。見る度に土地が整えられていく、どのような建物が出来るのか楽しみだと言っていた。あの手の普請《ふしん》に興味が有るらしいの」

「まあ」

意外な事実に驚くと兄が〝ハハハハハ〟と笑い声を上げた。

「権大納言殿は作業場を指揮している男と懇意になったらしい。あと二、三日で終わるというのも権大納言殿がその男から聞き出したのじゃ」

「ではいよいよ太極殿《だいごくでん》を？」

問い掛けると兄が〝うむ〟と頷いた。

「そういう事になろうの。既に材木も届いていた。相当な量であったわ。北近江や越前、美濃から運ばれてきたようじゃ」

「左様でございますか。ところで琉球の使者が帰るまでに間に合いましょうか？」

「いや、それは無理でおじゃろうな」

「残念でございますね。院も楽しみにしておられますのに」

兄が顔を綻ばせた。

「まあ確かに残念ではおじゃるが今回で最後というわけではない。来年も琉球から使者は来ると聞いている。その時には使えよう」

「はい」

「それにの、相国は朝鮮、明とも積極的に関わっていこうと考えているようじゃ。琉球だけではない、いずれは朝鮮、明からも使者が来よう」

「……」

そのような日が本当に来るのだろうか？　疑問に思っていると兄が手招きをした。大きな声では話したくないらしい。顔を寄せると兄も顔を寄せてきた。

「南蛮からも使者が来るやもしれぬ」

小さな声だったが驚きの余り顔が仰《の》け反《ぞ》ってしまった。兄が私を生真面目な表情で見ている。冗談ではないのだと思った。改めて顔を兄に寄せた。

「真でございますか？」

小声で問い返すと兄が頷いた。

「真じゃ。相国がそれを口に出したからの」

「揉めますよ」

「そうでおじゃろうの。その場には西園寺《さいおんじ》権大納言殿も居られたが顔を顰《しか》めて反対したわ。だがのう……」

兄がニヤッと笑った。

「太極殿、朝堂院を再建されて嫌と言えるかな？」

「それは……」

「折角作ったのに何故使わぬのかと言われては……」

今度は声を上げて笑った。

「ですがあの者達は異相だと聞きます。身体が大きく鬼のようだと……」

「そうらしいの。しかしわざわざ遠くからこの日本にやってきたのじゃ。これは本来喜ばしい事の筈。それを無下《むげ》に追い返すのかと言われれば……」

「……」

兄が私を見た。その通りだ、簡単には追い返せない。

「今は南蛮の商人と坊主が来ているだけだが何時かは南蛮から国の使者が来るかもしれぬ」

「そんな日が来ましょうか？」

問い掛けると兄が〝来る〟と言って頷いた。

「相国はそう見ている。思うのだがの、相国は琉球をこちらへ引き寄せようとしている。琉球が寄ってくればじゃ、琉球を巡って南蛮の国から使者が話し合いに来るというのは有り得るのではおじゃらぬかな？」

「……」

なるほどと思った。琉球が日本に使者を寄越したのも明が頼りにならないと見たからだと聞く。となれば南蛮と日本、明と日本の間で交渉が行われる可能性は有る。

「まあ来るとしてもずっと先の事でおじゃろう。その頃には琉球、朝鮮、明の使者が頻繁に日本に来るようになっているかもしれぬ。そうなれば南蛮の使者と会う事にも抵抗を感じぬ、いやどのような者かと会う事を面白がるようになっているやもしれぬ」

「まさかそのような……」

私が笑うと兄が首を横に振って私をじっと見た。

「分からぬぞ。三十年ほど前、麿やそなたの若い頃は三好の全盛期でおじゃった。三好と足利、どうなるのかと皆が考えた筈じゃ。そして五機内では争いが絶える事なく朝廷は困窮していた。だが今はどうじゃ。足利は滅び三好は没落した。天下は直に朽木が統一しよう。五機内は安定し朝廷では譲位が行われた。今回朝堂院が再建され朝廷は古《いにしえ》の繁栄を取り戻しつつある。そのような事、想像出来たかな？」

「いいえ」

首を横に振った。兄がまた頷いた。

「そうよの、麿も想像出来なかった。相国が大きくなりだしたのは精々二十年ほど前からじゃ。それを思えば世の中の動きというのは驚くほど速い。そして大胆じゃ。麿には綾の産んだ子が天下を獲るなどと想像する事も出来なかったのだからの」

「左様でございますね」

確かに不思議だ。誰もこんな世の中は想像出来なかったに違いない。そう思うと相国とは何者なのかと考えてしまう。その事を言うと兄が頷いた。

「麿も似たような事を考えた事が有る。昔の事だが相国が六角、畠山などの守護大名家の家に生まれていればもっと早く天下を獲れたのではないかと思った事が有る。成り上がり、下剋上と蔑まれる事も無かった筈じゃ。何故八千石の国人領主の家に生まれたのか。神仏ももう少し相国に協力してくれてもよかろうとな」

「……」

「だが今の天下を見ると神仏は敢えて相国を八千石の朽木家に生まれさせたのではないかと思うのじゃ。上手く言えぬが下剋上、成り上がりこそを神仏は望んだのではないかと」

「まあ、それはどういう事でしょう」

問い掛けると兄が軽く笑ってお茶を一口飲んだ。

「守護大名の家に生まれては足利の天下が続くだけだと思ったのではないかの。だから先ず三好が台頭した。そして足利の権威を揺るがした。その後に相国が足利の権威を打ち砕き新たな天下を創り上げた……」

「……」

兄がジッと私を見ている。答えられずにいるとまた兄が笑った。

「相国が大きくなりだしたのは三好修理大夫《しゅりだゆう》が亡くなった後でおじゃった。麿には偶然とは思えぬのじゃ」

確かに偶然とは思えない。また思った。相国とは何者なのだろう。

「兄上は相国が神仏に選ばれた。或いは神仏がこの世に相国を送り込んだ。そのようにお思いですか？」

問い掛けると兄が〝分からぬ〟と言って首を横に振った。

「だがの、足利の天下は混乱した。戦乱の世の中となった。そして足利にはそれを収める力が無かった。皆がその事に不満を持ったのは事実じゃ。一日も早く天下が平和になってほしいと願った事でおじゃろう」

その通りだ、特に朝廷にはその想いを持つ者が多かっただろう。

「だとすれば神仏がそれに応えたのかもしれぬのう」

「……」

「ま、我らには分からぬ事じゃの」

兄が笑い声を上げた。私も〝左様でございますね〟と答えながら笑う。私達には分からない。だからこそ神仏の関与を信じたくなるのかもしれない。


禎兆五年（一五八五年）　十月下旬　　山城国葛野・愛宕郡　　正親町《おおぎまち》上皇

「おおい！　信助《しんすけ》。その材木は向こうだ！　向こうへ運べ！」

「なんだ！　この材木は上手く嵌《は》まらんぞ！　どうなっている！」

「違う違う、それはこっちだ！」

「馬鹿野郎！　こんな節の有る曲がった木を使えるか！　何処に目ん玉付けている！　もっと真っ直ぐな木を持ってこい！」

喧嘩《けんか》をしているのかと思うほどに怒鳴り合う声が聞こえた。その怒鳴り声に混じって材木を切る音、釘を打ち付ける音、材木を運ぶ時の掛け声が聞こえた。声を張り上げなければ意思の疎通が出来ないのだと思った。

目の前には綺麗に整えられた土地が広がっている。その一角に材木が並べられ大勢の男達が材木を組み立てている。

「左府《さふ》、ここがそうなのか？」

問い掛けると左大臣一条内基《さだいじんいちじょううちもと》が〝はい〟と答えた。

「今建てているのは大極殿と聞いておじゃります。棟上《むねあ》げも間近と」

「そうか……」

声が詰まった。

「その後は朝堂、朝集殿《ちょうしゅうでん》が」

「そうか」

朝堂院が焼失してから四百年が過ぎた。それが今、相国の力で蘇《よみがえ》ろうとしている……。

「夢ではあるまいの」

「夢ではおじゃりませぬ。真にございます」

左府の言葉に鼻の奥につんと痛みを感じた。慌てて扇子で顔を隠した。このまま見ていては涙が零れそうじゃ……。

「院？」

左府が心配そうに私を見ている。

「昔を想った。朕《ちん》の若い頃は貧に怯えていた。将来に希望が見えず苦しい日々が続いた。貧に怯えなくなったのは最近の事じゃ」

「……」

左府が無言で頷いた。父も祖父も世の乱れを憂い朝廷の衰微を嘆いていた。そしてそれは私も同じだった……。

「譲位が叶った時は本当に嬉しかった。漸く朕の代で朝廷も正しい形に戻る。そう思ったのだが……」

涙が零れた。

「院」

「まさか、まさか……」

朝堂院が再建されるとは……。

焼失した朝堂院が再建されなかったのは当時の朝廷が国の外に関心を持たなかったからだと聞く。公家ではなく武家が力を持ち始めたからだとも。ちょうど平氏が力を持ち始めた頃だ。平氏は異国との交易に積極的、いや貪欲だった。朝廷を押し退けて異国との交渉を独占したのかもしれない。平氏が滅んだ後は鎌倉の武家が力を持った。承久《じょうきゅう》の乱で朝廷が鎌倉の武家に敗れてからは益々朝廷の力は衰えた。朝堂院の再建など検討される事も無かったのだろう。

足利の世になってもそれは変わらなかった。いやむしろ酷くなった。足利義満《よしみつ》は太政大臣でありながらそれを辞し明に臣従した。これほどまでに朝廷を愚弄した話は無かろう。あの男は帝よりも明の皇帝の方が上だと行動で示したのだ。そして明との交易で得た銭を使って皆を黙らせた。当時の帝、廷臣達がどれほど無力感に苛《さいな》まれた事か……。

相国も異国との交易には熱心じゃ。そういう意味では平氏、義満に似ている。だが近衛《このえ》の話によれば相国は明に臣従する必要を認めぬようじゃ。対馬《つしま》の事も放置はせぬと言っているらしい。そしてあくまで臣下として朝廷を支える姿勢を示している。朝堂院の再建もそれ故であろう。朝廷は漸く信頼出来る武家の棟梁《とうりょう》を持つ事が出来た……。

「左府、これは夢ではないのじゃな」

「はい、夢ではおじゃりませぬ」

「そうか、夢ではないか」

嗚咽《おえつ》が漏れた。

「院、大丈夫でおじゃりますか?」

「大丈夫じゃ、左府。嬉しくての、涙が出た」

左府が困ったような顔をしている。やれやれよ、嬉し涙だというのに……。安心させるために笑うと左府もホッとしたような表情を見せた。

「何時かこの大極殿で異国の使者と会う」

「はい」

「絶えて無かった事じゃ。その日は朝廷が一段と光り輝く日となろう」

「左様におじゃりますな」

「楽しみじゃ」

「はい！」

左府が力強く頷いた。その日は朝廷と武家が手を携えて異国に接する事になる。輝かしい新しい門出となろう。


禎兆五年（一五八五年）　十一月上旬　　近江国蒲生郡八幡町　　八幡城　　北畠《きたばたけ》具房《ともふさ》

「琉球の使者達の案内、御苦労だったな、右近大夫将監《うこんだゆうしょうげん》」

大殿が穏やかな表情で私を労ってくれた。

「いえ、それほどでもありませぬ。畿内を見物しただけでございます」

「しかし言葉が通じぬのだ。苦労したのではないか？」

「最初は戸惑いました。しかし表情を見れば喜んでいる、驚いている、戸惑っているというのは分かります。それにいざとなれば筆談で意思の疎通は出来ますので……」

大殿が〝なるほど〟と言って頷いた。

「食べないのか、右近大夫将監」

大殿が私の前にあるカステーラを見た。

「はあ、食べたいとは思いますが……」

私の皿には三切れのカステーラが載っている。そして大振りの茶碗にお茶がなみなみと入っていた。大殿の皿にはカステーラが一切れ。そして小ぶりの茶碗にお茶……。大殿が笑い出した。

「遠慮は要らぬ。その大きな身体では一切れでは足りるまい。そう思ったのでな、三切れ用意させた。お茶もたっぷりとな」

「それは、お気遣いをして頂いたようで……」

なんだか申し訳ない……。

「さあ、遠慮するな、義従兄弟《いとこ》殿」

「はあ、では」

カステーラを一切れ食べた。うむ、美味い。茶碗を両手で持って一口飲む。これも美味い。大殿が私を見て笑い声を上げた。私も声を上げて笑った。また思った、美味しいと。

昔は図体ばかり大きくて役に立たぬと父から罵られた。食事の量にも文句を言われた。怪異を調べたい、妖怪を調べたいと言えば北畠の人間に相応しくないと止められた。全てが否定された。今は好きな事が出来る。そして朽木の政の役に立っていると実感出来る。有り難い事だ。だがそれは北畠の家を捨てたから出来た事だった……。この御方と出会わなかったらどうなっていたか……。

「それで、使者達の様子は如何だった?」

「はい、だいぶ驚いておりました」

大殿が〝驚いていたか〟と頷いた。

「はい、琉球にも堺《さかい》、敦賀の噂は届いていたようでございますが実際にその目で見て余りの賑わいに度肝を抜かれたようで」

「なるほどな」

「淡海乃海にも驚いておりました。このように大きな湖があるのかと。今浜《いまはま》の町が二十年ほど前には無かったのだと教えると何度も首を横に振っておりました」

大殿が満足そうに頷いた。今浜は大殿が作った町、嬉しいのだろう。二切れ目を食べた。うむ、やはり美味い。

「特に京の寺院を見物した時には感嘆しておりましたな」

「ふむ、琉球の寺院とは違うか」

「はい、そのようで」

大殿が頷いた。

「いい事だ。日本は戦続きだ。野蛮な国と思われてはかなわぬ。日本には日本独自の文化がある。蔑む事は出来ぬ。そう思ってくれれば……。交渉において一番害が有るのが偏見だからな」

偏見か、なるほどと思った。父の事を思い出した。北畠の名に誇りを持っていた父は周囲を見下す癖が有った。大殿に頭を下げられなかったのもそれが理由だろう。そして命を落とす事になった……。

「今回の使者の三人だが日本への服属に賛成、反対、中立と一人ずつだった。おそらくそういう風に選ばれたのだろう」

「はい、某もそのように思います」

「来年また使者を寄越してくれ。別な人間を連れてきてくれと頼んだのだが三人ともそれを了承した。日本を知らねばならぬ。無知は許されぬ、いや危険だと思ったのだろう。悪くない」

大殿が満足そうに頷いている。三切れ目を食べた。最後の一切れだ。ゆっくりと口中で味わった。やはり美味い。茶を飲む。甘さがスッと胃の中に落ちた。

「一つ気になった事がございます」

「うむ、何かな？」

「朝廷の事で」

大殿が訝《いぶか》しげな表情をした。〝朝廷？〟と呟く。

「はい、彼らは朝廷の事がよく分からなかったようでございます」

「ふむ」

「以前は足利が天下を治めていた。そして大殿が足利を滅ぼし日本を統一しようとしている。となれば大殿が日本の支配者でございます。では朝廷とは何なのかと」

大殿が〝なるほど〟と言った。お茶を飲んだ。大殿の前には未だカステーラが有る。食べないのだろうか？

「何度か筆談で朝廷とは何か、大殿との関係は如何なのかと問われたのでございますが上手く答えられたかどうか……」

「そうだな。公武の関係は分かり辛いかもしれぬ。琉球は勿論、半島、唐土《もろこし》にも無かろう」

そうなのだ。だから困る。どう説明すればよいのか……。唐土に前例があるのなら楽なのだが……。

「驚いたのは簒奪《さんだつ》するのかと問われた事にございます」

「簒奪だと？」

大殿の声が一段高くなった。驚いている。

「右近大夫将監、本当か、それは」

「はい。それも一度ではありませぬ。二度、三度と。そのような事は無いと言ったのですがなかなか納得せず……」

大殿が息を吐いた。

「まあ大陸なら簒奪が起きそうな状況ではあるな。武力を持ち実力の有り過ぎる家臣と飾り物の皇帝か……」

そう、つまり唐土の常識では簒奪は目の前という事になる。

「使者達が何度も問い掛けてきたのも簒奪が起きれば国内は混乱するのではないか。大殿は国内を固めるのを優先するのではないかと考えたからのようで……」

大殿が〝なるほど〟と頷いた。

「簒奪が起きれば国の外の事は後回しか。道理ではあるな」

「はい。万一の場合琉球を守れぬのではないかと」

大殿が〝厄介な〟と太い息を吐いた。……カステーラが未だ有る……。

「言っておくが俺は簒奪など考えた事は無いぞ。簒奪など馬鹿げた話だ。それでは日本は安定せぬ。

朽木の天下もだ。意味が無い」

「はい」

「しかし馬鹿げていると一笑には付せぬという事だな？」

大殿がジッと私を見ている。気圧《けお》されるようなものを感じた。

「これを放置して琉球を服属させるというのは難しいかと思いまする」

「そうだな。琉球は服属は意味が無いと判断するだろう」

「はい」

大殿が苦い表情で〝厄介な〟とまた言った。

「如何なさいますか？」

「何らかの手は打たねばなるまい。まあ慌てずともよい。次に使者が来るまでに考えればいいのだ。そうだろう？」

「はい」

大殿がニコリと笑った。はて？

「食べぬか？」

「は？」

意味が分からずに居ると大殿が笑い声を上げた。

「カステーラだ。俺の分が余っている」

皿がこちらに差し出された。

「いえ、それは」

口籠《くちご》もると大殿がまた笑った。

「遠慮するな。先程からチラチラと見ていたではないか」

「それは」

顔が熱くなった。大殿は御存じだったのだ。

「さあ、受け取れ、義従兄弟殿」

「……では、遠慮無く」

皿を受け取りカステーラを口に運んだ。うむ、美味い！

「美味いか」

「はい！」

大殿が笑う、私も笑った。

「次からは三切れでは足りぬな、四は数字が悪い。五切れ用意しよう」

「はい、有り難うございまする」


禎兆五年（一五八五年）　十一月上旬　近江国蒲生郡八幡町　八幡城　朽木基綱

「よく頑張ったな、夕《ゆう》。母子ともに無事で何よりだ」

少し疲れているようだが夕の顔色は悪くない。初産だが軽かったのかもしれない。

「男の子が欲しゅうございました」

床に横になっている夕が残念そうに言った。男の子を欲しがっていたからなあ。だが産まれた子は女の子だった。可愛い顔をしているんだが……。

「俺は夕が無事な事、子が無事に産まれた事で十分だと思っている。これは本心だぞ。よく頑張ったな」

「……」

「それにな、そなたによく似ている。きっと美しい娘に育つだろう。今から将来が楽しみだな」

頭を撫《な》でたんだが納得した様子には見えない。子供扱いされたと思ったかな。しかしなあ、俺から見れば娘みたいなもんなんだが……。

有り難いのはこの部屋には夕と産まれた子だけが居る事だ。夕の親族は席を外している。親子の対面を邪魔しちゃいかんという事らしい。皆、男の子を欲しがっていたからな。この場に居たら夕に同調しただろうし宥《なだ》めるのが大変だっただろう。

「名前を考えたぞ。桃《もも》だ」

「桃、桃姫」

「桃には昔から邪気を払い不老長寿の効能が有ると言われているからな。皆に幸せを運んでくれる娘に育つだろう。いい名前だとは思わぬか?」

「はい、桃姫。いい名前だと思います」

いかんな、声が沈んでいる。本心から喜んでいない。

「次は必ず男の子を」

「ああ、そうだな。そなたは未だ若い。これから何人も子を産める。必ず男子を産めるだろう。だから余り思い詰めるな」

「はい」

今度は声に力がある。なんか言わされたような気がするがこれで俺も協力しなければならなくなった。次は男の子であってほしいよ。

「夕」

「はい」

「桃を可愛がってやれよ。そなたは男でない事に不満かもしれないが俺は産まれた子を男女で差別はせぬ。桃は俺にとって可愛い娘だ」

「はい」

「子供にとって親に可愛がられないというのは不幸だ。そなたも園《その》の事は分かっているな。俺の子を産んでも可愛がれぬと言うから園は形だけの側室になった」

「……」

夕がジッと俺を見ている。

「桃を大事に育ててくれよ」

「はい」

今度は声に力が有った。ホッとした。夕は桃を可愛がってくれるだろう。

「また来る。ゆっくり休むのだぞ」

「はい」

席を立った。また後で来よう。そして桃を可愛がる。俺が桃に関心を持っているとなれば夕も夕の親族も桃を大事にする筈だ。


禎兆五年（一五八五年）　十一月上旬　　近江国蒲生郡八幡町　　八幡城　　朽木基綱

「姫君誕生、おめでとうございまする」

「おめでとうございまする」

「うむ、有り難う。母娘共に元気だ。目出度い事よ」

家臣達の祝いの言葉に答えながら満足そうな笑みを浮かべた。何人目だったかな？　九人目？　十人目？　よく分からん。最近は数えるのも面倒になってきたな。竹、鶴、百合、幸、福、寿、杏、毬、絹、桃、十人目だ。はっきり言って感動は無い。いや別の意味で感動は有るな。よく頑張ったわ、俺。娘だけで十人だ。褒めてやりたい。

「御名前はなんと？」

「桃と名付けた」

彼方此方から〝桃姫様〟と言う声が聞こえた。〝愛らしい御名前ですな〟と言ったのは真田《さなだ》源五《げんご》郎《ろう》だ。源五郎よ、愛らしいだけじゃない、御目出度い名前なのだ。桃は清らかで美しく皆に幸せを運んでくれる女の子になるだろう。

しかし子供が生まれる度に名前を如何付けるのかで頭を悩ます。特に女児の場合がそうだ。この時代の女性の名前は必ずしもバリエーションが豊富じゃない。代表的なのは菊、松、竹、梅、夕、鶴、万などで娘が多いと大変なのだ。生まれた年の干支《えと》で名前を付けるところも有る。寅、巳、辰などだ。十二人以上生まれたらどうするんだろう？

夕は産まれた子が男子じゃない事を嘆いていたが俺は母子共に無事な事で十分、桃は母親似の美しい娘に育つだろうと言って慰めた。気休めではない、夕は愛らしい娘だ。母親に似れば桃はきっと愛らしい娘になるだろう。でもね、納得しないんだ。次は男子をと張り切っている。また頑張らなくてはならん。とほほ……。

「慶事が続きますなあ」

「真に」

平九郎《へいくろう》と重蔵の言葉に皆が頷いた。その通りだ、今月末には百合が三好家に嫁ぐ。来年は次郎右衛門の結婚だ。畿内の有力者三好家、中国の有力者毛利家と縁を結ぶ事になる。宮中では近衛と結んだ。政略結婚は十分に上手く行っている。そして来年は九州制圧の予定だ。目出度い限りだ。そういえば倉の底が抜けたと平九郎が言っていたな。益々目出度い、銭が有るのはいい事だ。次に娘が産まれたら倉と名付けるか。

琉球の使者が帰った。敦賀、堺、京を中心に見物したのだが案内した北畠右近大夫将監によればだいぶ驚いていたらしい。敦賀、堺の繁栄は予想以上だったようだ。そして京見物でも自分達とは違う文化が有ると知って吃驚したらしい。日本が力自慢の野蛮国ではないと認識したようだ。結構な事だ。無知から来る偏見ほど始末の悪い物は無い。

本当は大極殿で謁見してほしかったんだが建造が間に合わなかった。已むを得ん、次からだな。使者には来年また来てくれ、別な人間を連れてきてくれと頼んだ。向こうもそれを了承した。今回の使節は日本への服属に賛成派、反対派、中立の三人だったが程度の差はあれ日本との関係は強化すべきであり日本をもっと理解すべきだと思ったらしい。その中で服属か否《いな》かを考えるべきだと判断したようだ。

別な人間を連れてくる事に同意したのも百聞は一見に如《し》かずという事だろう。右近大夫将監によれば三人はしばしば真剣に話し込んでいたようだ。時々筆談で右近大夫将監に問い掛けてくる事も有ったらしい。特に連中が重視したのは朝廷とは何なのか？　朽木と朝廷の関係は如何なのかだ。俺が簒奪するのかという質問も有ったようだ。右近大夫将監も吃驚しただろう。まあ中国なら簒奪を考えそうな状況ではある。だがここは日本だ。簒奪なんかしたら政権は不安定になる。大事なのは長期安定政権を創る事だ。そのためには権力は朽木、権威は天皇、それでいいのだ。そのあたりを琉球にどう納得させるか、それが問題だな。

来年使者が来たら謁見の後に馬揃えでもやろうか。帝、院には使者と共に軍事パレードを見てもらう。効果有るかな？　後で兵庫頭に訊いてみようか？　飛鳥井の伯父に訊いた方がいいかもしれない。朝廷に対する圧力と取られては困る。いや、信長の馬揃えは公家も参加していたよな。そういう形で行えばいいかもしれん。うん、やってみよう。

禎兆五年（一五八五年）　十一月上旬　　近江国蒲生郡八幡町　　八幡城　　川勝秀氏《かわかつひでうじ》

大殿が意見書を読んでいる。時に頷き時に〝ふむ〟と声を出す。読み終わった。〝少し待て〟と仰られるともう一度最初から読み始めた。念入りに読んでいる。不満なところ、疑問に思うところが有るのだろうか。御倉奉行、荒川《あらかわ》平九郎様は心配そうな表情だ。読み終わった。大殿が大きく息を吐いた。

「如何でございますか？」

平九郎様が問い掛けたが大殿は暫く無言だった。

「……平九郎、この意見書には甲斐の武田の制度を取り入れると書かれてあるが」

「はっ。武田は甲州金を使った銭の制度を作っております。彦次郎が甲斐に行って調べ、これを取り入れようと進言してまいりました。なかなかいい案だと思いまする」

大殿が俺を見た。

「大殿は金と銀の銭を造ると仰《おお》せになりました」

「うむ」

「某、各地の大名がどのような銭を造ったのかを調べましたがいずれも金、銀の量で価値を決めております。これでは銭とは申せませぬ」

「うむ」

「それに対して甲斐の武田は甲州金に刻まれた額で価値が決まっております。銭の価値をこちらが決めるのでございます。大殿の御意に適《かな》う物かと思い進言致しました」

「うむ」

大殿は〝うむ〟としか申されない。不安に思っていると大殿が〝ふふふ〟と御笑いになられた。機嫌は悪くないようだ。ホッとした。平九郎様も安堵している。

「なるほどなあ。武田の制度を参考にするか」

「はい」

「いいだろう。朽木が銭の価値を決める。それを北は奥州、蝦夷地《えぞち》から南は九州、琉球まで使わせる。つまり、朽木の権威をその者達が認めるという事だ。そうだな？」

「はい！」

嬉しかった。大殿は俺の考えを理解して下さる。

「形は四角いのだな？」

「はっ」

「この一枚で銀十両と等価、十両金か」

「はっ、銀は一枚で銀一両とします。これを一両銀と呼び一両銀を基準に考えておりまする」

「なるほどな。つまり十両金一枚で銅二貫、二千文という事か」

「はい」

大殿が頷かれた。

「一両の下に分、朱、糸目を置く。一両は四分、一分は四朱、一朱は四糸目か。これを銀で造るのだな？」

大殿が俺を見た。

「はい、金よりも銀の方が産出量は多うございますれば」

「うむ。平九郎は如何思うか？」

「よき案かと思いまする。何より制度としては武田で使ったという実績がございます」

「そうだな」

大殿が二度、三度と頷かれた。

「それで十両金と一両銀、一分、一朱、一糸目だが何か混ぜるのか？　その辺りの記載が無いが」

平九郎様と視線が合った。そうなんだ、ここが困っている。意見書を出したのも大殿の御考えが知りたいという事も有る。如何お考えになるのか……。

「その辺りを決めかねております。価値を高める、信用を付けるという面から見れば混ぜ物は少ない方が宜しゅうございましょう。皆からも受け入れられ易いかと思いまする」

平九郎様の答えに大殿が〝なるほど〟と頷かれた。平九郎様は高い方がいいと考えておられる。混ぜ物、銅か鉛を考えているが二割くらいにしたいと御考えだ。俺は三割から四割くらいでいいんじゃないかと思う。それ以上はちょっと拙《まず》いと思うんだが……。

「混ぜ物は八割では如何か？」

〝え！〟と思わず声が出た。俺だけじゃない、平九郎様もだ。平九郎様は眼が点だ。飛び出そうなくらい見開いている。大殿が声を上げて御笑いになった。冗談？　驚かそうとしたのか。大殿も人が悪い。

「大殿、冗談はお止めくだされ」

「冗談ではない。本気だ、平九郎」

「はあ」

驚いていると大殿が〝聞け〟と仰られた。

「いいかな？　銭に信用を付けようと言ったな。銭に信用を付けるのは金銀の割合ではない、朽木の力よ。そこを間違えてはならん」

それはそうだが……。

「早い話がその辺に転がっている石ころに十両と刻めば十両として通用する。そういう世の中にしなければならんのだ」

「それはまた……」

平九郎様が絶句している。俺も声が出ない。仰られる事は分かるが石ころ？　それは……。俺達を見て大殿がまた御笑いになった。

「今は戦国の世だ。戦で人が死ぬ。つまり銭を使う人は少ないのだ。だが天下を統一すれば戦は無くなる。人が増える。この意味が分かるか？　銭を使う人が増えるのだ。百年と経たずに銭を沢山造らなければならん時代が来るぞ。金銀は幾ら有っても足らんという状況になる」

「なるほど」

「確かに」

平九郎様と俺が同意すると大殿が頷かれた。

「今も蓄えているのだろうが金銀は自然に増えるという事は無い。掘り尽くせば無くなってしまうのだ。分かるな？　金銀の量で信用を付けるのは限界がある。信用を付けるのは金銀の量ではない。朽木の力、政への信用だ。それを踏まえた上でもう一度検討してみよ」

「はっ」

平九郎様が畏まったので俺も慌てて頭を下げた。百年か……。そんな事、考えてもいなかった。まだまだだな……。

通貨

禎兆五年（一五八五年）　十一月上旬　　近江国蒲生郡八幡町　　八幡城　　朽木基綱

久し振りに刀を磨く。先ずは大典太光世《おおでんたみつよ》だ。天下五剣の一つで足利家に伝わる名刀なんだが、足利家が潰れたから俺のところにやってきた。結構気に入っている。息が掛からないように懐紙を咥《くわ》えると太刀を抜いた。やっぱりいい。なんと言っても身幅が広く豪壮な感じがいいと思う。溜息が出そうだ。

打粉を振っていく。刀身に軽くポンポンポンと振る。太刀を反対にしてまた軽く打粉を振っていく。終わったらよく拭う。うん、輝きが増したような気がする。壺《つぼ》と一緒だな。少しの間じっと見てから鞘《さや》に収めた。収めると抜いて確かめたくなる。困ったものだ。次は鉋切長光《かんなぎりながみつ》だ。

平九郎と彦次郎が貨幣の話を持ってきた。面白いわ、久し振りに興奮した。ワクワクしたな。あの二人、金と銀の交換比率を基に貨幣を造ろうとしているらしい。史実だと関東は金、関西は銀による二重通貨体制だった筈だ。金一両が銀でどのくらいになったのかは覚えていないが変動相場制だった事は覚えている。

何故そんな面倒な事になったたか？　理由は二つあると思う。その一つが銀の産出地が西日本に多く金の産出地が東日本に多かった事だ。人間、身近にある物を使う。これは自然な事でおかしな事ではない。理由のその二は政権が交代した事だ。天下を統一した豊臣《とよとみ》政権は大坂を根拠地とした。当然だが豊臣政権は銀を通貨として重視した。

だがその後の徳川《とくがわ》政権は江戸が根拠地だった。当然だが家康《いえやす》は金を通貨とする構想を持った。だが既に銀は豊臣政権下で通貨としての実績を築いていた。家康もそれを無視する事は出来なかった。強引に廃止すれば混乱が起きるだろうし徳川政権への不信にも繋がりかねない。秀頼《ひでより》が大阪で健在だったという事も考慮しただろう。不本意だったと思うが二重通貨体制を採らざるを得なかったのだと思う。それに当時の東アジアの経済は銀を貨幣として動いていた。その辺りも影響したのかもしれない。

面白いよな。この世界では統一政権として通貨を造った武家政権は無い。真《ま》っ新《さら》な状態だ。そして平九郎と彦次郎には俺が金と銀を通貨として使うという発想を持っている事、金銀の交換比率を気にしているという事実しかない。そこからあの発想が出てきた。意見書を読んだ時は驚いたわ。

問題は金、銀の含有量だな。現代人の感覚からすると含有量にこだわる事は無いように思える。紙幣なんて国の保証が無ければただの紙切れだ。だが国の保証が有るから通貨として通用している。金、銀を買う事も出来る。つまり名目貨幣なのだ。武田の碁石金《ごいしかね》も量ではなく刻まれた額面に価値を持たせているのだからそういう考え方は戦国時代にも有るわけだ。そう思うんだが如何なのかな？　はっきり言ってよく分からない。武田は例外かな。

江戸時代初期の小判は金の含有量が高かった。あれを如何見るか？　財力の誇示は有るだろうな。関西の銀に対抗するには金の含有量を高くする必要が有ったというのも有るだろう。そこに各人が望んだというのも有るのか……。平九郎と彦次郎は含有量が高い方がいいという風に見ていた。意見書に書いてなかったのは二人の間で調整が付かなかったからだろう。だが俺よりも高く見積もっていたのは確かだ。あの二人は通貨を実物貨幣、貨幣そのものに商品価値が有ると見ていたわけだ。高い方がいいのかな？　もう一度検討しろとは言ったが俺も要検討だな。

よし、鉋切長光も終了だ。この長光は六角家に伝わった刀だ。鉋切りとは妙な名前だが、この刀には大工に化けた妖怪を鉋ごと断ち切ったという言い伝えが有る。鉋切長光の名はそこから付いたらしい。しかしな、妖怪が大工に化けた？　鉋も持っていた？　妙な話だ。本当に大工だったんじゃないのと思うのは俺だけかな？　間違って斬ってしまって変な伝説を作った。いかんな、刀を磨くのは止めて考える事に集中しよう。

金銀の含有量が高いと如何なるか？　当たり前の事だが含有量が低い場合に比べて通貨の発行量が少なくなるという現象が発生する。つまりだ、使えるお金が少ない、お金を使える人が少ないという事だ。今はいい、戦国時代で彼方此方で人が死んでいる。畿内には万単位で根切りを行う鬼畜の親玉みたいな男も居る。人口の増加は緩やか、場合によっては減っているだろう。通貨も少なければ人口も少ない、整合性は取れている。……滅入《めい》るな。

だが平和になれば人口は増加する。金銀の産出量も増加すればいいのだがそうは行かない。横ばいか、減少だ。となればだ、相対的に通貨の発行量は減り国内において深刻な通貨不足が発生する事になる。十分な貨幣が流通しない事により経済が停滞する、いわゆるデフレ不況が発生するわけだ。俺もデフレ不況を生きてきた世代だ。最初はデフレが何なのか分からず色々調べて納得したわ。今はそれが役に立っている。妙な感じだ。

デフレを脱却しようと考えれば方法は二つだ。一つは通貨を使う人間を減らす事だ。つまり大量虐殺、戦国時代の再開だ。……却下だな。となれば通貨の供給量を増やすしかない。通貨が名目通貨、例えば紙幣なら紙とインクと印刷機の問題だ。だが実物通貨、小判の場合は金銀の含有量を減らすか小判そのものを小さくする事で対応するしかない。

徳川幕府が元禄《げんろく》期に貨幣改鋳《かいちゅう》を行ったのは偶然ではなく必然だった。政権が安定し人口が増加、経済が発展した証拠だ。貨幣改鋳により十分な通貨の供給を受けた事で幕府はデフレを脱却、インフレが発生し元禄バブルと言われる好景気を生み出す事になる。

この貨幣改鋳を行ったのが荻原近江守重秀《おぎわらおうみのかみしげひで》だ。評判は悪い。子供の頃読んだ本には悪徳役人の見本みたいに書かれていた。貨幣改鋳も仕方なしにやったのだろうと思っていたんだが違うのだな。『貨幣は国家が造るところ、瓦礫《がれき》を以ってこれに代えるといえども、まさに行うべし』

そう言ったらしい。

これを信じるなら重秀は貨幣の価値というのは材料ではなく国家が付与するのだという認識を持っていた事になる。つまり国家への信用が貨幣への信用になるという事だ。そして貨幣改鋳は江戸幕府の通貨を実物貨幣から名目貨幣へ変換させる試みだったという事だろう。凄いわ、壮大なる試みだな。本当に江戸時代の人間だったのかな？　現代からの転生者じゃないかと疑いたくなるわ。

実物貨幣で行くか、名目貨幣で行くか。どうも実物貨幣の方が受けはよさそうだが名目貨幣が全く否定されているとも思えない。それに実物貨幣になれば保険として仕舞い込んで死蔵しそうだな。そうなると益々デフレが酷くなる。通貨は経済の血液だ。血液が全身を回らなければ壊死《えし》して腐り落ちるだろう。頭が痛いわ……。

金が欲しいよ、金が。但馬《たじま》国養父《やぶ》郡関ノ宮《せきのみや》村で金山が見つかった。中瀬山《なかぜやま》という山らしい。近くの八木川《やぎがわ》で砂金が発見された事で見つかったようだ。近畿地方で金山というのは珍しい。でもあまり期待はしていない。名前を聞いた覚えが無いんだ。

やはり佐渡《さど》を獲ろう。薩摩の金山だけでは不安だ。俺って間抜けだ。佐渡はてっきり上杉領だと思っていた。違うんだな、上杉領じゃない。佐渡は本間《ほんま》氏が治めている。それに金も出ていない。佐渡を獲る。蝦夷地との交易の中継点としても必要だ。連中、朽木の船で大儲けしているらしいからな。小兵衛《こへえ》を呼ぼう。

禎兆五年（一五八五年）十一月上旬　　近江国蒲生郡八幡町　　八幡城　　黒野影昌《かげまさ》

大殿より呼び出しを受けた。珍しい事に昼間、そして中庭への呼び出しだった。御一人だ、人払いがしてある。傍に寄り膝を突こうとすると〝無用だ、寄れ〟との御言葉が有った。

「畏れ入りまする、では御傍に」

「遠慮は要らぬ。例の件、如何かな。博多《はかた》、堺の件だが」

「はっ、少々難しゅうございます」

大殿が俺をチラリと見た。不愉快そうな表情ではない。可笑しそうな表情をしている。

「なるほど、商人とは強《したた》かだな。八門《はちもん》を以ってしても手に余るか」

「申し訳ありませぬ」

謝ると大殿が声を上げて御笑いになった。身の縮む思いだ。いっそ叱責された方が気が楽なのだが……。

「分かった事でいい。教えてくれ」

「はっ、先ず堺の事でございますが明確に反対しそうな者は小西《こにし》が考えられまする」

大殿が〝小西か〟と呟かれた。

「薬を扱っていたな」

「はっ、主に高麗人参《こうらいにんじん》を」

「なるほど、参入者が多くなれば旨みが減るか。おまけに買い付けは厳しくなる」

「そう考えても不思議ではありませぬ」

「そうだな、となると朝鮮との戦争も論外であろうな」

「はっ」

高麗人参は高価で簡単には手が出せぬ。つまりこの日本で購入する者は少ない。朝鮮で買い付ける者が増えては競争は厳しくなろう。値は上がる。だが日本で売るためには値を下げざるを得ぬ。つまり旨みは減る事になる。小西にとっては現状の維持が望ましかろう。大殿の考える日本と朝鮮の交易の拡大など受け入れる事は出来まい。

「薬か、俺を毒殺しようと考えるかもしれんな」

大殿が顔を顰められた。有り得ぬ事ではない、用心が必要だ。

「他には？」

「読めませぬ。……かつては朝鮮との交易で綿糸を買い入れておりました。しかし今では国内で十分に採れまする。敢えて朝鮮から買い入れる必要は無くなったと言えます」

大殿が〝うむ〟と頷かれた。表情は変わらない。だが心の内では満足しておられよう。綿糸を広めたのは大殿だ。

「歩こうか」

「はっ」

大殿が歩き出した、後を追う。

「絹は如何か？」

「絹は明の物にございます。必ずしも量が豊富とは言えませぬ。明の交易船、南蛮船が堺に来る事を考えますと……」

「朝鮮にこだわる必要は無いか」

チラッと人影が見えた。八門、警護の者だった。俺を認めると微かに目礼してきた。他にも何人か居る筈だ。

「それに琉球からも絹は入ってきます。伊勢の大湊《おおみなと》には堺の商人達の出店が有りまする」

「なるほどな」

大殿は歩きながら庭の草木を見ている。だが視線は厳しい。庭を愛《め》でる視線ではない。

「日本からは銅、硫黄《いおう》、昆布、石鹸《せっけん》などが朝鮮に売られております。朝鮮との交渉が上手く行き、交易が拡大されるなら、小西を除けば明確に反対する者は居ないのではないかと思いまする。特に納屋衆《なやしゅう》は喜びましょう」

「……そうだな。納屋の利用が増えるか」

「はい」

納屋衆がそれを望まぬとは思えぬ。そして納屋衆は堺の商人達の中でも大きな力を持つ。彼らが賛成すれば他の堺の商人達も反対はせぬ筈だ。小西を除けばだが。

「ただ……」

「うむ、何か？」

「朝鮮が交易の拡大を望まぬのではないかと」

「……」

大殿が口元に力を入れたのが分かった。不満に思っておられる。

「先に申し上げましたが日本からは銅、硫黄、昆布、石鹸などが朝鮮に売られております。そして朝鮮からは高麗人参、絹、陶磁器、経典を買っております」

「うむ」

「問題は扱う量にございまする。高麗人参も絹もそれほど量は多くないようで朝鮮側は売る物に困っているのではないかと」

大殿が足を止めて俺を見た。酷く驚いておられる、予想外の答えだったのだろう。

「そうか、物々交換だったな」

「はい」

唸《うな》り声が聞こえた。

「以前の事でございますが朝鮮が綿布と銅の交換を渋った事が有るそうでございます。理由は朝鮮から綿布が無くなってしまうと恐れたのだとか。同じような状況になるかもしれませぬ」

「なるほどな。……交易を拡大すれば朝鮮にとってはむしろ負担になりかねぬか」

「はい」

また唸り声が聞こえた。大殿が歩き出した。

「小兵衛、博多は如何かな？」

「こちらは危ういかと」

「……」

「島井宗室《しまいそうしつ》、神屋宗湛《かみやそうたん》、大賀宗九《おおがそうく》、いずれも朝鮮、明との交易で財を築いております。朝鮮との交易の拡大は喜びましょうが競争相手が増えるのは喜ばぬかもしれませぬ」

「……なるほど」

「それに明も絡むとなれば……」

「なおさらか」

「はい」

大殿が大きく頷かれた。博多の方が朝鮮に近い。それだけに朝鮮との結び付きが強いのだ。交易の拡大を商いの拡大の機会と捉えてくれればいい。そうでなければこれまで築いた地位を奪われると考えよう。どちらに転ぶか、その辺りの判断が付かぬ……。

「小兵衛、博多の商人達は朝鮮の内情に詳しかろう。となると朝鮮が交易の拡大を望まぬと察するかもしれぬな」

確かにその懸念もある。

「それと宗《そう》氏の事がございます」

「宗氏？　讃岐守《さぬきのかみ》か？」

大殿が訝しげな表情をしている。宗氏の当主、讃岐守義調《よししげ》を大殿はそれなりに評価しているようだ。

「左様ではありませぬ。宗氏の家臣達にございます」

「……如何いう事だ、小兵衛。何が有る？」

「対馬は米が穫れませぬ」

「うむ」

「知行《ちぎょう》の代わりが交易の権利でございます。もし、その権利が脅《おびや》かされるとなれば……」

「なるほど、危機感を覚えるか」

「はっ。毛利家が牙符《がふ》を取り返した時はかなり混乱したそうにございます。幸い毛利家はまた牙符を宗氏に預けましたが故収まりましたが……」

大殿の表情が厳しい。

「朝鮮との交渉に宗氏は使えぬという事だな？」

「はっ、宗氏の家臣達は現状維持を望みましょう。讃岐守殿が朽木に忠節を尽くすつもりでも反対して説き伏せる、或いは表面上は協力しても裏では敵対するという事になるやもしれませぬ」

「やれやれだな、小兵衛。ここまで悪い条件が重なると溜息も出ぬわ。厄介な事よ」

大殿が足を止められ苦笑いを浮かべられた。

「報告し辛かったであろうな」

「畏れ入りまする」

「済まぬがもう少し博多、宗氏の事を調べてくれるか。それと朝鮮が交易の拡大を望まぬ理由、本当に物が無いだけなのか。その辺りも知りたい」

「はっ」

「念のため大友、龍造寺との繋がりもな。伊賀衆には俺から話しておく」

「はっ」

もう笑っていない。大友、龍造寺か、無いとは言えぬ。

「それとな、今ひとつ頼まれてほしい」

「はっ、何なりと」

「佐渡を探ってほしい。佐渡の内情、それと上杉との関係だな。朽木が佐渡を攻め獲れるのか、その辺りを知りたい」

佐渡攻め、蝦夷地との交易における中継地点の確保という事か。琉球との交易における土佐《とさ》のような物だな。

「承知しました。……氣比大宮司家《けひだいぐうじ》にはお訊きなされましたか?」

氣比大宮司家はかつて越後、佐渡に大きな勢力を持っていた。今も影響力は保持していよう。得るところは有る筈だ。

「いや、訊いていない。そうか、そっちが有ったか。確認してみよう」

「某も急ぎ調べまする」

「うむ、頼む」

一礼して大殿の御前を下がった。これから雪が酷くなる。だがやらねばなるまい。

死因

禎兆五年（一五八五年）十一月中旬　　近江国蒲生郡八幡町　　八幡城　　朽木基綱

「如何なされたのです」

「落ち込んでいる」

「まあ」

小夜《さよ》がコロコロと笑い出した。その隣で周が眼を点にしている。無理も無い、俺は今小夜の部屋で行儀悪く寝そべっているのだ。如何見ても太政大臣朽木基綱の姿ではなかった。その辺の何処にでも居る駄目親父の姿だ。現代なら土日には一般家庭でよく見られる光景だろう。

「周が驚いておりますよ」

周が〝いえ、私は〟とあたふたしだした。なかなか可愛い。素直なのだな、小夜も側に置いて可愛がっている。

「男などこの程度のものだ。世の男共に幻想を抱かずに済むだろう。貴重な経験だな、周」

「またそのような冗談《てんごう》を」

小夜がまたコロコロと笑う。周は困ったような表情だ。これも悪くない。

「父御《てて ご》の三郎右衛門はこういう姿は見せぬのか？」

「……はい」

消え入りそうな声だ。俺に悪いと思ったらしい。

「偉いものだな。俺など結婚して三年と経たぬうちに小夜の前でこうしていたぞ」

「そうでございますね。最初の時は余程に御具合が悪いのかと心配した覚えが有ります」

「そう、最初だけな」

「まあ、酷うございます」

小夜が三度コロコロと笑う。今度は周も口元を袂《たもと》で隠した。三郎右衛門は厳しい父親らしい。礼儀作法をしっかりと身に付けさせたようだ。

「こういう姿を見せられるのも小夜と雪乃ぐらいのものだ。他の側室達には見せられぬ」

「気を遣いまするか？」

「そうだな、弱い姿は見せられぬ」

小夜が頷いた。周は神妙な表情だ。皆頼りになる実家が無いのだ。おまけに若い。どうしても弱音は吐けない。中年男の情けない姿など見たくはないだろう。強い男、頼れる男を演じるのも疲れるのだよ。

「殿方は大変」

小夜が悪戯っぽい笑みを浮かべながら言った。俺の心を浮き立たせようとしているらしい。

「そうだな、大変だ。という事で俺はもう少しこうしている」

小夜と周が可笑しそうにしている。楽じゃないのは女も同じだ。男が戦に出れば二度と会えないかもしれないのだ。見送るのは辛いだろう。それにもう直ぐ百合が三好に嫁ぐ、何かと忙しい筈だ。それでも俺には笑顔を見せてくれる。有り難い事だ。

天井を見た。何の変哲もない天井だ。絵でも描かせるか。美人画とか如何だろう？　落ち込んだ時は寝転んで天井を見る。美人が微笑んでいる。多少は心が浮き立つかもしれない。……落ち込むわ、馬鹿な事ばかり考えるな。朝鮮との交渉は上手く行かないかもしれない。

「そういえばまた倉の底が抜けたとか」

「らしいな。平九郎がそんな事を言っていた」

「周が驚いていました」

チラッと周を見た。懸命に表情を消している。

「時々そういう事が有る。そのうち慣れるだろう」

「はい」

俺も最初は驚いた。今じゃまたかと思うだけだ。そんなものだ。

国を開いて交易を拡大しウィンウィンの関係を結ぶ。一時的には緊張するかもしれない。しかし利益が出て国が豊かになれば緊張も緩和するし受け入れる事が出来る筈だ、それが一番いいと思ったんだが売る物が無いって何だよ。嘘だろうと言いたいが綿布の話を聞くと有り得ない事じゃなさそうだ。

「如何なさいました？」

「別に」

「溜息を吐いておられました」

「そうか。……悩み多き年頃なのだ」

小夜と周が笑っている。いいんだよ、悩んでも。四十にして惑わずというからな。俺は三十代だ、悩む権利は有る。

十分に売買出来る物が無いとなれば混乱するだけだ。朝鮮側が交易に対して消極的なのもそれが有るのかもしれない。宗氏や朝鮮との交易に関わる商人達はその辺りを理解しているのではないかと小兵衛は言っていた。十分に有り得る。という事はだ、日本側にも交易の拡大は望んでも無制限の自由貿易は望んでいない勢力が有るという事だ。つまり分け前を増やせ、でも新参者は入れるなという事になる。

ゴリ押しするのは危険かな？　物不足からインフレが発生すると苦しむのは一般庶民だ。朝鮮は衛正斥邪《えいせいせきじゃ》で排外思想が強い、対日関係の悪化に繋がりかねない。いや朝鮮に限らんな、日本だって幕末は攘夷《じょうい》が盛んになった。その一因に幕末の経済混乱が有ったのは事実だ。経済面での混乱は拙い。

その辺りを考えると自由貿易よりも制限貿易の方がベターで現実的な選択ではある。いやインフレになるのか？　物不足と売る物が無いのは別だろう。おまけに国内でも物々交換が主流なら影響は少ないのかな？　一般の消費財が不足すれば問題だろうが綿布は日本国内でも調達出来る。朝鮮に頼る必要は無い。分からんなあ、分からん。経済学者とか連れてきて分析させてみたいよ。どんな分析をするか……。

日本側も危ないかもしれない。戦争をしなければ大丈夫、交易を拡大するなら皆喜んでくれるだろうと思ったが甘かったか……。市場が小さいのだとすると市場開放は過当競争を生みかねない。旨みが出ないな。九州の商人達は既得権益の侵害だと思うだろう。毒殺か、有り得るかな？

史実における豊臣秀吉の死因には色々な説が有る。脳梅毒、大腸癌《がん》、痢病《りびょう》、尿毒症、脚気《かっけ》、腎虚、そして毒殺。医学が発達していない時代だから已むを得ないんだが些か不自然というか曖昧《あいまい》過ぎる。だが毒殺の可能性は低いと思っていた。やりそうな人間が居ないんだ。殺人には動機が要る。だがこれといった動機が見当たらない。

家康が秀吉の死を望んでいたのは事実だろう。だが秀吉を殺す必要が有ったかと問われれば無いと言わざるを得ない。当時の最大の政治的懸案は朝鮮出兵を如何収拾するかだった。朝鮮出兵は明らかに秀吉の失政だ。長引けば長引くほど諸大名の豊臣家への不満は大きくなる。それだけ家康への期待が大きくなるのだ。家康が秀吉暗殺などという危ない橋を渡る必要は全く無かった。四苦八苦する豊臣政権を意地の悪い目で見ていただろう。

豊臣家内部にも秀吉の死を望む人間が居たとは思えない。朝鮮からの撤兵を決断するには秀吉が最大の癌だという事は三成《みつなり》達五奉行も分かっていただろう。秀次《ひでつぐ》が生きていれば秀吉を殺せたかもしれない。そして朝鮮から撤兵したかもしれない。だが秀次は死に後継者の秀頼は幼かった。後継者が幼いという事がどれだけ危険かは織田家の事を考えれば直ぐ分かる。織田家は秀吉に天下を奪われたのだ。五奉行はそれを見てきた。いや、秀吉が織田の天下を奪うのを助けてきたのだ。そして家康という危険な存在も有る。誰よりも秀吉に長生きしてほしいと思っていたのは彼ら五奉行の筈だ。最低でもあと十年は生きてくれと願っていただろう。彼らに秀吉を殺す理由は無い筈だ。あれ、待てよ。秀吉が秀次を粛清したのはクーデターを恐れて先手を打って始末したって事は無いか？　まさかとは思うが……。新説、いや珍説かな？

切支丹禁教令《きりしたんきんきょうれい》が絡んでいる？　それもおかしい。豊臣系大名の小西行長《ゆきなが》は切支丹だ。だが秀吉が行長を疎んじたとも思えない。肥後《ひご》半国を与えられている事を考えれば如何見ても優遇だろう。朝鮮出兵のためかもしれないがそれだって行長に期待していたからとも言える。

行長の家臣、領地には切支丹が多かったがその事を咎められたとも思えない。豊臣政権の切支丹禁教令は徳川政権のそれに比べればかなり緩い。秀吉を布教のために暗殺しようというほど追い込まれていたとは思えない。サン＝フェリペ号事件、日本二十六聖人殉教が絡んでいる？　しかしなあ、あれを秀吉が悪いと一方的に言えるのだろうか……。

可能性を潰していくと死因は不明だが自然死だろうと思っていた。だがな、商人が居たわ。その可能性を見逃していた。博多の商人は朝鮮、明との交易で莫大な利を得ていた。朝鮮出兵により朝鮮との交易が出来なくなったわけだ。そして明が参戦した事で明との交易にも支障が出ただろう。大損害だ、秀吉を絞殺《しめころ》したくなったとしてもおかしくはない。そして誰かが秀吉に毒を盛った……。その誰かは秀吉が死ねば朝鮮出兵が終わると見たのだ。それが大事だった。国内の混乱も豊臣家の天下も如何でもよかった。むしろ混乱して中央の統制力が弱まった方が交易はし易い。商人ならそう考えたかもしれない。

『干からびたかのように衰弱しておりぼろぼろになっている。まるで悪霊のようで人間とは思えない』

秀吉に謁見したヨーロッパ人がそう記している。これで本当に自然死なのか……。毒殺とばれないように少しずつ毒を盛る。砒素《ひそ》かな？　朝鮮では毒薬として使われていた。日本にも有っただろう。慢性の中毒状態にして命を奪う。文禄《ぶんろく》・慶長《けいちょう》の役《えき》の始まりが一五九二年、秀吉の死が一五九八年。六年かけて殺す。時間の掛け過ぎかな？　それに秀吉の侍医達が気付かなかったとも思えない。やはり無いと見るべきか……。

いや、毒を盛ったのは文禄ではなく慶長になってからかもしれない。講和交渉が決裂してからだ。となると期間は短い。毒も砒素じゃないかもしれん。犯人は講和交渉に一縷《いちる》の望みを賭けていた。犯人にとっても秀吉暗殺は出来れば避けたい博奕《ばくち》だったのだろう。だが講和交渉が失敗に終わった事で戦争終結の望みが無くなった。だから秀吉毒殺を決行した……。

「分からんなあ」

「如何なされました？」

小夜が心配そうに俺を見ている。

「いや、分からん事ばかりだと思ったのだ。分からん」

「まあ」

小夜がクスクスと笑い出した。

講和交渉には小西、宗も絡んでいた。となるとその周辺に居た商人かもしれん。銭は怖いわ、大金が絡むと人の命など平然と踏み躙る事も有る。国外よりも国内の方が危険かもしれない。十分に注意が必要だな。さてと、起きるか。掛け声と共に身体を起こした。歳かな？

「もう直ぐ百合が嫁ぐ」

「はい」

「色々と大変だろうが頼むぞ」

「はい、雪乃殿が何かと力になってくれます。それに大方様も」

「そうか」

この手の事は本人よりも周りが熱心になると聞いているが本当だな。


禎兆五年（一五八五年）　十一月下旬　　近江国蒲生郡八幡町　　八幡城　　朽木基綱

「久しいな、出羽守《でわのかみ》」

「はっ」

声は聞こえた。でも姿は見えない。暗闇の中、あの大男が同じ部屋に居る筈なんだけど全く分からない。風間《かざま》出羽守の忍びの業前《わざまえ》はかなりのものらしい。流石は風魔小太郎《ふうまこたろう》だな。

「寝所にお呼びいただけるとは、御信任有り難うございまする」

「悪巧みの相談は闇の中でこっそりとするものだ。違うかな？」

「真に」

出羽守から面白がっている波動が届いた。北条では如何だったんだろう。氏康《うじやす》、氏政《うじまさ》の寝所に呼んでもらったんだろうか？　ちょっと訊き辛いな。

「如何かな、関東は」

「国人衆が朽木に対して不満を持っておりまする」

「それで?」

「下総、上総、武蔵では密《ひそ》かに連絡を取り合っているようで」

「武蔵もか」

「はっ、三田《みた》、成田《なりた》、藤田《ふじた》、太田《おおた》、大石《おおいし》。いずれも文の遣り取りをしております」

意外だな。武蔵の国人衆は割と早く朽木に服属したんだが……。

「常陸、下野は」

「今のところ目立った動きはございませぬ」

安定していると見るのは甘いだろう。おそらくは下総、上総、武蔵の動きを見ているのだ。様子見だな。その事を言うと出羽守が同意した。様子見が一番始末が悪い。状況次第で如何動くか分からない。どうせなら最初から敵対してくれた方がいいんだが……。

「連中、やる気かな?」

「そのようでございます」

思わず笑ってしまった。出羽守も笑っている。本気かよ、そんな気分だ。

「戦を止められた事が不満か? それとも関の廃止が不満か?」

「両方でございましょう」

「ほう」

「大きくなる事も銭を得る事も止められたのでございますから」

「なるほどな」

出羽守が〝大殿も意地が御悪い〟と言った。出羽守は戦を止めろと言うだけなら関東の国人衆は反旗を翻そうとはしなかったと見ているようだ。銭を得る？　関を設けて銭を毟《むし》っていたというのが正しい表現だろう。関を設けて銭を取る。領主にとっては三つの意味が有る。一つはその土地が自分のものであるという宣言。二つ目は関による不審者の排除。三つ目は銭の確保。これじゃやりたくなるよな。その代償は流通の阻害と経済の停滞だ。要するに領内は貧しくなるという事だ。

銭が欲しいなら領内を発展させ開放するべきなんだが発展させるには銭が掛かる。そんな銭は無い。という事で皆で貧しく百姓に犠牲を強いながら適当に戦をする。それが戦国時代の実相だ。下総、上総、武蔵の連中はその楽しさが忘れられないらしい。

「では戦か」

「いえ、先ずは無視でございましょう」

「……」

「関を廃さずに無視する。それによって朽木といえど領内の支配について口は出させぬと行動で示す……」

「なるほどな」

不意に可笑しくなって笑い声が出た。いかんな、出羽守が不審に思っているかもしれない。

「関東の者共は未だに足利の世が続いていると思っているようだな」

「……」

「朽木は足利とは違うのだという事が分かっておらぬらしい。上杉も関を廃すと言っているのに何を見ているのか。世の動きが何も見えていないとしか思えぬ。……大樹はなんと言っている」

「はっ、容赦はせぬと。年が明ければ戦となりましょう」

「大樹に励めと伝えてくれ」

「はっ」

それでいい。怯むようなら尻を叩かねばならんからな。去り際に出羽守がはっきりとは言えないが奈津《なつ》が懐妊したようだと教えてくれた。事実なら正式に使者が来るだろう。目出度い限りだ。

関東には大きな勢力が無い。北条が大きくなりかけたが武田が川中島《かわなかじま》で敗れた事で北条は縮んだ。上杉は影響力は大きかったが領有したのは上野だけだ。関東管領は関東の秩序を守る立場にあるという事で関東を切り取る事はしなかったらしい。越中、飛騨、信濃も有る。余り無理をする必要は無いと判断したのだろう。つまり関東は群雄割拠と言えば聞こえはいいが国人衆の乱立状態に在ったわけだ。

史実だと北条が関東の大部分を制していたが豊臣に敗れて関東は中央に服する事になる。だがこの世界では戦らしい戦も無く群雄割拠の状況で朽木に服してきた。そして今戦が起きようとしている。当然だろう、関東は武力制圧が必要だ。史実がそれを示している。

秀吉の天下統一事業では奥州仕置が最終工程だった。この奥州仕置、それほど大きな戦は起きていない。大体検地も含めて二ヶ月ほどで終わっている。旅行にでも行ったのかと勘違いしそうなほどだが天下統一は奥州仕置を以って成った。大きな戦が無いという意味ではこの世界の関東に似ている。だがこの後、奥州では各地で一揆、反乱が起きる。要するに奥州の百姓、地侍は豊臣の支配体制を拒否したのだ。天下統一は？　と言いたくなる状況だ。秀吉も首を傾げただろう。

負けてないからだ。コテンパンに負けてないから納得出来ない、受け入れられない。元々人間なんてそんなに賢くもなければ諦めもよくない生き物なのだ。そして臆病だ。新しい物を受け入れる事がなかなか出来ない。コテンパンに負けて痛めつけられて漸く諦めが付く、新しい物を受け入れられるのだと思う。天下布武だ。天下に武を布《し》く事で天下を統一する。武を振るう事を躊躇ってはならないのだ。新しい世の中を切り開くために……。

南部《なんぶ》と九戸《くのへ》

禎兆五年（一五八五年）　十二月上旬　　近江国蒲生郡八幡町　　八幡城　　朽木小夜

「御台所様、落ち着かれましたか？」

「ええ、漸く落ち着きました」

「それはようございました」

雪乃殿が労《いた》わるような目で私を見ていた。本当にここ一月ほどは落ち着かなかった。百合の婚儀の準備、そして嫁いでからは幼い娘が三好家で上手くやっていけるのかと心配で……。漸く落ち着いたような気がする。こうして雪乃殿とお茶を飲めるようになった。

「気遣っていただき有り難うございます」

礼を言うと雪乃殿が〝いいえ〟と言いながら首をゆるゆると横に振った。

「大した事ではございませぬ。竹と鶴の時は私が御台所様に気遣っていただきました。感謝しております」

「ではお互い様という事で」

「左様でございますね」

顔を見合わせて声を上げて笑った。

いい方だと思う。この人が大殿の側室でよかった。私が先に男子を三人産んだ事もよかったのかもしれない。でも雪乃殿が側室でよかったと思う。嫁いで二十年以上経った。雪乃殿が朽木に来てからでも二十年近くになる。人生の半ば近くがこの人と一緒だった事になる。同じ男《ひと》を愛してきた。なんと不思議な事か……。

「竹姫、鶴姫の婚儀で分かっていたつもりだったのですけどね」

「百合姫様は御台所様の御子、御自身の姫となるとやはり違いますか?」

「ええ、違いました」

「そうですね、私もお手伝いさせていただきましたが何処かで気が楽でした。準備を楽しんでいたと思います。申し訳有りませぬ」

顔を見合わせてまた笑った。

「来年は次郎右衛門様の婚儀が有ります。それに三郎右衛門様が六角家を御継ぎになる。御台所様にはまた忙しい日々が続きますわ」

「ええ、そうですね」

次郎右衛門が毛利家から嫁を娶《めと》り三郎右衛門がいずれは六角家を再興する。まさか私の産んだ子が名門六角家を再興する事になるとは……。確かに六角家の養女として朽木に嫁いだけれど未だに信じられない。

「その次は万千代《まんちよ》殿の元服ですね。雪乃殿、楽しみでしょう？」

「そうですが三、四年は先の事です。まだまだ……」

刻は有る。そう言うように雪乃殿が首を横に振った。

「三、四年などあっという間ですよ」

私の言葉に雪乃殿が悪戯を思い付いたような笑みを浮かべた。

「そうですね。月日が経つのは早い。私も御台所様も何時の間にか祖母様《ばあさま》と呼ばれるようになったのですから」

「まあ、酷い」

二人で声を上げて笑った。そう、私達にはもう孫が居るのだ。一頻り《ひとしき》二人で笑った。

「でも今回ばかりは娘を嫁がせるというのは本当に大変だと思いました」

「男の子を元服させるのとは違いましょうか？」

「ええ、違います。娘は外に出すのですから……。でも養子に出すとなれば同じように気を揉むのかもしれませぬ」

雪乃殿が大きく頷いた。

「大樹公の事が御心配ですか？」

雪乃殿が気遣うような視線を向けてきた。

「最初は心配しました。でも今は……」

心配はしていない。心配しても仕方ないのだと思う事にしている。あの子には妻も有り家臣達も揃っている。嫡男も出来た。奈津殿がまた懐妊したと報告も有った。あの子は一人でも十分にやっていけている。もう私の手からは離れたのだ。

「大樹公が下総に攻め入ったと聞きました。千葉氏は押されているとか。立派な御大将でございます」

「……」

息子は関東の国人衆に戦を止めるようにと命を出した。そしてそれに従わぬ者を討つと定めたらしい。その事を大殿が高く評価していた。……何時の間にか子供は育っていく。その事を言うと雪乃殿も〝真に〟と相槌《あいづち》を打った。

「子を持って分かる親の心と言いますが、子を手放して分かる親の心というのも有るのだと思いました」

雪乃殿が頷いた。

「左様でございますね。私は何の不安も持たずにこちらに参りました。大殿の御側でなら面白い事が沢山有りそうだと胸を弾ませながら来たのです。父も母もそんな私を如何思った事か……。さぞ心配したと思います」

雪乃殿が感慨深そうにしている。私も変わらない。浅井家を不縁になった。その事で塞ぎ込む私を家族は随分と心配していた。朽木家との縁談が決まった時には喜んで私を送り出してくれたけど内心では心配だっただろう。そして観音寺崩れ以降、六角家と朽木家の関係はギクシャクしだした。また離縁になるのではないかと不安は増したに違いない。親の心、子知らずとは本当によく言ったもの……。

禎兆五年（一五八五年）　十二月中旬　近江国蒲生郡八幡町　八幡城　朽木基綱

「如何かな、朝堂院の建設は」
「予想以上に整地に時を使いました。漸く大極殿の棟上げが終わりましたので来年の謁見には問題無く使えましょう」
「そうか、分かった。よくやってくれた」
労うと伊勢兵庫頭が〝はっ〟と言って畏まった。

琉球の使節が帰るまでに建ててくれなんて無茶だったんだ。その事を言うと兵庫頭が困ったような表情をした。済まんな、兵庫頭。無茶振りする酷い上司だと思っただろう。朽木はブラック企業じゃない。という事で、兵庫頭にはもう一度よくやってくれたと言って労った。今度は〝有り難き幸せ〟と言って畏まった。

「朝堂院の再建は公家の方々にも評判が宜しいようです。普請場に足を運ばれる方もいらっしゃるようで」

「そうか」

太閤殿下かもしれない。腰が軽いからな。有り得ない事じゃない。自分が提案した物が出来上がる。その様を見るのが楽しいのだろう。その内周りに自慢しだすに違いない。兵庫頭が〝大殿〟と俺を呼んだ。ジッと見ている。アレ？　何か有るのか？

「御忍びで院がお見えになったという話も有りまする」

「院が？　嘘だろう？」

兵庫頭が首を横に振った。

「それがどうやら真のようで。扇で御顔を隠し泣いておられたとか。一条左大臣様が御側に居られたようにございます」

「不用心な」

泣いていたか。嬉し泣き、だよな。それにしても帝に比べれば自由な立場だろうが不用心としか言いようがない。今回は問題は無かったが次も大丈夫とは限らない。

「次からは警護の者を付けるようにしていただく。奉行所の方から何人か出してくれ。殿下には俺から伝える」

「はっ」

「新当流の使い手が要るか？」

訊ねると兵庫頭が〝出来ますれば〟と言った。

「念には念を入れとうございまする」

「分かった。十人ほど奉行所に送る」

「有り難うございまする」

そのうち朝堂院見学ツアーとか出来そうだな。護衛付きとなれば公家達も喜ぶだろう。院を引っ張り出しそうだ。

「朝廷からは好意的に受け取られているようだな。銭は掛かるがこれからも長く使える事を思えば悪くない」

「大殿が朝廷を重んじているという証《あかし》にもなりましょう」

「うむ」

俺が頷くと兵庫頭も嬉しそうに頷いた。

足利の時には再建されなかったのだ。それを朽木が再建した。儀礼中心にせよ大事にされている、必要とされていると分かれば朝廷も悪い気はしない筈だ。最初の謁見の時は大騒ぎだろう。公家達が日記に事の次第を詳細に書くに違いない。俺の事も好意的に書いてくれるだろう。根切りとか焼き討ちとかじゃなくて気前がいいとか親切、勤王《きんのう》の志が篤《あつ》いとかって。

「ところでな、兵庫頭。先日、妙な使者が来た」

「妙な使者、でございますか？」

「うむ、陸奥《むつ》国九戸郡の九戸左近将監政実《さこんのしょうげんまさざね》が寄越した使者だ。手土産にと言って硫黄を十斤ほど持ってきた」

「なんと」

兵庫頭が驚いている。

そうだよな、陸奥国九戸郡と言えば奥州でも北の方だ。岩手とか青森の方だろう。それに硫黄十斤と言えば大体六キロほどになる。どうやら九戸は硫黄の採れる鉱山を持っているらしい。それに俺が鉄砲大好き人間だと知って贈ってきたようだ。なかなか好感が持てる男だ。太刀一振りなんていうよりずっといい。俺の心の中では九戸左近将監政実は赤丸急上昇中だ。

この九戸政実なのだが史実では秀吉の奥州仕置後、その仕置に不満を持ち主家の南部氏に反旗を翻して滅んでいる。要領が悪そうに見えるんだが俺に使者を送ってきた事を考えるとそうとも思えない。ちょっと不思議な男だ。使者には石鹸と干し椎茸《しいたけ》を渡した。喜んでくれるだろう。

「天下統一も間近、いずれは奥州にも朽木の兵が来ると見ての事だろう。今のうちに誼《よしみ》を通じておこうというのだろうな」

「左様でございましょう。それにしても九戸が使者を」

感慨深そうな声だ。

「まあ朽木は奥州とは何かと縁が有る」

兵庫頭が頷いた。奥州、蝦夷地との交易は朽木の重要な収入源だ。相手から見ても朽木との交易は重要なものだろう。

「向こうもだいぶ酷いようだな。南部家の家督争いから戦続きで落ち着かぬと言っていた。本来なら左近将監の弟が南部家を継ぐ筈だった。そうであれば安定した筈だと使者は言っていた」

「然《さ》も有りましょう。南部と九戸は奥州北部を代表する家でございます。両家が手を結べば奥州北部は簡単に鎮《しず》まりましょう」

「なるほど」

兵庫頭が知っているという事は幕府も九戸の実力を高く評価していたという事だろう。その事を言うと兵庫頭が九戸政実は足利義輝《よしてる》の代には南部氏と共に室町幕府諸役人附関東衆として認識されていたと教えてくれた。諸役人附関東衆？　よく分からんな。

だが義輝の代か。三好に圧迫されていた時だ。幕府の、将軍の権威を高めようと地方の諸大名で多少名の有る者には文を送ったかもしれん。九戸と南部は中央にも認識されていたのは間違いない。献上品でも送ってくればそれだけでも効果は有ったと義輝は喜んだだろう。

「詳しいようだな、兵庫頭」

「然程の事は有りませぬ」

恥ずかしそうにしている。謙遜するなよ、兵庫頭。

「少し教えてほしい。南部と九戸の関係が今ひとつよく分からぬ。使者は左近将監の弟が南部の娘を娶っていた。それ故南部家を継ぐ筈だったと言っていたが別な者、傍流の九郎信直《くろうのぶなお》が南部家を継いだらしい。九戸は南部の一族で有力者なのであろう？　如何いう事だ？　何故家を割るような事をする？　何か有るのか？」

兵庫頭が妙な顔をした。アレ？　何か変な事を言った？

「九戸は南部の一族ではございませぬ」

「違うのか？」

「はい」

兵庫頭が大きく頷いた。史実では南部の一族で家臣と聞いたけどな。それが反旗を翻して南部は抑えきれなくなった。そして秀吉に救けを求めた事で奥州再仕置になった。違うのか？

「九戸は元を遡《さかのぼ》れば小笠原《おがさわら》氏でございます。南部氏も小笠原氏も清和源《せいわげん》氏《じ》の流れではあります。それに南部と九戸が全く血の交流が無かったとは思えませぬが……」

「同族とは言えぬか」

俺の言葉に兵庫頭が〝はい〟と答えた。

「そうか、どうも俺は勘違いをしていたらしいな」

兵庫頭が曖昧な表情で頷いた。……なるほど、そういう事か。九戸政実の弟が南部の娘を娶ったというのは政略結婚による同盟関係の構築という事なのだろう。一族の結束を固めるという類《たぐい》のものではないのだ。その後、南部家で家督争いが発生する。政実の弟を選ばなかったのは選べば九戸が強くなり過ぎる、南部家を九戸家に乗っ取られるのではないかと南部の一族が思ったからかもしれない。

九戸が南部の家臣と伝わったのは秀吉の奥州仕置が原因だろう。当時の南部の当主、九郎信直が秀吉に九戸は南部の一族で家臣筋であると言ったのだと思う。奥州北部で戦が収まらないのは九戸がそれを弁《わきま》えないからだと。そうとしか言いようがなかったのだろう。政実の弟が南部を継いでいれば混乱は起こらなかった筈だ。自分が南部家を継いだのが原因ですとは言えない。そして秀吉は九郎信直の言い分を認めて九戸の領地も含めて南部領としたのだ。九戸政実が怒る筈だよ。反乱もそれが原因だろうな。

「もうじき九州から小山田左兵衛尉達が戻ってくる。労いの宴《うたげ》を開くつもりだ。忙しいかもしれんが兵庫頭も出席せよ」

「はっ、有り難うございまする」

兵庫頭が畏まった。コンパニオン付きの宴だ。楽しいぞ。

禎兆六年（一五八六年）　一月上旬　　近江国蒲生郡八幡町　　八幡城　　朽木佐綱《すけつな》

宴の場は華やかで、そして和やかだった。新しい年を家族で祝う。祖母様、父上、母上、そして側室の方々、弟妹達。ここに居ないのは関東で戦の最中の兄上、越後の竹、鶴、百合、五歳にならない弟妹達だけだ。少し寂しい。だがその寂しさを感じさせないかのように皆華やかに装っている。外は雪が降っているが寒さなど少しも感じない。

父上が杯を伏せられた。父上は酒を嗜《たしな》まれない。父上が酔ったところ、乱れたところを私は見た事が無い。先日行われた小山田左兵衛尉達を労う宴でも父上は少しも変わらなかったと聞く。他の皆は美しく装った女中達に酒を注がれ強《したた》かに酔ったらしい。

「今年はいい年になりそうですね。次郎右衛門殿の婚儀が有りますし大樹公には子が出来ます」

祖母様の言葉に皆が頷いた。

「ところで三郎右衛門殿には六角家所縁《ゆかり》の姫君をと考えているようですが良い方が居られますか？」

「少々難しいかもしれません。今では六角家の血を伝えるのは北畠、梅戸ぐらいしか有りません。他は畠山、細川、土岐、若狭武田、いずれも没落してしまいましたから……」

父上の言葉に皆がシンとした。六角家、かつては近江を中心に畿内で大きな勢力を振るったと聞く。尾張でも有名だ。今はもう無い。混乱し朽木によって滅ぼされた。戦国というのは厳しいのだ。

「北畠の義叔母上《おばうえ》からも出来れば六角の血を引く娘をと頼まれているのですがその北畠、梅戸にも適当な娘がいません」

「まあ、如何するのです？」

「さて、如何したものか。将来的に六角家所縁の家から嫁を娶るしかないかもしれませぬ。……それと六角家を継承した三郎右衛門を何処に置くかという問題も有ります」

「この近江ではないのですか？」

祖母様の問いに父上が首を横に振った。

「それは避けた方がいいでしょう。南近江の国人衆は漸く朽木に慣れてきたのです。ここで六角を置けば国人衆の掌握に支障が生じかねません」

祖母様が不満そうな表情をされた。でもこれは父上が正しい。尾張で城を造っている事を考えればそれは分かる。

「三郎右衛門殿は息子ですよ」

「だからこそです。気を付けねばなりませぬ」

「……」

「九州で領地を与えようと思っています。六角家を継ぐのはその時になるでしょう」

父上が〝これ以上は〟と言うと祖母様は不満そうではあったが口を閉じた。三郎右衛門は無言で料理を食べている。既に聞いていたのだろうか？　そうとも思えない。三郎右衛門が物事に動じないのはいつもの事だ。

「父上、毛利の弓《ゆみ》姫はどのような方なのでしょう？」

問い掛けると父上が笑みを浮かべられた。

「不安か？」

「はい。会った事も無ければ話した事も有りませぬ。上手くやっていけるのか……。不安です」

「毛利家の娘として外に出すのだ。愚かではあるまい。それなりの娘であろうな。余り心配せぬ事だ」

そうは仰られても……。

「父上は不安は有りませんでしたか？　母上を御迎えになる時ですが」

父上が声を上げて御笑いになられた。

「そんな暇は無かったな。戦はせねばならんし元服もしなければならん。納采《のうさい》の品を選び婚儀の準備もした。忙しかった。それになんと言っても名門六角家から嫁を貰うのだ。粗末な婚儀は出来ぬ。銭がかかったわ。商人達が大喜びで清水山城に来たな。よく覚えている」

懐かしむような御顔だ。忙しかったとは仰られても不愉快ではなかったのだろう。

「結婚してからは？」

「式が終わると直ぐに戦場に行った。一緒に暮らしたのは二日か三日だろう」

「二日か三日？」

驚いて問い返すと父上が頷かれた。

「二日でございます。三日目の朝に慌ただしく御発ちになられました」

母上は可笑しそうにしている。本当に二日？　側室の方々からも〝二日？〟と声が上がった。

「考えてみると酷い夫だな。小夜、そなたよく六角家に帰らなかったな。何故だ？」

「まあ」

母上が袂で口を隠しながら御笑いになった。側室の方々が面白そうに父上と母上を見ている。

「真に受けてはいけませぬよ、次郎右衛門殿」

「違うのですか？」

「いいえ、大殿が仰られた事は事実です。ですが仰られない事も有ります。当時の大殿は十二歳の若さで近隣に畏れられる武勇の大将でした。私も最初は怖い方だと思っていたのです。血に飢えた餓狼《がろう》のような方だと思っていました。ですが嫁ぐ前に大殿から本当に心のこもった文を幾つも頂いたのですよ。櫛《くし》や簪《かんざし》、紅《べに》も頂きました。本当はお優しい方なのだと思いました。ですから嫁ぐ事に不安は有りませんでした」

母上が楽しそうに仰られると父上が〝そんな事も有ったか〟と仰って照れたように視線を逸らした。

「弓姫に文を書いて差し上げなさい。不安に思っているのはそなただけではありません。弓姫も同様でしょう」

「はい」

「心を込めて書くのですよ。多少字はアレでも心が込もっていれば、きっと分かってもらえます」

父上が苦笑いをされた。皆も笑う。父上の癖の有る字は有名だ。

「褒めているのか貶《けな》しているのか分からんな」

「褒めているのでございます」

母上が澄ました顔で答えると父上がまた苦笑いをされた。

「そういう事にしておくか。次郎右衛門、まあ頑張るのだな」

「はい」

父上と母上が声を揃えて御笑いになった。なれるかな？　父上と母上のように……。


禎兆六年（一五八六年）　一月上旬　駿河国安倍郡　府中駿府城　朽木奈津

「今戻ったぞ」

ガシャガシャと甲冑《かっちゅう》の音を立てながら御屋形様が座った。

「お帰りなさいませ。ご無事でのお戻り、嬉しく思います」

「ああ、そなたも元気そうで何よりだ。腹の子は元気かな？」

「はい、この通り」

自らの腹部を手で摩《さす》ると御屋形様が〝うむ〟と頷いた。

「竹若丸《たけわかまる》は？　風邪などひいてはおらぬか？」

「はい、元気です」

視線を後ろに控える矢尾《やお》に向けた。矢尾の腕の中では竹若丸が無心に眠っている。視線を戻すと御屋形様が満足そうに頷くのが見えた。甲冑の所為だろうか、酷く御屋形様が猛々《たけだけ》しく見える。もしかすると御屋形様は未だ戦場にいる心持ちなのかもしれない。

「抱いてみますか？」

問い掛けると首を横に振った。

「この姿だ。汚れているからな」

「では湯を使われますか？」

「そうだな、戦の垢《あか》を落とすとしよう。このままではそなたに嫌われかねぬ」

「まあ」

声を上げると御屋形様が〝はははははは〟と笑いながら立ち上がった。

「では床を用意しておきましょう」

「うむ、頼む」

御屋形様が部屋を出ていくと矢尾が〝御料人様〟と私を呼んだ。

「御屋形様は少しお変わりになられたような。そうは思われませぬか？」

「ええ、以前に比べると随分と表情が明るくなられたように思います」

矢尾が頷いた。

「そうでございますね。やはり徳川を下して自信が付いたのでございましょう」

「ええ」

自分もそう思う。以前よりも暗い表情、思い悩む表情をする事が少なくなった。矢尾の言う通り、徳川を下した事で自信が付いたのかもしれない。先程も冗談を言うほどに闊達《かったつ》になられた。

「今回も千葉家を滅ぼし見事な勝ち戦、もう押しも押されもせぬ立派な朽木家の御屋形様にございます」

「まあ」

胸を張って言う矢尾が可笑しかった。でも内心ではそれに同意している自分も居る。嫁いだ頃は生真面目でどことなく頼りなげだったのに今では頼もしさを感じている。すこし大殿に似てきたかもしれない。

大殿が御屋形様を駿河に送ったのは正しかったと思う。あのまま近江に居たら御屋形様は何時までも大殿の陰に隠れていたに違いない。駿河に来て大殿から離れて御屋形様は苦労した。でもその苦労は無駄にはならなかった。今では誰もが御屋形様を朽木家の当主、いずれは大殿の後を継いで天下人になると信じている。

御屋形様が戻られたのは半刻ほど経った頃だった。床の用意をし、竹若丸を抱いて待つ。御屋形様は単衣の上に羽織を纏っていた。湯冷めを避けたのだろう。私から竹若丸を受け取るとジッと見ている。如何したのだろう……。竹若丸が手を差し伸べても何の反応も無い。如何見ても竹若丸を可愛がる姿には見えない。

「如何なされました？」

問い掛けると御屋形様が私を見て困ったような表情をされた。

「千葉の事を、いや豊千代《とよちよ》の事を考えていた」

「……」

「そなたも千葉家が何故滅んだか、分かっていよう」

「はい」

千葉家は双子の兄弟、当主である千葉介良胤《ちばのすけよしたね》とその弟の新介邦胤《しんすけくにたね》が激しく対立していた。そして家臣達もそれぞれに付いて分裂して争っていた。朽木勢が攻め込んだ時、千葉家は成す術もなく敗れた……。

「先代の千葉家の当主は双子が生まれてもどちらか一人を外に出すという事はしなかった。将来に不安を感じなかったのか、或いは外に出す事が忍びなかったのかもしれぬ。だがその事が千葉家を分裂させた」

「……」

「千葉家を滅ぼすのは容易《たやす》かった。一つに纏まっていても勝つのは難しいのに分裂しているのだからな。私と戦う事よりも兄弟で争う事、出し抜かれるのではないかと疑う事を優先していた。あれでは……」

御屋形様が首を横に振った。

「織田家も同じでございましたね」

「いや、織田とは違う」

「……」

御屋形様がむずかる竹若丸をあやすように揺すった。竹若丸が笑い声を上げた。

「織田には勘九郎殿が居た。本来なら三介殿《さんすけ》、三七郎殿《さんしちろう》が跡目争いをする事は無かった筈だ。だが千葉家はそうではない。兄弟が争う事になれば家が割れる事になるのは見えていた。だが先代の千葉家の当主はそれを軽視した」

御屋形様が竹若丸を私の方に差し出したから受け取った。

「奈津、我らの子は竹若丸とそなたの腹の中に居る子だけだ」

「分かっております。朽木の家を危うくする事は出来ませぬ」

御屋形様が私をジッと見た。そして頷いた。豊千代は私達の子ではない。その事を忘れてはいけない。朽木の家を混乱させるような事をしてはならない。漸く天下が一つになろうとしているのだから……。

「お休みになられますか？」

「ああ、そうだな」

唐物《からもの》

禎兆六年（一五八六年）一月上旬　近江国蒲生郡八幡町　八幡城　朽木基綱

自室で寛《くつろ》いでいると〝大殿〟と声を掛けられた。部屋の入り口で小姓《こしょう》の徳川小太郎が控えている。目鼻立ちの涼やかな少年だ。何処か信長に似ていると思った。

「如何した、小太郎」

出来るだけ穏やかに声を掛けた。徳川が滅んで俺の小姓として働いているがなんと言っても家康の子供だからな。周囲の小太郎を見る目は必ずしも温かくはない。その辺りはよくよく気を付けなくては……。

「組屋源四郎《くみやげんしろう》、古関利兵衛《こせきりへえ》、田中宗徳《たなかそうとく》の三名が大殿に新年の御挨拶をと参上しております」

「そうか、この部屋に通してくれ」

小太郎が〝はっ〟と畏まった。

「小太郎、その三名は朽木にとって大事な者達だ。丁重にな」

「はっ」

また畏まってから下がった。素直だし健気《けなげ》でいい子なんだが父親が悪さをし過ぎた。その悪評に

苦しんでいる。困ったものだ。

直ぐに三人が小太郎の案内で部屋に入ってきた。挨拶をしようとするのを押しとどめると三人が訝しげな表情をした。

「紹介しておこう。そなた達を案内してきたのは徳川甲斐守の嫡男、徳川小太郎という者だ」

三人が驚いて小太郎を見ている。小太郎が視線を伏せた。

「年内に元服させる。その後は小太郎の精進次第。朽木は過去は問わぬ。朽木のために働き役に立つならば俺はそれに報いる」

小太郎が驚いたように俺を見た。

「浪人から万石取りの身代になった者も少なくない。小太郎、励めよ」

「はっ」

「うむ、下がっていいぞ」

小太郎が一礼して下がった。少しは励みになってくれればいいんだが……。

「驚きましたな。甲斐守様の御嫡男とは……」

源四郎の言葉に他の二人が頷いた。

「母親が織田殿の妹だった。その所為だろうな、織田殿によく似ている」

三人が複雑そうな表情をした。

「大樹のところには織田の旧臣が多い。甲斐守の息子が織田殿に似ているとあっては織田の旧臣達も穏やかではおられまい。だからな、俺のところで預かる事にした」

三人が〝左様でございましたか〟、〝なるほど〟などと言いながら頷いている。

「よく来たな」

声を掛けると三人が姿勢を改めた。

「明けましておめでとうございまする」

「おめでとうございまする」

「うむ、おめでとう。昨年は百合の婚儀で随分と世話になった」

「いえいえ、こちらこそ昨年はたんと儲けさせていただきました。そうではありませんか？　古関さん、田中さん」

「はい。四国遠征では物資の補給、朝堂院の再建では材木の調達と大きなお仕事を頂きました。有り難い事で」

「朝堂院の再建も続きますし今年は次郎右衛門様が毛利家から弓姫様をお迎えになります。今から楽しみでございます」

三人ともニコニコ恵比寿顔だ。もういい加減歳なんだが老いを感じさせるものはまるで見えない。人生が充実しているのだろう。あと三十年くらいは生きそうな感じがする。

「九州遠征は何時頃になりましょう？」

さり気ない、ごく自然な問い掛けだったが問い掛けてきた源四郎の視線は鋭かった。利兵衛、宗徳もこちらを見ている。

「島津はもう滅んだぞ」

俺が答えると三人が笑い出した。久々に俺は面白い冗談を言ったようだ。

「いえいえ、島津ではございませぬ。大友、龍造寺でございます」

「あの連中は朽木に従っている」

俺が源四郎の問いに答えるとまた三人が笑い声を上げた。

「それを信じている者がどれだけ居るか」

「左様、相国様もお信じになってはおられますまい」

利兵衛、宗徳が笑いながら言う。俺も笑ってしまった。

「困ったものだ。結構評判なのかな？」

問い掛けると三人が頷いた。

「龍造寺山城守様は酒が止まらぬそうでございますな。酒を飲んでは憤懣を漏らしているのだとか。鬱屈するものが胸中に有るようにございます。特に関を廃せ、街道の整備をするとの命にかなりの不満が有ると聞いております」

安心しろ、利兵衛。その不満は俺も聞いている。

「宗麟公もその事にはだいぶ御不満のようでございます。それに相国様が太政大臣に任官した事、畠山様を斬首に処した事も非難しているとか」

源四郎が言い辛そうに言った。宗麟は俺の事を増長していると言っているらしい。だがな、天下を獲るという事はそういう事なんだ。それが分からない、いや分かろうとしない奴は新たな天下人の下では生き残れない。史実で織田信雄《のぶかつ》が没落し豊臣秀頼が滅んだのもそういう事だ。そして前田利長《としなが》が生き残ったのはそれが分かっていたからだ。利長は関ヶ原の戦い以前に母親を人質に出して家康に頭を下げた。だから前田家は百万石を越える雄藩として江戸時代を生き延びる事が出来た。この世界では大友宗麟、龍造寺隆信が滅ぶ事になるだろう。

「それに大友と龍造寺は犬猿の仲、このまま落ち着くとは思えませぬ」

宗徳、ちょっと違うんだ。落ち着こうとしても俺が掻き回して潰す。でもね、公式見解は違うんだな。

「確かに俺もあの連中を信じてはいないしこのまま落ち着くとも思ってはいない。だが大友も龍造寺も形だけは朽木に服属しているのでな。余り無茶は出来ぬ」

公式見解に三人が頷いた。宗麟と龍造寺の隠居、あの二人は歳だ。死を待つのも一つの手だろう。あの二人が死んだ後なら大友も龍造寺も容易く潰せる。しかしなあ、出来れば直ぐに潰したい。朽木と足利は違うのだという証明になる。宗麟は俺を甘く見た事を後悔しながら死ぬだろう。いや、俺を罵りながら死ぬかな。どっちでもいい。俺は宗麟を許さない。許すつもりもない。あの男には天下人を怒らせる事がどれほど危険かという見本になってもらう。

「まあ暫くは様子見といったところだな」

三人がニヤニヤ笑いながら顔を見合わせた。余り信じていないみたいだな。付き合いが長いからな。俺が何を考えているのかは分かるんだろう。

「ところで、何か面白い話は無いかな？　あの連中の事以外でだが」

あいつらの事を考えると腹が立つ。偶《たま》には気分転換をしないと。問い掛けると宗徳が〝そうですなあ〟と言ってちょっと天井を見た。

「そうそう、あれが有りましたな」

「あれ？」

「ええ、唐物ですよ。組屋さん」

宗徳の言葉に源四郎が〝なるほど〟と相鎚を打ち利兵衛が頷いた。唐物？

「唐物に何か有るのか？」

問い掛けると三人が〝ええ〟、〝まあ〟、〝ちょっと〟と妙な反応をした。

「面白い話ではありませんが相国様が興味を持つのではないかと思います」

「ほう。宗徳、それは？」

「明の話なのですが……」

「明？」

思わず口にすると宗徳が〝はい〟と頷いた。

「物の値が下がっておりますそうで」

「ふむ、民は暮らし易かろう」

源四郎が〝いえいえ〟と首を横に振った。

「暮らし辛くなっているそうにございます」

「……」

妙な話だ。物価が下がったにもかかわらず民の暮らしが厳しくなっている。如何いう事だ？　考えられるのは……。

「税が重くなり以前よりも取り立てが厳しくなったとか」

「……なるほどな。その話、何処から出た話だ？」

「敦賀に来た明の商人から聞いた話にございます」

宗徳、利兵衛が頷いている。二人も明の商人から聞いたという事か……。

「物の値が下がったのも物が売れぬからと聞きました。以前に比べると民が物を買わなくなったそうです」

利兵衛が深刻そうな表情で言った。つまりあれか。収入から税を引いた可処分所得が減ったという事か。だから消費が冷え込んだ。物を売るには値下げせざるを得なかった……。消費が冷え込んだとなると相当に増税したのかもしれない。

「その所為で敦賀、小浜《おばま》には明の商船がこれまで以上に来ております。明の国内では物が売れぬ。日本に持っていった方が高く売れると」

「……なるほど」

生活必需品である食料品なんかは影響は少ないだろう。人間は食べなければ生きていけないのだ。いや、むしろ値上がりしたかもしれない。税を払うためには収入を増やす必要が有る。もし生活必需品まで値下がりしているのなら相当に拙い状況に在る事になるが……。影響を強く受けたのは多分高級品、嗜好品《しこうひん》だろうな。絵画、工芸品などの利幅の大きい高級品、嗜好品が明国内では売れなくなった。それで日本に持ってきた。辻褄は合うな。

「唐物が日本に来るのはいいが余り多く来過ぎては値崩れせぬか？」

俺が問い掛けると源四郎が〝はい〟と答えた。

「以前よりも安くなっております。それでも明からは商船が来ております」

安くはなっても未だ利益は出るという事か。

「それに近年、畿内では戦がございませぬ。それだけに銭を持っている人間が増えております。その者達が唐物を欲しがるようで……」

結構な事だ。富裕層が増えたという事だし購買意欲が有るという事は将来に不安を感じていないという事だ。朽木の天下は信頼されつつある。そういう事だよな？

「なるほど、面白い話だな。その話、もう少し調べてくれぬか。出来れば明の内情を詳しく知りたいからな」

三人が満足そうに頷いた。俺が関心を示したのが嬉しいのだろう。この話、見過ごす事は出来ない。これが事実なら明の国内では深刻な不景気が発生している事になる。三人が帰った後で御倉奉行の荒川平九郎と殖産奉行の宮川又兵衛《みやがわまたべえ》を呼んだ。二人とも直ぐにやってきた。

「お呼びと聞きましたが？」

「何かございましたか？」

平九郎と又兵衛が俺の前に座るなり言葉を出した。平九郎は多少訝し気に、又兵衛は少し嬉しそうだ。多分俺が新しい特産物の事でも考えたと思っているのだろう。

「うむ、少々気になる事が有ってな。二人に来てもらった」

平九郎と又兵衛が〝はて〟、〝それは〟なんて言っている。

「先程だが組屋、古関、田中の三名が新年の挨拶にやってきた。その折、明の事が話題になった」

平九郎が〝明でございますか〟と問い掛けてきたから頷くと二人が顔を見合わせた。訝しんでいるな。

「明では税の取り立てが厳しいらしい。その所為でな、民が貧しくなった。まあ、当たり前の事ではあるな」

「愚かな事ですな。民を富ませてこそ国が豊かに栄えるのに」

又兵衛が〝フン〟と鼻を鳴らした。軽蔑しているらしい。その傍で平九郎が大きく頷いている。うん、富国強兵だよな。

この二人の感覚って史実の十六世紀の日本の統治者とは相当に違うな。むしろ十九世紀から二十世紀の統治者の考えに近い。史実の十六世紀の統治者なら『百姓は、生かさぬように、殺さぬように』と言うだろう。まあ俺が二十世紀に生まれたんだ。俺の感覚に染まってしまったんだろうが不思議な気分だ。

「明の国内では物が売れなくなった。まあ日々食べる米や野菜は売れるのだろうが美術品や嗜好品などは日々の暮らしには関係無いからな。民は買わなくなった。余りに売れないので相当に値下げしたようだ」

二人が〝なるほど〟、〝そうでしょうな〟と言いながら頷いている。

「それでも明の国内では売れぬのだろう。商人達はそれを日本に持ってきているらしい」

「なんと！」

「真で！」

平九郎と又兵衛が声を上げた。ふむ、この二人も知らなかったか。

「組屋達の話ではそうなる」

二人が顔を見合わせた。又兵衛が首を振ると平九郎が大きく息を吐いた。

「しかしそうなりますとこの日の本に唐物が溢れませぬか？　唐物の値が崩れると思うのですが……、儲かりますかな？」

平九郎が首を傾げると又兵衛が頷いた。偉いぞ、需要と供給の関係を理解しているのだからな。……なんでこいつらこんなに経済に明るくなったんだろう。俺は教えてはいないんだが……。

「俺もその事を思ったので組屋達に訊いてみた。確かに安くなっているらしい。だがそれでも明の商船は唐物を持ってくるようだ」

二人がまた顔を見合わせた。

「それにな、朽木が畿内を制してからもう十年以上の時が経つ。戦の無い時代が十年続いたのだ。畿内には銭が溢れている。買い手が居るのだ」

今度は二人が溜息を吐いた。平九郎が〝大殿〟と話しかけてきた。

「値が安くなっても日本に持ってくるという事は明の国内では値を安くしても売れぬのではありませぬか？　税の取り立てが厳しいとの事ですが相当に重い税を民に課したのかもしれませぬ」

「いや、平九郎殿。買えぬのではなく買わぬのかもしれぬ。明の民は税は更に重くなると見ているのでは？　そのために銭を残している」

「なるほど、かもしれぬ」

二人が頷いている。うん、その可能性もあるな。下手に買うとあそこは銭が有ると目を付けられると考えた可能性もある。その事を言うと二人が激しく同意した。

「それでだ、ここからが本題だ」

「はて？」

「それは？」

二人が身を乗り出してきた。可愛いよな、こいつら。

「明では物が売れず日本に唐物が流れている。それが日本に如何いう影響を与えるかを知りたいのだ」

いかんな、二人が困ったような表情をしている。俺の言いたい事がよく分からないらしい。説明を端折《はしょ》り過ぎたか。

「明では物が売れぬ。当然だが日本から明へ売る物も減るだろう。となれば銭の流れは如何なる？　銀が一方的に日本から明に流れる事にならぬか？」

二人が大きく頷いた。〝なるほど〟、〝確かに〟と言っている。

「俺はな、敦賀、小浜、大湊、それに堺で何が起きているかを知りたいのだ。物の流れ、銭の流れがどうなっているのかをな」

二人が顔を見合わせ頷いた。大湊には明の船が来ている可能性は低いだろう。だが念のためだ。

「よく分かりました。大殿の御懸念、尤《もっと》もかと思いまするる」

「早急に某と平九郎殿で調べましょう」

二人が胸を張って答えた。頼もしいぞ。

「頼むぞ、これは大事な事だからな」

軍事的な脅威というのは分かり易い。だが経済的な脅威というのはなかなか分かり難い。特にこの時代は輸出入に関しては正確な数字を把握し難い。それだけに気が付いたら国の富が一方的に他国に流れていたなんて事になりかねないのだ。

「又兵衛殿、専売所の様子は如何かな？　そちらから何か聞いてはおられぬか？」

「いや、何も。取引も順調に伸びていると聞いているし国人衆達も満足していると聞いている。不満らしいものは上がっておらぬ」

なるほど、専売所か。そこからは異変を示す物は生じていない……。又兵衛が〝大殿〟と話し掛けてきた。

「大殿が椎茸の栽培法を公開してから専売所で扱う椎茸の量は年々増えております。しかし値が下がったとも売れなくなったとも聞きませぬ。これは昆布も同じでございます」

「そうか……。俺が大袈裟に組屋達の話を受け取り過ぎたのかな」

自信が無くなった。気にし過ぎか？　明で購買意欲が減少したというのは以前に比べればであって不景気と言うほどのものではないのかもしれない。その可能性も有る。しかしあの三人が俺に嘘を吐くとも思えん。

「いやいや、分かりませぬぞ」

平九郎が首を横に振った。

「如何いう事だ、平九郎。何か有るのか？」

「敦賀、小浜、大湊、堺には南蛮人が来ております。あの者達、椎茸、昆布を大量に買っておりますが唐物も買っているのかもしれませぬ」

「なるほど」

思わず声が出た。可能性は有るな。あれ？　大湊も？

「平九郎、大湊にも南蛮人が来ているのか？」

問い掛けると平九郎が〝はい〟と頷いた。

「ただ、敦賀や小浜に来ている南蛮人とは別口ですな。イスパニアとかいう国から来ております」

「……」

納得した。ヨーロッパの貿易は日本とポルトガルから始まった筈だ。敦賀、小浜に来ているのもポルトガルの商船だ。イスパニアは遅れて参入した。だから大湊か……。

「平九郎の考えが当たっているとすれば明の商人は日本に唐物を持ってきて南蛮人に唐物を売っているという事になるな」

「そういう事になりますな」

「確かに」

つまり日本は貿易の中継基地になっているという事か。唐物か。何処で売るのだろう？　ヨーロッパまで持って帰るのか？　分からん。

「念のためだ。南蛮人が唐物を何処で売っているのかも知りたい。いや、この日本で何が売られ何が買われているのかだ。調べてくれ」

二人が〝はっ〟と畏まった。厄介だな。中継基地か。日本には椎茸も有れば昆布も有る。独占したいと考える奴が出るかもしれない。明が外征を好むとは思えない。ポルトガル、イスパニアは要注意だ。特にポルトガルだな。あそこは大友に食い込んでいる。やはり大友は早急に潰さなければならんな。

朝鮮の不安

禎兆六年（一五八六年）　一月中旬　　近江国蒲生郡八幡町　　八幡城　　黒野影昌

「冷えるな」

「はい、暖かくなるのは更に二月ほどは先となりましょう」

「そうだな。やはり梅が咲かねばまだまだ寒い」

「はい」

大殿と共に庭をそぞろに歩く。室内ではどうしても距離を取らざるを得ぬ。それに人も居る。この話は余り公にはしたくない。そう思って大殿に外で話したいと願った。庭のあちこちに八門の人間が居る。ここが一番安全だ。梅の木の前で大殿が足を止めた。梅を見上げている。

「蕾《つぼみ》が有る。しかし膨らむのはまだ先か。……キリは元気か。子らは？」

「はい、妻に変わりは有りませぬ。長男の小太郎、次男の藤次郎《とうじろう》、三男の弦三郎《げんさぶろう》は既に忍び働きをしております。四男の弥四郎《やしろう》は未だ半人前ですので……」

「そうか、歳は？」

「十七にございます」

「先が楽しみだな」

「はい」

もっとも弥四郎は忍びになる事を好まぬようだ。商売の事を好むからそちらに進みたがるかもしれぬ。まあ四人兄弟の末っ子だ。好きにさせてもいい。

「それで、朝鮮は日本との交易拡大を望まない。その真の理由が分かったとの事だが」

「はい。些か厄介な事になっております」

「……」

「大殿は朝鮮が銭を使わない事を如何思われます？」

大殿がちらりと俺を見た。

「朝鮮は儒教を重んじる国だ。儒教は商人を、商いを、銭を卑《いや》しむ」

「確かに。しかしおかしくはございませぬか？」

「何がだ？」

大殿が訝しんでいる。

「朝鮮は明に服属しておりますが明は銀を銭として使っております。儒教を重んじるのは明も同じ。ならば朝鮮が銀を使ってもおかしくはありませぬ。特に朝鮮は明と地続きでございます。そして朝鮮でも唐物はなかなかの人気なのだとか。唐物を得ようと思えば銀を使って交易をと考えてもおかしくはありませぬ」

「……なるほど。確かにおかしな話だな。では何故だ？」

大殿が問い掛けてきた。

「それこそが朝鮮の恐れるところだからでございます」

「……如何いう事だ？」

「朝鮮に銀が溢れているとなれば明は如何思うか……」

「……」

「明は朝鮮に銀を朝貢《ちょうこう》しろと言い出しかねませぬ」

「……」

大殿が目を瞠っている。予想外の事だったのだろう。無理もない。日本は明に服属していない。朝貢など大殿には思いもよらなかったのだ。

「以前、そういう事があったそうにございます。朝鮮にとっては負担だったのでございましょう。或る時、朝鮮は国内に銀は無いと言って銀の朝貢を免じてもらったと聞いております」

「では朝鮮に銀を産出する山は無いのか?」

「以前は有りませんでした」

「以前は?」

大殿が訝しんでいる。

「朝鮮では唐物が流行っております。そのために銀が必要になった。暫く前からある銀山の採掘をしております」

「……小兵衛、その銀、何処へ行く?」

大殿の表情が厳しい。

「朝鮮の朝廷へ、そして一部有力者の許へ」

「庶民には出回らぬのか。それは銭としては使わぬというのだな?」

「はい。唐物を必要とするのはそれなりの身分の者のみにございます。その者達が必要とする銀が有ればいいという事なのでしょう。あくまで明から唐物を買うためにのみ使っておりまする。国内での銭としては使用しておりませぬ」

「……欲と見栄《みえ》のためにのみ銀を使うか。馬鹿げているな」

大殿が溜息を吐いた。

「なるほどな。銀山は有るのだ。だが朝貢を逃れるために掘らなかった。だが唐物が必要になって密かに掘り出した。そんなところだろう。多分、朝鮮国内には他にも銀山が有る筈だ。もし、明にそれを知られれば必ず銀を朝貢せよと言われるだろう。いや、或いは交易の拡大かな。唐物を使って銀を吸い上げるだろうな」

「御意」

おそらくは大殿の言う通りだろう。朝鮮にとって銀は便利な銭なのだが自分達を苦しめる道具にもなりかねない厄介な代物なのだ。朝鮮の政を担う者達は唐物を得るために必要最低限の量さえ有ればいい。そう考えている。その事を言うと大殿が大きく頷いた。

「そうだろうな。表向きは儒教が銭を卑しむからとしているのだろうが現実には銀が負担になるからだ。銅銭を使えばいずれは銀の使用に行きつく。だから銭を使わず物々交換にしている。本来なら銭を使って国内を豊かに出来るのだがそれが出来ぬ。口惜しかろう。それを抑えるために儒教をことさらに重んじるのかもしれぬ」

大殿が三歩ほど歩きまた足を止めた。

「センリョウか」

「は？」

大殿が顔を綻ばせた。

「センリョウが実を付けている」

大殿の視線の先にセンリョウが有った。赤い実を付けている。はて……。

「これを見る度に下野守《しもつけのかみ》を思い出す」

「……」

蒲生殿の事か。一体何が有ったのか。知りたいところだが蒲生殿は既に故人、立ち入るのは止めておこう。大殿が〝小兵衛〟と俺を呼んだ。

「物々交換だが基準となる物が有ろう。何だ？　米か？」

「綿布にございます。米も使うようですが米は値の変動が大きいので……」

「なるほど、米よりも布か」

「はい。朝鮮がこれまで日本との交易の拡大を望まなかったのもそこに原因がございます。大殿が国内に綿の栽培を広げるまで、綿布綿糸は朝鮮から購入しておりました。余りに日本が綿布を求めるため、朝鮮の綿布が無くなってしまうと制限をかけた事も有ると聞いております」

　大殿が息を吐いた。

「綿布が無くなれば綿布の値が上がる。それでは物々交換の基準が崩れる。朝鮮が抑えるのも当然だな」

「はい」

「不自由な事だな。しかし綿は俺が国内に広めた。今では問題有るまい」

「いえ、問題はございます」

「……」

「日本から朝鮮に密かに綿が流れております。量は少ないようですがどうやら三年から五年ほど前からのようです」

「朝鮮に綿が……、まさか……」

　大殿が呆然としている。

「事実にございます。日本では畿内、北陸、東海道、山陰、山陽を中心に綿が栽培されておりますがその綿の一部が朝鮮に流れております。おそらくは山陰、北陸の湊からでしょう。勿論、私貿易にございます」

「……日本の綿が朝鮮で銭として使われているというのか！」

語気が鋭い。余程に驚いているのだと思った。

「はい。綿の栽培はこれから益々広がりましょう。となれば朝鮮に流れる量も増えるものと思われまする」

かつては朝鮮から日本へ売られていた綿布が日本から朝鮮に売られる。それも銭として……。大殿が大きく息を吐いた。

「その事、朝鮮の政府は知っているのか？」

「未だ知らぬのではないかと」

「調べろ！　その綿布が何処に行くのか。どの程度流れているのか。なんとしても突き止めるのだ！」

「はっ」

大殿がまた息を吐いた。

「とんでもない事になったな。俺が綿布を広めたのは銭を得るためだったが同時に便利だと思ったからだ。火縄にも使えるし衣服にも使える、船の帆にもだ。そう思ったのだがまさか……」

大殿が首を振っている。確かにとんでもない事態ではある。日本が朝鮮の銭を作っているようなものだ。

「綿布の国外への売買を禁止致しますか？」

大殿が一瞬だけ俺を見た。そして〝いや〟と首を振った。

「綿布を欲しがるのは朝鮮人だけではない。それはせぬ。それに場合によっては朝鮮側から綿布を売るのは止めてくれと使者が来るかもしれぬ。それをきっかけに朝鮮と交渉という事も有り得よう。今は実態を調べてくれればいい」

「分かりました」

なるほど、対馬の帰属問題も有る。朝鮮側から使者が来るなら好都合か。

「それと綿布でございますが対馬でも銭の代わりとなっております」

「対馬でもか」

「はい」

俺が答えると大殿が唸り声を上げた。

「日本の領土だが朝鮮との繋がりが強い。どうしても影響を受けるのだな」

「はい」

大殿が唇を噛み締めている。小声で〝厄介な〟と呟く声が聞こえた。

「龍造寺、大友は如何だ？」

「特におかしなところはございませぬ」

大殿が〝そうか〟と頷いた。

「今ひとつ厄介な事がございます。銅が問題で」

「銅？」

大殿が訝しげな表情をした。

「商人達が日本から朝鮮に持っていったのは銅の鉱石でございました。大殿、銅の鉱石からは金、銀が抽出出来まする」

〃なるほど〃と大殿が唸った。

「日本ではそれが出来ませんでした。しかし朝鮮は出来た。朝鮮は交易を国が行うものとし民が勝手に日本と交易する事を恐れ取り締まった。それでも日本から銅鉱石を買う者は後を絶たなかったと聞きます」

「……唐物を買うためか」

「はっ、おそらくは」

大殿が息を吐いた。

「つまり朝鮮には銀が有るという事だな。銀山から得た銀以外にも正規に買った銅鉱石、密かに私貿易で買った銅鉱石。そこから金銀を取り出した。買った者は銅鉱石から金銀を抽出出来るだけの技術を持った者という事になる。となると庶民ではないな」

「そう思いまする」

「ここでも庶民は除け者か……。公には無いと言っている銀が本当は有るか……。今も日本からは銅の鉱石を売っているのか？」

〝いいえ〟と答えると大殿が訝しげな表情をした。ふむ、どうやら御存じないらしい。

「今は朽木家が買っておりますので朝鮮にはそれほど流れておりませぬ」

「朽木が？　まさかとは思うが……」

大殿が困惑している。滅多に無い事だ。

「はい、荒川様が買い取り金銀を取り出しております。南蛮人より南蛮絞りという銅鉱石から金銀を取り出す技を聞き出したそうで」

大殿が〝ホウッ〟と息を吐いた。〝何時の間に〟と呟いている。

「朽木の倉は交易で得た金銀、山から掘り出した金銀、そして銅鉱石から取り出した金銀で溢れております」

「……去年、倉の底が抜けたと言っていたようだが……」

「はい、昔は銅銭の重みでしたが今は金銀の重みで抜けております。いずれは金銀を使って銭を造るのだと荒川様が」

また大殿が息を吐いた。

「確かにそう言った。いずれは朽木が銭を造るとな。しかしなあ……」

大殿がまた息を吐いた。そして笑い声を上げた。

「一度倉を確かめねばならんな」

「はい」

大殿がまた歩き出した。後ろ手で俯きながら歩いている。その後を続く。少しして大殿が立ち止まった。

「綿布に銀か。朝鮮が交易の拡大を望まぬ筈だ。いや交易そのものも望まぬのだろう」

「かもしれませぬ。朝鮮にとって日本との交易は相当に厄介な物だった筈。倭寇《わこう》を抑えるために已むを得ず許した。本音はそんなところではないかと思いまする」

大殿の表情が渋い。朝鮮との交易を拡大したいと思っている大殿にとっては明が関係している事は予想外だった筈だ。

「それに今ひとつ」

「なんだ？」

「日本は銀が採れまする。朝鮮はその事を知っておりまする。日本との交易を拡大すれば銀が押し寄せてくる。そう思っているかもしれませぬ」

大殿が渋い表情で頷いた。そして〝小兵衛〟と俺を呼んだ。

「実はな、先日組屋達が新年の挨拶に来た」

「はい」

「その折妙な事を言った。明では物の値が下がっている。かなり大きな増税があったらしいとな。その所為で国内では物が売れぬようだ。日本に持ってきているのだが唐物の値は下がっていると言っていた。知っていたか？」

「はい。朝鮮の事を調べますと如何しても明の事を調べなければなりませんので……」

大殿が〝そうか〟と言って頷いた。

「大殿」

「うん、何か？」

「明の国内では銀が足りぬそうにございます」

「だから増税をした。そうだろう？」

「いえ、以前から足りなかったのだとか」

「……」

大殿の表情が厳しい。

「銀が足りぬから庶民は貧しいのだと問題になっているそうにございます。税を払うのにも銀を得るために無理をせねばならぬと。今回はそこに重税を課した。民の間ではだいぶ怨嗟《えんさ》の声が上がっております」

大殿が溜息を吐いた。

「以前からか……。明の皇帝は銀を欲しているらしい。となると朝鮮は不安だろうな」

「はい」

無いと言っている銀が国内には有る。どの程度かは分からぬが有る筈だ。明の皇帝が知れば朝貢せよと命ずる可能性は有る。そして一度差し出せば二度、三度と朝貢を要求されるだろう。無い、もう全て差し出したと言って受け入れられればいい。だが受け入れられなければ朝鮮は銀を探さなければならない。その時、朝鮮が頼るのは日本の銀だろう。

言ってみようか。明に密告し朝鮮に朝貢させて銀を吐き出させる。銀の無くなった朝鮮は日本の銀を必要とする。それを利用して日本と朝鮮の交易を拡大するべきだと。上手く行く可能性は大きい。しかし日本が密告した事を朝鮮が知れば日本と朝鮮の関係は悪化するだろう。言うべきか……。いや、今は未だいい。未だ調査の段階なのだ。それに大殿は朝鮮は不安だろうと言った。気付いているのかもしれぬ。

「小兵衛、よく分かった。助かったぞ」

「畏れ入りまする。いつも悪い報告ばかりで……」

大殿が声を上げて笑った。有り難い事だ。大殿は俺の事を気遣って下さる。

「前途多難だが状況が分かった事は前進だ。そうだろう？」

「はい」

「それにな、俺は諦めの悪い男なのだ。この程度で諦めはせぬ」

「はい」

思わず可笑しくて顔が綻んだ。大殿も笑みを浮かべている。

「この件、紙に記して提出してくれるか。場合によっては平九郎、又兵衛に見せる事になるかもしれぬ」

「はっ、早急に」

「それとな、朝鮮の事、それと明の事も引き続き調べてくれ。特に綿布、銀だ。銭は人間の身体に例えれば血のようなものだからな」

「はっ」

「頼むぞ。俺は倉を見てくる」

大殿が声を上げて御笑いになった。


禎兆六年（一五八六年）一月中旬　　近江国蒲生郡八幡町　　八幡城　　川勝秀氏

「こちらでございます」

「うむ」

顔を綻ばせながら平九郎様が大殿を倉へと案内する。楽しんでおられるのだと思った。大殿を驚かせる事が出来る、そう思っておられるのだろう。自分も楽しみだ。これまでの努力が報われる。

大殿が倉の中を見たいと仰られた。金銀がどの程度蓄えられたか確認したいと。昨年、銭の事で御相談した。金銀を蓄える必要が有ると仰られていたが大殿は相当に強い関心を持っているのだと思った。……着いた。平九郎様が鍵を取り出し倉の戸を開けようとしたから手伝った。重い、この倉の戸を一人の力で開けるのは厳しい。そして開閉すると戸は〝ギギギギ〟と音を立てる。盗賊対策だ。

戸を開ける。暗い。出入口からの光だけでは倉の中はよく見えない。出入口の傍に置いてある手《て》燭《しょく》に火を点《つ》ける。倉の中が少し明るくなった。少しだが十分だ。倉の中の金銀の塊が鈍い光を放つ。

「大殿、こちらへ」

平九郎様の声に大殿が〝うむ〟と言って倉の中に入った。そして周囲を見渡す。

「なるほど、これか」

平九郎様と顔を見合わせた。大殿は余り驚いていない。その事にちょっと失望が有った。もう少し驚くと思ったのだが……。

「これと同じ倉が今ひとつございます。そろそろ新たにもう一つ倉をと考えておりました」

「……もう一つか……」

「銭は出来るだけ銅銭を使うようにしております。それと金銀はそれぞれ一つが五貫分の塊になっております」

「そうか、大したものだ。よく蓄えたな」

平九郎様が嬉しそうに相好を崩した。私も嬉しい。

「しかしな、まだまだ足りんぞ。もっと蓄えろ」

「もっと、でございますか？」

「未だ足りぬと？」

平九郎様と私が問い返すと大殿が私達を見た。

「当然だ。銭は朽木だけが使うのではない。日本全国の民が使うのだ。皆が朽木の造った銭を使う。それこそが朽木の天下を証明する事になる。皆が認めた事になる。俺が金銀の割合を低くしようというのもそれが有る。まだまだ足りぬ」

「確かに」

平九郎様が頷いた。確かにその通りだ。まだまだ足りない。この程度で自慢してはならぬ！

「分かりました。大殿に御納得いただけるだけの金銀を蓄えまする」

平九郎様の言葉に大殿が頷いた。

「ところでな、その方らに訊きたい事が有る」

訊きたい事？　平九郎様と顔を見合わせた。

「この金銀、どうやって集めた？」

また平九郎様と顔を見合わせた。どうやって集めたと訊かれても……。平九郎様が私を見て咳払いをした。私に答えろという事らしい。

「先ず、掘り出した物がございます。銀は石見《いわみ》、生野《いくの》など。金は駿河の梅ヶ島《うめがしま》金山、富士《ふじ》金山などです。銀に比べれば金は少のうございます。しかしこれからは薩摩の金山もございますので徐々に増えていくだろうと考えております」

「ふむ、そうだな」

薩摩の金山は結構有望らしい。楽しみだ。

「それと銅の鉱石から金銀を取り出しております。南蛮絞りという技でございますがこれがなかなか馬鹿に出来ませぬ」

「なるほど、交易は如何だ」

交易か、平九郎様に視線を向けると頷いて〝代わろう〟と仰られた。

「先日、大殿から調べよと命じられましたので少しずつ取り掛かっております。途中ではございますが……」

「構わぬ。今分かっている事でいい」

平九郎様が〝はっ〟と答えた。

「専売所を調べましたがやはり売れ行きは悪くありませぬ。椎茸、昆布、俵物、刀、それに硫黄。よく売れておりまする」

「うむ。買い手は？」

「明の商人、南蛮人で」

大殿が訝し気な表情をした。

「南蛮人は分かる。だが明の商人が買うのか？　国内では売れまい。何処に売る？」

「それが国内に持っていきまする」

「……」

「明の朝廷、それに高官達が買うそうで……。相当な量ですぞ」

大殿が唖然《あぜん》としている。

「増税してその税で椎茸と昆布を買っているというのか。周囲の者達もそれを止めずに一緒に買っていると」

「はい、俵物も」

大殿が大きく息を吐いた。

「朽木にとっては御得意様だな。民から税を搾り取って買ってくれるとは……」

「真に。有り難い事で」

大殿が平九郎様を睨んだ。

「俺は皮肉を言っているのだ。平九郎」

「分かっております。しかし事実でもございます」

大殿が〝全く〟と不愉快そうに言った。

「それで、日本は明から何を買っているのだ？　絹、陶磁器か？」

「そんなところでございますな。他にも工芸品が持ち込まれておりますがそれほど多くはございませぬ。まあ以前よりは増えております。それは組屋の言う通りでございますが値が下がっているのも事実。さほど影響は……」

平九郎様が首を横に振ると大殿が二度、三度と頷いた。

「それほど心配には及ばぬか」

「断言は出来ませぬが……」

大殿が〝なるほどな〟と言った。

「硝石、鉛は？」

平九郎様が首を横に振った。

「この天下で鉄砲をもっとも持っているのが朽木家にございます。その朽木家が硝石を殆ど買いませぬ。それに鉛は明だけではなく安南《あんなん》、シャムから持ってきます」

「となると銀は明から日本に流れるか」

「はい。実際この倉にも明、南蛮との交易で得た銀が相当に有りまする」

「南蛮からもか？」

大殿が訝しげな表情をした。

「椎茸、昆布の他に蒔絵《まきえ》、螺鈿《らでん》でございますな。大喜びで買っていきますぞ。あの連中、明だけでなく安南やシャムにも持っていっているようで」

「そうか……」

大殿が深刻な表情をしている。

「如何なされました」

思い切って訊くと大殿が困ったような表情をされた。珍しい事だ。平九郎様も驚いている。

「いや、銀の流れがな。俺の予想とは随分違うと思ったのだ」

よく分からない。日本に銀が流れているのが予想外だったのだろうか。

「目が離せぬな。平九郎、又兵衛と協力して引き続き調べてくれ。物の流れと人の流れ、銭の流れだ。目を離すなよ」

「はっ」

「特に気になるのは南蛮人が銀を何処から得ているかだ。銀が無ければ取引は出来ぬ。日本から銀を得てなければ何処から得ているのか……」

「なるほど、気になりますな」

平九郎様が頷いている。

「頼むぞ」

「はっ」

平九郎様が畏まると大殿が頷いた。そして〝戻るぞ〟と仰られた。

大地震

禎兆六年(一五八六年)　一月中旬　近江国蒲生郡八幡町　八幡城　朽木基綱

「明か……。まさか明が関係しているとはな……」

「大殿?」

「うん?　如何した、桂」

「いえ、今〝明が〟と仰られましたので……」

「……そうか。そんな事を言ったか。独り言だ、気にしなくていい」

「はい」

桂が素直に答えた。不満だろうな。同衾《どうきん》している男が〝明が〟なんて言ったら。気の強い女なら〝明って誰よ!〟とか言うかもしれない。女じゃないからな、安心していいぞ。謝罪じゃないけど桂を抱き寄せると大人しく身体を寄せてきた。子供を二人産んだんだが桂の身体はほっそりとしている。でも胸は結構大きい。いい匂いがした。暗闇でもいい女だと分かる。

「桂は幾つになった？　二十二、いや二十三か？」

「二十三でございます。大殿とは十五歳違いです」

「そうか、十五違いか。……嫌ではないか、歳が離れていて」

「いいえ」

桂がコロコロと笑った。少女めいた屈託の無い笑い声だ。本当に子供が二人いるのかと思ってしまう。

二十三歳で子供が二人か。確か康千代《やすちよ》が六歳、絹が三歳だったな。若い母親だ。この時代では普通なんだが子供を産ませたのが俺だと思うと内心、忸怩《じくじ》たるものが有る。おまけに俺は今年で三十八だ。あと十五年は生きて子らの行末を見届ける必要がある。考えるのは止めよう、罪悪感と不安で眠れなくなる。

「大殿、もう一人和子が欲しゅうございます」

こら、甘えるな。

「うむ、そうだな。でもこればかりは天からの授かりものだからな。焦る事は無いぞ」

「はい」

よかった。もう一回とか言われるのかと思った。

小兵衛が朝鮮について報せを持ってきた。朝鮮が日本との交易拡大を望まない真の理由。物が無いだけじゃない、明が絡んでいた。とんでもない話だった。聞いた時には溜息が出たわ。小兵衛も溜息を吐いていた。日朝交易は日本と朝鮮だけの問題じゃない、明も絡む東アジアの問題だった。

その核になるのが明、朝鮮の冊封体制と日本、メキシコが産出する銀だった。こんなの歴史の授業じゃ出てこない。

宗讃岐守義調は日本から朝鮮への交易品は銅と言った、銀とは言わなかった。何故日本産の銀を必要としなかったのか？　そして交易は物々交換で銭を使わないと言った。何故銀、金を貨幣の代わりに使わなかったのか？　特に銀だ。銀は明でも通貨として使用されている。従属国である朝鮮が銀を使うのは少しもおかしな話ではない。それなのに何故銀を使わないのか？　東アジアの共通貨幣は銀なのだ。東アジアの経済圏に居るのに銀を使わない事をもっと不思議に思うべきだった。俺って間抜けだわ。

使えないのではない、使いたくないのだ。何故ならそれが朝鮮の利益になると朝鮮の支配者層は考えているからだ。彼らは銀が国内に溢れるのを恐れている。そしてそれが明に伝わるのを恐れているのだ。明は銀を貨幣として使用している。銀は幾ら有ってもいい。朝鮮に銀が溢れていると明に伝われば明は必ず朝鮮に銀を朝貢しろと言ってくる。朝鮮はそれを断れない。そうなる事を怖れている。

実際に以前はそういう時代も有ったらしい。当然だが朝鮮にとって銀の朝貢は負担でしかなかった。だから朝鮮は国内に銀は無いと言って銀の朝貢を免じてもらった。朝鮮が国内の経済的発展に消極的だったのは儒教だけが理由ではないのだ。経済的発展によって貨幣経済が発展し銀が国内に溢れるのを怖れたのだろう。

イデオロギーと実利、その両面から朝鮮は経済的発展に消極的になった。朝鮮政府が私貿易を出来るだけ排除し公貿易にこだわるのもそれが理由だろうな。銀が自分達の知らないところで朝鮮国内に溢れるのを避けるためだ。多分朝鮮国内での鉱山開発も控えているに違いない。自由貿易だなんて夢のまた夢だな。しかしなあ、これって明から見れば安保ただ乗りだろう。真実を知ったら明は怒るぞ。

実際に今、朝鮮には間違いなく銀が有る。そう判断出来るだけの根拠も有る。そして明は間違いなく銀を欲している。税を重くしているのも銀が不足している所為だ。国内の消費が冷え込んだのも銀の不足が理由だろう。この状況で朝鮮に銀が有る、それを隠していると知ったら間違いなく明は朝鮮に対して銀の朝貢を要求するだろう。朝鮮にとっては悪夢に違いない。

それに綿布の問題がある。朝鮮では通貨は使わない。綿布が通貨の代わりになっている。その綿布が日本から朝鮮に流れている……。とうとう朝鮮に輸出出来るほど生産量が増えたかなんて喜んでもいられない。綿布は朝鮮にとって通貨なのだ。日本は朝鮮に通貨を輸出している事になる。三年から五年ほど前からだと小兵衛は言っていた。私貿易だ。取扱量はそれほどでもないだろう。しかし徐々に増えていくのは間違いない。そして日本の綿布の生産量も増えていく筈だ。

何処かの馬鹿な役人、商人が自分の財産を殖やすために買い込んでいるというならまだいい。問題は日本産の綿布が市中に出回った時だ。通貨の供給量が増えるという事はその量が多ければインフレを引き起こすだろう。朝鮮国内は物価高で滅茶苦茶になりかねない。一つ間違うと綿布が通貨として役に立たないという事態を引き起こすだろう。もしかするとこれをきっかけに朝鮮でも貨幣経済が発展するかもしれん。しかしそこに行き着くまでには相当に混乱する筈だ。日朝関係にも大きな影響が出る。

もう一つ、驚いた事が有る。俺の記憶じゃこの時期日本から銀が大量に国外に、明に流れた筈だった。明を支えたのは日本の銀とスペインが持ってくる南米の銀だった筈だ。だがこの世界ではどうも違うらしい。理由の一つとして硝石を俺が作った事が有る。朽木が勢力を拡大するにつれて硝石を使用する量も増大した。当然だが大叔父と主殿《とのも》の硝石作りも増大した。

二人が熱心に硝石作りをした御蔭で高島郡、伊香《いか》郡、浅井郡を中心に近江国は硝石の一大産地だ。一番大きな朽木が、そして一番鉄砲を持っている朽木が自分で硝石を作っている。つまり海外から硝石を購入する必要が少ないという事になる。当然だがその分だけ銀の流出も少ない。

第二に朽木が生野、石見銀山を押さえた事だ。これも銀の流出に歯止めをかける事になった。そしてそれを助長したのが金貨、銀貨の製造計画だ。未だ金貨も銀貨も造ってはいない。だが造るから金銀を蓄えよとは命じた。命じられた御倉奉行の荒川平九郎と川勝彦治郎《ひこじろう》は忠実に命令を実行した。

確認したんだが朽木の倉の中は金と銀のインゴットがてんこ盛りだ。何時の間にか南蛮絞りとかいうのを取り入れて銅鉱石から金銀を抽出していた。吃驚したわ。朝鮮が公貿易にこだわるのも日本の銅が銅鉱石だったからだろう。銅鉱石から金銀を取り出せるのだ。私貿易を許せば朝鮮国内に銀が溢れかねない。小兵衛の話では実際に私貿易で銅鉱石が民間に流れた形跡が有るとの事だった。おそらく、銀を抽出するためだろう。安心していいぞ、今じゃ銅鉱石は朽木が買い漁っているからな。朝鮮に運ばれる量は減っている筈だ。

朽木の人間って真面目なのか仕事熱心なのか俺の命令を百二十パーセント、いや百五十パーセントぐらいに受け止めてやってくれる。去年倉の底が抜けたと報告が有ったのは銅銭によるものじゃない、金銀の重みでだった。小兵衛から指摘されるまでまるで気付かなかったわ。俺って本当に間抜けだ。朽木抜け作基綱と改名したくなった。溜息が出そうになって慌てて堪えた。桂に不審を抱かせてはいかん。

倉で呆然とする俺に平九郎と彦治郎は出来るだけ銅銭を使うようにしていますと胸を張って言ってくれた。道理であの二人、金銀の含有率を高くしようと言う筈だよ。物は有るんだからな。悔しかったからまだまだ足りない、もっと蓄えろと言ってやった。あの二人、まだ足りませんかって悲痛な顔をしてたな。ザマアミロ。

そして三つ目なのだが日明間の貿易収支だが驚いた事にどうも日本の黒字ではないかと思われる節が有る。と言うのも如何見ても明の国内で銀が溢れているようには思えないからだ。間違いなく明は銀不足に陥っている。つまりだ、明から日本へは銅銭だけじゃなく銀も流れているんじゃないか……。史実とは逆の現象が起きている可能性が有るんじゃないか……。

検証していくと十分に有り得るんだ。硝石は日本では産出されなかった。史実では明、インド辺りから購入していたと思う。その代価が銀だった筈だ。膨大な取引だった筈だがこの世界では小さくなった。鉄砲の玉の原料である鉛は国内産も有るが中国、安南、シャム辺りからも購入しているようだ。安南は多分ベトナムの事だろう、シャムはタイだ。ポルトガル商人が絡んだのはこれだと思う。ここで銀が使われた。つまり明の比重は小さい。

日本からは明に対して銅、硫黄、石鹸、干し椎茸、昆布が輸出されている。だが最近では銅の輸出は低調らしい。理由は朽木が銅鉱石ではなく銅を売っているからだ。明は銅鉱石を朽木以外から購入している。その量は決して多くない。そして朽木は蝦夷地、琉球とも交易している。それらで得た産物も明にも売られている。その代価が銀。明は以前に比べれば銀の流入は減り流出が増えている。トータルでは流出なのだろう……。

頭痛いわ。これ、どうなるんだろう。小兵衛の話では明では慢性的に銀が不足しているという事だった。この時代、明の人口は一億五千万ほどだったと記憶がある。日本は千二百万ぐらいの筈だ。現代だと中国が十四億、日本が一億二千万ほどだから規模が十分の一だった事になる。しかしな、十分の一とはいえ明では一億五千万人が銀を使うのだ。銀は幾らあっても足りないだろう。確か通常の経済活動は銅銭を使ったが税は銀で納めたと本で読んだ覚えがある。銀が無いから民は貧しいと問題になっているそうだが、それは銀が十分に市中に出回っていないから民に銀が行き届かないという事だ。要するに明は銀不足で銀の価値が高いのだ。慢性的にデフレだったという事になる。不景気感が満載だっただろうな。

史実では明は交易によって絹、陶磁器などの代わりに銀を得ている。これでなんとか経済を回していたのだろう。この状況は明から清《しん》に変わっても変化は無かった。銀は明、清に流れ込み明、清はその銀で経済を回した。つまりだ、中国大陸に銀が一方的に流れ込んだのだ。そして明も清もその銀を国内の銭として使用し吐き出さなかった。中国は銀の墓場と言われた……。

この状況に苛立ったのが十九世紀のイギリスだった。イギリス、清の貿易収支は一方的にイギリスの輸入超過、つまり銀の流出だった。そして清に銀を吐き出させるためにインドでアヘンを製造して清に輸出した。アヘンの輸出によって銀は清からイギリスに流れる事になった。つまり清から銭が消えたのだ。当然だがデフレが進み清の経済は滅茶苦茶になった。

デフレにより銀の価値が上がったという事は物の価値が下がったという事でもある。銀で税を納める以上、これまで以上に物を売らなければ税を納められなくなった。例えてみれば米一キロを売って納められていた税が米二キロを売らなければ納められなくなったという事だ。税率は同じでもデフレが進めば事実上の増税という事になる。今の日本と明の関係がこれだろう。

清がアヘン問題の解決に取り組んだのも銀の流出を問題と見たからだ。アヘンの毒性を問題視したからではない。何故なら清はアヘン戦争後、国内でアヘンの栽培を始めたからだ。アヘンの流入による銀の流出を避けるためだった。その所為で銀の流出は抑制されたが国内のアヘン利用者が増大した……。アヘンを輸出して銀を回収したイギリスとアヘンを栽培して銀の流出を抑制した清。どちらもアヘンの毒性の事なんて考えていない……。清末の混乱はアヘン流入による銀不足、つまりデフレによる事実上の増税から始まりアヘン蔓延による社会的混乱へと進んだ……。

いかんな、アヘン戦争の事なんて考えている場合じゃない。今大事なのは明の経済状況だ。銀不足が進む、つまり通貨の不足が深化するわけだから明のデフレ状態はより進むという事だ。実質的な増税になるし銭が無いんだから物も動かない。国内の経済状況は益々停滞気味って事だ。そこに増税か、最悪だな。メキシコの銀が日本の銀の代わりになるのかな？　だとすると量が問題になる。スペインは明の銀不足を解消出来るだけの量を用意出来るのか……。いや、もしかするとメキシコ産の銀も中国経由で日本に循環しているのかもしれない。それに皇帝はボンクラだから明は悪政と経済不況のダブルパンチに襲われる事になるだろう。

冗談抜きで明はヤバイんじゃないだろうか？　朝鮮出兵なんてしなくても内部崩壊するんじゃないかと思ってしまう。軍事的脅威というのは眼で分かる。だから対処は比較的容易だ、防げるかどうかは別としてな。だが経済的な脅威というのは眼には見えない。その所為か気が付けば手遅れという状況になる事が多い。

多分、朽木が大きくなるまでは銀は明に流れていた。その銀が明のデフレを防いでいた。いや、軽減していた。明の人間は今に比べればそれほど不景気感を感じずにいただろう。だが朽木が大きくなるにつれて明に流れる銀は減っていった筈だ。徐々に不景気感が強くなってくる。そして暗君万暦帝《ばんれきてい》が即位……。明で増税が行われたのもこれまでの税率では十分な銀が得られないからだ。当然だ、明に入る銀が減ったのだからな。おそらく税収は徐々に減収になったのだろう。だから増税になった。デフレと増税か。この状況で凶作が起きて流民が溢れるようになれば明は終わりだ。明は農民の反乱で滅びる事になる。

「大殿？」

「ん、如何した？」

「溜息を吐いておいででしたので……、お寝《やす》みになれませぬか」

「済まぬな。ちょっと考え事をしていてな」

いかんな、桂が心配している。ここは子供の話で気を逸らそう。母親にとっては最大の関心事だ。

「康千代は俺に似ているかな？　それとも桂の父御、左京大夫殿に似ているかな？」

「目鼻立ちは父に似ているかもしれませぬ」

「そうだな、康千代の目鼻立ちは整っている」

「そういうわけでは……」

「本当の事だ」

北条氏の代々の当主って皆美丈夫だよな。肖像画を見るとそう思う。特に北条氏康は美男だ。俺の肖像画なんて平凡なオジちゃんの絵になるだろう。歴史資料的価値はともかく美術的価値は無いだろうな。モデルが平凡過ぎる。

「ですが性格は大殿に似ていると思います」

「俺に？」

「はい、優しいのです」

「俺は優しいかな？　皆からは怖がられていると思うが」

そうじゃなければ面白がられているかだ。

「そんな事はありませぬ。大殿はお優しいと思います。今も皆のために悩んでおいでなのではありませぬか？」

「……多分優しいのは桂に似たのだろう。俺は今そなたが傍に居てくれて助かっている」

「まあ」

抱き寄せると素直に頭を俺の胸の上に置いた。これじゃ勝頼《かつより》が死ぬまで離さない筈だよ。愛されるために生まれてきたような女だ。幸せにしてやらないと……。

朝鮮との交易は拡大可能だ。明にちょっと囁《ささや》けばいい。〝日朝貿易を拡大すれば銀が朝鮮に入る。それを朝貢させれば明の銀不足の解消に役立つ〟。明は喜んで朝鮮に圧力を掛けてくれるだろう。日朝貿易は拡大し交易によって得た利の殆どが明に奪われる事になる。多少は中国の銀不足を解消するかな？　分からんがまるで朝鮮は鵜飼《うかい》の鵜だな。

朝鮮国内からは物も無くなるが銀も無くなる事になるな。これ、どうなるんだろう？　インフレか？　それともデフレ？　いや、物が無いのだから物の値が上がるな。インフレだろう。だがそれ以上に拙い事は朝鮮が貧しくなる事だ。これは危険だ。朝鮮が公貿易にこだわるようだと朝鮮政府が貧しくなる。税を重くして回避しようとすれば百姓が苦しむ。酷くなれば一揆が起こるだろう。朝鮮も崩壊だな。

私貿易を許しそこに税をかけるようにすれば如何か？　税を重くすると脱税しようとする人間が増えるだろうな。明からの要求がどの程度のものになるか、それにも因るのだろうが明への反感が強まり政府と商人達の間で税を巡る仁義無き戦いが勃発する筈だ。そして税が重くなればその分だけ物価が上がる。やはりインフレだ。それは一般庶民への負担となる。いずれ商人達、一般庶民の不満が爆発する事になる。混乱は避けられない。

東アジアは大混乱だな。明と朝鮮が混乱する事になる。外圧ではなく内圧による混乱、分裂という事になるのかもしれない。それに乗じる形で北東アジアでヌルハチが勢力を拡大するという事になるのかな？　分からん。だが明と朝鮮は危険だろう。間違いなく不安定な状況になる。

日朝交易は制限貿易で我慢しよう。それで朝鮮の混乱は防げる筈だ。それよりも領土問題をはっきりさせた方がいい。宗氏は対馬から別な場所に移そう。そして対馬は朽木家の直轄領にする。ここを海軍の基地にして同時に交易の拠点とする。その方がいいだろう。宗氏は九州に移そう。一応交易が出来る場所、だが交易に頼らずとも生きていける場所に置く。その方がいい。ん？　何だ？

地震？

「大殿」

桂が怯えたような声を出して縋ってきた。

「地震だな」

「はい」

揺れている。少し長い。嫌な感じだ。ガタガタ、ミシミシと音がする。東日本大震災を思い出した。……大きく揺れた！　地鳴りがした、跳ね起きると桂も身を起こした。彼方此方から悲鳴が聞こえ始めた。

「桂、逃げろ！」

「はい」

「中庭に行け、大きな木に縋れ」

「子らは」

康千代と絹か。近くにいた筈だな。

「分かった。二人を連れて中庭に行け。俺は皆に逃げるように言わねばならん。急げ！」

「はい」

きつく言うと桂が奥へと走っていった。

廊下に出ると悲鳴が更に大きく聞こえた。揺れは益々大きくなっている。

「中庭に行け！　屋内に居るな！　中庭に行け！」

声を張り上げるとバラバラと人が出てきた。女が多い。

「声を合わせろ！　中庭に行け！　屋内に居るな！　中庭に行け！」

皆が声を合わせ始めた。これで室内での圧死とかはだいぶ防げるだろう。


禎兆六年（一五八六年）一月下旬　山城国葛野郡　近衛前久《さきひさ》邸　近衛前久

「ただいま戻りました」

嫁の鶴が頭を下げた。

「舅殿の御容態は如何かな。怪我をしたとの事だったが」

息子の内大臣《ないだいじん》が問うと鶴が困ったような表情を見せた。

「多分、元気なのだと思います」

多分？　妙な返事よ。それに表情にも蔭《かげ》が有る。常日頃快活な嫁には似合わぬ表情じゃな。息子も嫁を訝しんでいる。

「如何したのかな？　浮かぬ表情だが。今元気だと言ったが本当は舅殿の容態は思わしくないのか？」

問い掛けると鶴が更に困ったような表情を見せた。

「……そうではありませぬ。父に怒られました」

「怒られた？」

息子の言葉に鶴がしょんぼりと頷いた。息子が腑に落ちぬといった表情でこちらを見た。ふむ、確かに腑に落ちぬが……。

「怒られたとはどういう事でおじゃるのかな？」

問い掛けると鶴がこちらを見た。

「阿呆と怒鳴られました」

「阿呆？」

思わず息子と顔を見合わせた。息子も唖然としている。

「はい。嫁いだ以上、先ず案ずるのは嫁ぎ先の事であろうと」

ふむ、そうじゃの。

「こちらへは使者を出せばいいのだと」

まあ、確かに。

「命に関わる事態ならこちらから使者を出すと」

なるほど、道理ではある。しかしあれだけの大地震だったのだ。怪我をしたと聞けば心配するのも無理は無いと思うが……。

「早く帰れと追い返されました。聞けば妹の百合も父を見舞ったのですが同じように追い返したそうにございます」

やれやれよ。それで元気が無いのか……。

「私、あのように厳しく怒られたのは初めてにございます」

息子と顔を見合わせた。初めて？

「鶴は舅殿に怒られた事は無いのか？」

息子が訊ねると〝はい〟と鶴が答えた。

「私も妹の百合も父に怒られた事など滅多に有りませぬ。貝合わせや綾取りをしてよく遊んでもらいましたし小さい頃は膝の上に抱き上げられて頭を撫でられたものでございます」

息子が〝ホウッ〟と息を吐いた。気持ちは分かる。皆から怖れられる相国が娘を叱った事が無い？　貝合わせや綾取り？　到底信じられまい。なるほど、鶴の元気が無いのは相国の怪我が原因ではないか。阿呆と怒鳴られた事がその理由か。まあ怒るほどなのだから怪我自体は大した事は無いのかもしれぬ。

「鶴よ、本当は相国は嬉しかったのかもしれぬぞ」

「そうでしょうか？」

問い掛けてきたから頷いた。

「怪我をしたのじゃ。娘に見舞われて嬉しくないとは思えぬ。そうであろう、内府」

息子に同意を求めると息子が〝はい〟と答えた。

「だが余りに喜んではそなたのためにならぬと思ったのだろう」

「……かもしれませぬ」

「まあ怒られたからといって余り気に病まぬ事じゃ。そなたの事を案じての事だからのう」

鶴が大きく頷いた。

「有り難うございます。随分と気が楽になりました。それと此度の我儘《わがまま》、お許しいただきました事、心から感謝致します。以後は気を付けまする」

鶴が頭を下げた。

「はははは、左様に堅苦しく考える事は無い。困ったものよ、なあ」

息子に同意を求めると息子も笑いながら〝はい〟と頷いた。ふむ、似ておるのう。筋を通したがるところが似ておる。やはり親子じゃ。

禎兆六年(一五八六年)二月上旬　近江国蒲生郡八幡町　八幡城　朽木堅綱《かたつな》

「来たのか」

「来たのかではありませぬ。地震で大怪我をしたと聞きました」

目の前の父は脇息《きょうそく》に身を預け不機嫌そうにしている。白い寝間着に紺の胴服、厚みが有るから多分綿の入った物だろう。右腕を首から吊り右足にも木を添えている。

「尾張で次郎右衛門には会わなかったのか?」

「会えませんでした。父上の見舞いに行ったと……、入れ違いになったようです」

「やれやれだ。あれにも言ったのだがな。その方らが慌ててここに駆けつければ俺の容体はかなり悪いのだと皆が思う。その方が危険だと」

「……」

「先ず心配するのは俺の事よりも領民、家臣の事であろう。そんな事も分からぬとは……」

父上が不機嫌なのは怪我よりもそれの所為か。

「見ての通り、右腕と右足に怪我をした。両方とも折れている。中庭に逃げようとしたのだが転んでいる者が居てな、それを避けようとして俺も転んだ。そこに倒れ込んできた者が居て腕と足を折った。命には別条ない、案ずるな」

「はっ」

御命に係わる事は無かろう。だが右腕、右足を骨折したとなれば日常ではかなり不便な筈。

「関東は大丈夫なのか？」

「権六、勝三郎が居ります、半兵衛、新太郎も。取り敢えずは問題有りませぬ。千葉は滅びましたので上総と常陸を分断する事が出来ましょう。一つに纏まらなければ案ずるには及びませぬ」

「そうか、頼もしい事よ」

父上が声を上げて御笑いになった。

千葉氏は双子の兄弟、千葉介良胤と新介邦胤がいがみ合っていた。そして家臣達もそれぞれに付いて分裂していた。そこを利用して潰すのは難しくはなかった。……豊千代を父上にお渡ししたのは間違ってはいなかった。奈津も千葉氏の滅亡を見て納得している。或いはお腹に子供が居る事も

関係しているのかもしれぬ。

「だいぶ大きかったと聞きますが？」

父上が顔を顰められた。

「うむ、今も頻繁に小さな地震が有る。大きな地震の後は小さな地震が続くのだ。覚えておくがいい」

「はい」

「八門、伊賀衆に被害の状況を調べさせている。酷いな、畿内を中心に東海、北陸にまで及んでいるようだ」

「それほどに……」

朽木の支配地の中核となる部分が……。

「家屋が倒壊したところも有る。放置は出来ぬ、近くの寺で収容するようにと命令を出した。勿論、寺には朽木からその分だけ援助をする。それと壊れた家屋、或いは壊れそうな家屋は撤去させるようにと命令を出した。その分の費用も出さねばならん。国人衆達と折半だな」

「大変な出費でございますが」

「已むを得ぬ。朽木の支配なら安心出来ると思わせなければならんのだ。誰のためでもない、朽木のためだ」

「はい」

それでも思ってしまう。父上以外の者が天下人であったら如何だろうと。

「暫くは復興に力を入れなければならん。本当は自分で見て回りたいところだがこれでは出来ん。

もどかしい事だ」

父上が太腿《ふともも》の辺りをぴしゃりと叩いた。

「夜中の地震で幸いであった」

「と申されますと？」

父上がジロリと私を見た。

「昼間なら火を使っていよう。火事が起きた可能性が有る。そうなればもっと死者も出た筈だ。悲惨な事になっていような。家を失いこの寒空に放り出されれば凍え死ぬ者も出る」

「確かに」

父上の仰る通りだ。昼間ならもっと被害は大きくなっていたかもしれない。

祟り

禎兆六年（一五八六年）　二月上旬　　近江国蒲生郡八幡町　　八幡城　　朽木基綱

地震か、多分天正大地震だな。元号が変わっているから分からなかった。そうだよな、歴史は変わっても天変地異は変わらない。という事は慶長大地震も起きるのだろう。確か十年ほど後だったよな。そっちの準備もしなければならん。震災対策か。でもこの時代の震災対策って何をやればばいいんだろう？　耐震強度なんて概念は誰も知らん。頭痛いわ。取り敢えず今回の復旧作業の一覧を纏める必要があるな。そしてどのくらいの費用が掛かったかも纏める必要があるだろう。

大樹が心配そうな顔で俺を見ている。足と腕の骨が折れただけだ。そんな顔をするな。お前がそんな顔をすると俺の上に圧し掛かった女中がまた自分を責めるだろう。〝死んで御詫びを〟なんて言い出しかねない。止めるのが大変だったんだ。夫が戦で死んで家に戻ったが居辛くて城勤めを始めた女なんだ。今でも俺の前に出ると首でも括《くく》りそうな顔をする。

「俺は大丈夫だ。その方の弟妹も大事ない。明日には関東に戻れ」

「はっ、しかし……」

「妄《みだ》りに持ち場を離れてはいかん。それでは皆の信を失う」

「はっ。申し訳ありませぬ」

「小夜に会っていけよ」

「はっ」

大樹が一礼して下がっていった。豊千代にも会えるだろう。奈津への土産話になる筈だ。困ったものだ。次郎右衛門も俺が怪我をしたと聞いて駆けつけてきた。馬鹿野郎、俺の事よりも尾張の事を考えるべきだろう。被害が出ていたら率先して救済する、そうでなければ領民、家臣から信頼されない。こっちには使者を出すだけでいい。来るなり追い返してやった。ホント、頭痛いわ。

近衛家に嫁いだ鶴、三好家に嫁いだ百合も駆け付けてきた。嫁ぎ先からは許可を貰ってきたとか言っていたが〝阿呆〟と怒鳴りつけて追い返した。近衛家と三好家にはこっちから使者を出した。〝不束《ふつつか》な娘で申し訳ない、地震の被害状況を教えてほしい。出来る限りの支援はさせてもらう〟ってな。嫁ぐ時はしれっと行ってこんな時に騒ぐな。逆だろう、その方がずっとましだ。

家臣達の中で国人領主クラスからは死者の報告は上がっていない。やはり住んでいるところがしっかりしているからだろう。各地には被害状況を報せろと言ったがなかなか上がってこない。簡単にはいかないようだ。八門、伊賀からは徐々に報告が上がってきている。被災の中心は畿内だが北陸から伊勢、尾張まで及んでいるようだ。

畿内では近江、山城が酷い。近江で酷いのは今浜だ。史実でも酷かったようだがこの世界でも酷い。城も壊れたが民家もかなり倒壊している。死者もかなり出ているようだ。地盤が脆いのだろうな、傾いている家が多いというから液状化のような状況になっているらしい。土を入れて踏み固めるしかない。せっかく造った湊町だ、堅固に作り直さないと。

禎兆六年（一五八六年）二月下旬　近江国蒲生郡八幡町　八幡城　千賀地則直《のりなお》

部屋に入ると人が二人居るのが分かった。一人は大殿、もう一人は……。

「驚いたかな、半蔵」

「はっ」

大殿の声には笑いが含まれていた。

「足が不自由なのでな、小夜と雪乃に交互に添《そ》い臥《ふ》ししてもらっている」

「左様でございますか」

「他の女達だと務めを果たさねばならん。却《かえ》って怪我が悪化する」

御台所様がクスクスと御笑いになった。

「宜しいのでございますか？」

「構わぬ。小夜も雪乃もずっと俺を見てきた女達だ。ちょっとやそっとの事では動じまいよ、なあ」

「そんな事は有りませぬ。大殿にはいつも驚かされています」

「そうか、気付かなかったな」

「まあ」

今度は御二人で御笑いになられた。世評に違《たが》わず御仲が宜しい。

「して、如何かな？」

「始まりましてございます」

「そうか、始まったか」

「は、龍造寺が大友領に攻め込みました」

シンとした。御台所様からは驚いたような気配は感じられない。

「まあ散々煽ってきたのだ。当然かな？」

「……畿内で大地震が有り大殿が御怪我をなされました。九州では命に係わる重傷と伝わっております」

大殿が〝ふふふ〟と含み笑いを漏らされた。

「妙な噂が流れたものよ。誰がそのような偽りを言ったのだろうな」

「真に、困ったものでございます」

大殿が声を上げて御笑いになられた。御台所様も御笑いになっている。我らが大殿の意を受けて動いたと御分かりになったのだろう。

「信じたのかな？」

「さて、信じたかったのかもしれませぬ」

「そうだな。戦の名分は？」

「大友に無礼ありと。正月に龍造寺から大友に年始の使者が赴いたそうにございますがその時の大友の対応が礼を欠いたものだったとか」

大殿が笑い出した。

「口実だろうな。しかし大友ならやりそうな事では有る。一概に嘘とは言えぬ。それで大友は？」

「慌てふためいております」

「相変わらず頼りにならぬ事よ」

言葉は厳しいが口調はそれほどでもない。予想通りという事であろう。

「もうじき大友から使者が参りましょう。毛利にも使者を出したようにございます」

「助けろか。毛利は動かぬぞ、それに俺も動けぬ。怪我が治るまで半年はかかろう。それに畿内の復興作業も有る。出兵は年末になろう」

「……」

その通りだ、畿内の被害は甚大と言っていい。放置しては大殿への不満となるだろう。

「大体大友には大領を与えているのだ。対処出来ぬ筈が有るまい」

「はっ」

図体は大きいが内はボロボロなのが大友だ。到底龍造寺の敵ではあるまい。だが、その事が大友家取り潰しの理由になる。こうなると地震も大殿の御怪我も全てが大友に不利に動いている事になる。滅びるのも已むを得ぬか……。

「龍造寺の隠居は何処までやる気かな？　大友を潰して終わりか、それとも俺と戦う事まで覚悟したか……」

「……探りを入れまする」

「頼む、鍋島孫四郎は如何か？」

「大友戦に反対を唱え蟄居《ちっきょ》を命じられました」

「重臣中の重臣、親族でもある孫四郎に蟄居を命じたか。これでは周囲は反対出来ぬな」

「はっ」

大殿が〝ふふふ〟と含み笑いを漏らされた。

「隠居め、やる気かな。俺と戦う覚悟を決めたのかもしれぬ」

「……」

「大友を潰して終わりなら俺のところに使者が来る筈だ。大友の無礼許し難し、とな。それが来ぬという事は……。年齢の事も有る、もう六十に近かろう。最後に大勝負を、そう思ったか……」

「家を潰しかねませぬが？」

御台所様が問うと大殿が首を横に振るのが分かった。

「あの男は乱世の男なのだ、覚悟の上であろうよ。なあ、半蔵」

「はっ」

大殿の仰られる通りだ。龍造寺の隠居は乱世の男だろう。機会を窺っていたのだ。そしてその機会が来た。

「一条少将が死んだのは幸いだったな」

「はっ、御存命なら土佐へ援軍を出せと大変だったと思いまする」

「いい時に死んでくれた」

「真に」

先代の一条家の当主、左近衛少将《さこのえしょうしょう》兼定《かねさだ》は昨年の夏に死んだ。未だ四十を過ぎたばかりであった。不本意な一生であっただろう。

「俺も少し動くとしよう」

「と申されますと？」

「北野社の事は知っているな？」

「はっ」

北野社が今回の大地震は菅公の祟りだと言っている。朝堂院を建てるために用地を接収した事が菅公の怒りに触れたという事らしい。

「一応根回しは済んだのでな、阿呆共に真の祟りとは如何いうものか教えてやろう」

大殿が〝フフフ〟と低く含み笑いを漏らされた。


禎兆六年（一五八六年）　三月上旬　山城国葛野郡北野村　北野天満宮　荒川長好《ながよし》

「こ、これは、一体」

男が怯えている。四十には未だ間が有るだろう。ここの宮司か、或いは禰宜《ねぎ》か。まあ怯えるのも無理はない。北野天満宮は完全武装の二万の兵に囲まれているのだからな。おまけにこっちは馬に乗っている。見下ろされるのは恐怖を感じるだろう。

「某は朽木主税、太政大臣朽木基綱公の命により北野天満宮祠官、松梅院禅昌殿を迎えにきた。直ちにこの場に禅昌殿を連れてきてもらいたい」

主税殿の言葉に男が震えだした。

「禅昌殿は、本日は、所用で……」

つっかえながら不在と言いたいらしい。主税殿が顔を顰めた。仕方ないな。ここは俺が……。

「おい、嘘を吐くんじゃない」

「う、嘘など」

「禅昌が居るのは確かめてから来てるんだ」

「……」

男が口籠もった。

「よく聞けよ。俺も主税殿も大殿に従って日吉大社《ひえたいしゃ》を焼いた。叡山も焼いた。正直に言うとな、あの時は仏罰が下るんじゃないかと気が気じゃなかった。だがどうだ？　朽木家が滅んだか？　冗談じゃない、朽木家は勝ち続け大殿に敵対した連中は滅んだか下った。今じゃ大殿は太政大臣になって天下人だ」

「……」

「馬鹿な俺にも分かったわ。この世には祟りだの仏罰なんてものは無い。坊主共が作り出した戯言《たわごと》だってな」

「……」

「さっさと禅昌を連れてこい。焼くぞ」

声を低めて脅すと男が物も言わずに戻った。それを見て主税殿が小さく笑った。

「助かったよ。平四郎が言わなければ私が焼くと言うところだった」

「似合いませんね、主税殿には正攻法が似合っていますよ」

「ほう、では平四郎は？」

「俺は裏の手の方が性に合っています。というより正攻法はまどろっこしいから嫌ですね」

「やれやれ、御倉奉行の息子とは思えない言葉だ」

「不肖の息子ですから」

二人で声を合わせて笑った。

「まあ仏罰や祟りが無いというのは本当だな。私もそう思う」

「一向一揆も滅びましたしね。仏の加護も有りません」

「それでも死ねば坊主を呼んで供養をしてもらう」

「そうですね」

不思議な事だ。何故人は仏に縋るのか……。まあ俺も親父が死ねば坊主を呼んで弔うだろうが……。その事を言うと主税殿が頷いた。

「そうだね。祖父が死んだ時、私も父も寺から坊さんを呼んで弔ってもらった。その事に何の疑念も抱かなかった。仏とは何なのか……」

「大殿は人の心に寄り添えと言っています。決して人の心を操るなと」

「……仏罰や祟りは人の心を操る手段なのかもしれない」

「そうですね」

だから地獄や極楽が有るのだろう。

「来たようですね」

「ああ」

男が現れた。恰幅《かっぷく》のいい若い男だ。顔色はよくない。

「私が松梅院禅昌にございます」

声が震えているぞ。全く、怯えるくらいなら地震は菅公の祟りだなどと言わなければいいのに……。主税殿が小さく息を吐くのが分かった。呆れているのだろう。

「太政大臣朽木基綱公がその方と会って話がしたいそうだ」

「さ、左様でございますか」

禅昌が主税殿と話しながらチラッと俺を見た。あの男から俺が焼くと言ったと聞いたのかもしれんな。

「み、皆様は」

「輿《こし》を用意してある。八幡城に行くがいい」

また俺を見た。不愉快な……。

「俺達はここで待機だ」

「待機……」

「大殿から何時でも焼けるように準備をしておけと言われているのでな」

「そ、そんな」

「ああ、根切りも有ったな。忘れていた」

こいつも震えだした。

「早く行った方がいいぞ。大殿はせっかちだからな。ぐずぐずしているとそれだけで焼け、根切りだと命令が来るかもしれん」

禅昌が〝輿、輿は〟と言いながらヨロヨロと歩き出した。大丈夫かねえ……。

禎兆六年（一五八六年）　三月上旬　　近江国蒲生郡八幡町　　八幡城　　朽木基綱

「大殿、北野天満宮祠官、松梅院禅昌殿でございます」

「うむ」

「松梅院禅昌にございます」

目の前には恰幅のいい若い坊主が居た。もっとも顔色はよくない。仕方ないよな、ここへは拉致同然に連れてこられたのだから。何故拉致されたか、思い当たる事は当然有るだろう。周囲の視線が痛いというのも有るかもしれない。周りには朽木の重臣達が居るのだが皆棘《とげ》のある視線を禅昌に浴びせている。

この時代の北野天満宮は純粋な神社とは言えない。日本固有の神祇《じんぎ》信仰と外来の仏教信仰が融合した神仏習合思想によって出来上がった寺院だ。社僧が住み、仏事をもって神に奉仕した。明治になると廃仏毀釈《はいぶつきしゃく》で痛い目を見るがこの時代にはこんな寺は幾らでもある。北野天満宮の組織は、別当職、祠官、目代《もくだい》、宮仕《みやじ》などだが別当職を曼殊院門跡《まんしゅいんもんぜき》が兼任し重要職は社僧が独占している。神職は下位の役職だ。禅昌は祠官だが別当職は事情が有って空いている。現状ではこの男が北野天満宮のトップと言っていい。

「本来なら俺自ら出向くのだがこの有様でな、当分動く事は出来ぬ。という事でここに来てもらった」

「……左様でございますか」

声が震えているぞ、禅昌。この男を拉致するのに兵二万を動かした。二万の兵に北野天満宮を囲ませ禅昌を出さなければ北野天満宮を焼くと脅させた。二万の兵は今も北野天満宮を囲んでいる。焼き討ちの準備を整えている筈だ。京は大騒ぎだろう。

「今回の大地震、菅公の祟りだそうだな。俺が土地を取り上げた事を菅公が御怒りになったのだと聞いている」

「あ、いえ、そのような事は」

あたふたするなよ、禅昌。

「それ故俺も大怪我をしたのだとか。その方を筆頭に北野社の者達が盛んにそう吹聴しているそうだな」

「決して、決して、そのような事は」

「偽りを申すな！」

重蔵が低い声で叱責すると禅昌が〝ひっ〟と言って竦《すく》み上がった。流石、重蔵。殺気が有ったぞ。

「そう怯えるな、禅昌」

穏やかに話しかけたのだが禅昌の顔は強張ったままだ。いかん、少し安心させてやろう。

「菅公の祟りとは大層なものだな。今回の地震は畿内から東海、北陸にまで及んでいる、大地震だ。俺もこの有様で大いに不自由している。正直に言うが驚いたわ、それに感心した。皆が菅公を天神様と呼んで畏れ敬う筈だな」

禅昌が上眼遣いでこちらを見ている。あんまり気持ちのいい眼付きじゃない。吐き気がしたがここはスマイルだ。ニッコリした。

「嬉しかろう？　俺は今回の大地震を菅公の祟りだと認めているのだ」

「はっ、あ、いえ……」

困惑している。そうだよな、不思議だろう？　菅公の祟りだと認めても俺は畏れていないんだから。さてと、ここからが本題だ。

「菅公が今回の地震を引き起こした以上、被災した者達を救う義務が北野社にはあろう。復興費用として取り敢えず五万貫、二十日の内に用意しろ」

「は？」

禅昌の眼が飛び出そうになっている。

「そ、それは御無体というもので……」

「出来ぬと申すか？」

「……そ、それは……」

禅昌が周囲に眼を走らせたが誰も助けようとはしない。当たり前だろう、皆俺が激怒している事を知っているのだ。

「出来ぬというなら今度は俺が祟るぞ。この日ノ本から天神を祭る神社仏閣を全て叩き潰し従事する者を根切りにする。先ずは北野社を焼き討ちして根切りだ。その方も殺す」

「な、なんと、恐ろしい事を」

「祟るとはそういうものであろう。地震を祟りだなどと笑わせるな。真の祟りとは如何いうものか、俺が教えてやる。第六天魔王の生み出す地獄をな。叡山や本願寺を思え」

「……お、御許し下さいませ！」

禅昌が平伏《ひれふ》して絶叫した。

「ならぬ。復興を手伝うか、根切りか、選べ」

「……」

「朝廷に取成しを頼もうと考えているなら無駄だぞ。三宮《さんのみや》様の曼殊院への入室は取り止めとなった」

「そんな……」

禅昌が呆然として俺を見ている。三宮、つまり帝と阿茶局《あちゃのつぼね》の間に生まれた皇子の事だ。今年十三歳、曼殊院で僧になりいずれは曼殊院門跡、北野天満宮別当になる筈だったが止めてもらった。代償は新たな宮家の創設だ。

この連中が祟りだと騒ぐ理由に北野天満宮と曼殊院の関係が有る。北野天満宮の別当職は曼殊院門跡が兼任するのだが曼殊院は天台宗の寺なのだ。天台宗と言えば俺が焼き討ちした比叡山延暦寺が本山寺院だ。要するにこの連中は俺にいい感情を持っていない。俺が宗教的権威に敬意を払わない事が不愉快なのだ。それをなんとかしたいと考えている。朝堂院の用地接収だけが祟り騒動の原因ではない。

「如何するのだ、禅昌」

「……五万貫、用意致しまする」

「半分は大宰府《だざいふ》に出させよ」

「はっ」

「それと、この五万貫は取り敢えずだ。復興にはもっと銭が必要だ。用意しておけ」

泣きそうな顔になったが〃はっ〃と言って頭を下げた。

「これからは菅公によく祈るのだな。二度と天変地異を起こさないでくれと。天変地異が起きる度に菅公の祟りとしてその方らに復興の費用を負担させる」

「それは……、酷《むご》うございます」

「酷い？　その方らの日々の祈りが足りぬから、信心が足りぬから菅公が御怒りになるのだ。当然の事であろう」

「……」

「それとも菅公の祟りなど無いと言うか？　これまで祟りだと言って朝廷を脅し様々な恩恵を受けてきたがそれは全て嘘偽りであったと言えるのか？」

禅昌はう｜、う｜と唸っていたが〃お許しくださいませ〃と言って平伏した。

これで二度と祟りだと騒ぐ馬鹿は居なくなるだろう。ついでに震災時の財源もゲットだ。こういうのを災いを転じて福となすって言うんだろう。久し振りにすっきりした。という事で目の前で唸っている目障りな阿呆を追っ払うとするか。

「御苦労だったな、禅昌。気を付けて帰れよ。五万貫は二十日以内だ、忘れるな」

「……」

「それとな、俺は気が短いし焼き討ちと根切りが大好きなのだ。その事も覚えておけ」

禅昌が怯えたように俺を見た。ま、こんなものだな。

京の都も結構被害が出ている。民家もだけど公家の屋敷も酷い。公家は貧乏だから建て替えなんて簡単には出来ない。その所為で古い屋敷が多かったらしい。軒並み倒壊している。特に中級から下級貴族に多い。その所為で圧死者も出ているようだ。こいつは液状化ではなく老朽化による強度不足だろう。屋敷だけじゃない、塀も壊れた。外から丸見えだ。これも支援しなければならん。飛鳥井、一条、近衛、西園寺、葉室《はむろ》、山科《やましな》は大丈夫だ。俺が援助していたからな、屋敷に手を入れていたらしい。酷い事にはなっていない。

内裏は余りいい状況じゃない。ところどころ倒壊している部分が有るようだ。それと塀だな、派手に壊れている。取り敢えず帝には仙洞御所に移ってもらっている。そっちの方が安全だ。当然だが朝廷からはなんとかしてくれと言ってきた。先ず塀の修理と民家の救済を同時に進行させないといかん。その後に内裏の修理だ。大工と左官屋は大儲けだな。被害の無かった中国、東海、関東地方から大工と左官屋を呼んだ方がいいな。その方が復興ははかどる筈だ。

若狭と伊勢では津波が起きている。小浜は結構被害を受けたようだ。武田が治めていた時代は政治《まつりごと》が悪くて領内が荒れた。朽木が治めるようになって繁栄してきたのに津波に襲われるとは……。交易船もかなり来ていたのにな、力を落としている人間も多いだろう。伊勢も同様だ。津波で民家がだいぶ流されたらしい。人も死んでいる。復旧には時間がかかるだろう。

八幡城も彼方此方壊れているようだ。危なかったな。中庭に逃げた後、怪我をした事も有って屋内に入ろうという意見が多かった。だが暗くて屋内の状況が分からない、壊れかけている部分が有るなら危険だ。それに余震の問題も有る。明るくなって屋内の状況が確認出来るようになるまで中庭で待った方がいい、そう思って待った。

寒くて参ったわ。皆で温め合って凌《しの》いだ。辛かったが正解だった。二刻ほど後にかなり大きな余震が有って屋内で建物が倒壊する音がした。女達は震え上がって悲鳴を上げていた。怪我をして動けない状況で中に居たらと思うと寒気がするわ。俺も死んでいたかもしれない。

問題はこれからだな。九州、関東、奥州の諸大名、国人衆が今回の地震を如何思うかだ。俺が動けないと分かった時彼らが如何動くか。そろそろ何らかの動きが有る筈だ。

悪名

禎兆六年（一五八六年）　三月中旬　山城国葛野郡　近衛前久邸　九条兼孝《くじょうかねたか》

「如何でございますか、地震から二ヶ月が経ちましたが」

「悪くおじゃらぬ。嫁の実家が色々と気を遣ってくれるからの、むしろ地震の前よりもよくなったのではないかの」

太閤殿下が〝ほほほほほ〟と御笑いになった。確かに部屋を飾る調度の品は以前よりも賑やかになったような気がする。話から察すると朽木の援助で揃えたらしい。

「追い返されたと聞きましたが？」

「そうらしいの。嫁は阿呆と怒鳴られたとか。滅多に怒らぬ父が怒ったと驚いておじゃった」

殿下がまた〝ほほほほほほ〟と御笑いになった。

「怒らぬのでございますか？」

「らしいの。相国も娘には甘い父親なのかと思ったがそういうわけでもないらしい。余り子らには怒らぬらしいの。内では穏やかな父親のようじゃ」

「はてさて」

殿下が私の顔を見て苦笑を浮かべられた。どうやら妙な顔をしてしまったらしい。だがあの相国が内では穏やかな男？　今ひとつ腑に落ちぬ。

「まあ一度近江で相国に厄介になった事が有ったが相国の子らは父親を恐れてはいなかったの」

「……左様で……」

近江か、殿下を近江に追ったのが父と足利義昭《よしあき》であった。その事を想っていると殿下が〝ほほほほほ〟と御笑いになった。

「昔の事じゃ、気にしてはおらぬ」

「そうは申されましても……」

語尾を濁すと殿下がまた〝ほほほほほ〟と御笑いになった。

「それに近江で過ごした日々は楽しかった。釣りや鷹狩り、淡海乃海で舟遊びもしたの」

「左様でございますか」

こちらを気遣っているのが分かった。だが表情からすると楽しかったというのは嘘ではないらしい。その所為だろうか？　京に戻った殿下は父に報復はしなかった。我らが今廟堂《びょうどう》でそれなりの立場を得ているのもそれが大きい。そういえば相国は公家にきつく当たった事は無いな。或いは相国が殿下をそれとなく止めたのかもしれぬ……。

「関白のところは如何なのじゃ？　塀の一部が崩れたと聞いたが」

「奉行所の手配で既に修理は済んでおります。もっとも奉行所からは塀も屋敷もかなり傷んでいるので落ち着いたら新たに建て直した方がいいだろうと言われました」

殿下が頷かれた。

「次に大きな地震が来れば危ないか、……だが建て直すとなればかなりの物入りじゃの」

「はい、頭の痛い事でおじゃります」

「相国に相談しては如何じゃ。あそこは銭なら幾らでも有ろう」

「五万貫でございますか」

「うむ」

相国が北野天満宮を脅して五万貫を出させた。祟りと騒いだ事を咎めての事だが……。

「相国に甘えるのは気が引けるかな？」

太閤殿下が可笑しそうな表情をしている。

「そういうわけではありませぬが……」

太閤殿下、一条左府は相国と親しい。それに比べるとどうしても私や弟達は疎遠だ。

「父御と関白は別人であろう。今では関白と相国として協力し合う仲、相国も援助をと頼ってもらった方が喜ぶと思うがの。違うかな？」

「……かもしれませぬ」

殿下がまた声を上げて御笑いになった。

「関白は如何も甘え下手のようじゃの。上手に甘えれば顔を顰めながらも喜ぶ。麿が口添えしよう、如何かな？」

「……お願い致しまする」

「うむ」

殿下が満足そうに頷かれた。そうだな、父とは政敵であった太閤殿下が我らを受け入れてくれているのだ。遠慮せぬ方がよかろう。

「先日、松梅院禅昌が参りました。例の一件でなんとか相国に取り成してほしいと……」

「麿のところにも参った。一条左府のところにも行ったようじゃ」

「左様で。それで……」

殿下が眼だけで笑った。

「勿論、取り成しなどせぬ。そうであろう？」

「はい」

朝堂院を建てるための用地接収、それをあの者達は咎めたのだ。許す事は出来ぬ。院も帝もこの事を御怒りだ。それに京の都の復旧は奉行所が中心となって行われている。それを忘れてはなるまい。相国に不快を思わせる事は出来ぬのだ。

「それにしても相国も上手い事を考えるものよ。祟りと認めた上で北野社に銭を出させるとはの」

「今後は天変地異が起こる度に菅公の祟りになるとか」

殿下と顔を見合わせ同時に吹き出してしまった。

「北野社の者共も喜んでいよう。天神様の御力を認めるのだからの。文句は言えぬ筈じゃ。その代償に復興の費用を出してくれるとは、……有り難い事よのう」

チラリと殿下が私に視線を流した。ここは生真面目に答える一手だな。

「真に有り難い事でございます」

〝ほほほほほほ〟と殿下が口元を扇子で隠しながら御笑いになられた。確かに笑える、これでは菅公が北野社に祟っているようだ。声を合わせて笑った。

「焼き討ち、根切りが待っておじゃるからのう。武家は怖いわ」

「さればこそ我らに泣き付いてきたのでおじゃりましょう」

「ほほほほほほ、坊主めに甘く見られたか。だがどちらが甘いかのう。我らが取り成しなどする筈がなかろうに。愚かな事を」

上機嫌であった殿下が最後は蔑む口調になった。殿下も北野社に対して御不快の念をお持ちのようだ。

北野社はこれからも銭を吐き出し続ける事になる。その銭は復興費用に充てられる。北野社が銭を出さなければそれだけ復興が遅れる事になるのは明白。そのような取り成しなど到底出来ぬ。すれば相国に蔑まれるだけであろう。公家共は何も分かっておらぬ、役に立たぬと……。

「御聞きでございましょうか？　北野社の内の事」

「内の事？　いや知らぬ。何か有ったか」

訝しげな表情だ。どうやら本当に知らぬらしい。

「坊主共が今回の一件で揉めているとか」

「坊主共、三院と宮仕か、……なるほどの」

殿下が頷かれた。どうやら察したらしい。

北野社は上級社僧である祠官と下級社僧である宮仕達の対立が激しい。どうも宮仕達に祠官である松梅院の力が強過ぎるという不満が有るようだ。その不満はこれまで改善される事は無かった。だが今回の一件で松梅院禅昌が北野社に大きな損害を与えた。宮仕達はその事を待遇改善のいい機会だと捉えている。

「松梅院禅昌が泣き付いてきたのもそれが理由か」

「そのようでございます。突き上げがかなり厳しいようで」

殿下が笑い出した。

「無理も有るまい、五万貫ではの。しかも取り敢えずと聞いた」

「三宮様の事も御座います」

曼殊院への入室を取り止め。いずれは曼殊院門跡との事であったが三宮様は親王宣下《しんのうせんげ》の後に宮家を創設する事になった。帝も阿茶局もその事を喜んでいる。そして朝堂院再建を非難した禅昌達に不快感をお持ちだ。殿下が頷かれた。

「そうよの、朝廷からも見捨てられたようなものか。で、宮仕達は何処までやる気かな？」

「禅昌の罷免《ひめん》と待遇の改善、おそらくは松梅院の力を抑えようという事のようで」

「さてさて」

殿下が首を横に振った。

「宮仕達は奉行所に訴え出る事を考えております」

殿下が目を瞠った。

「なるほど、相国を味方に付けようという事か」

「はい」

顔を見合わせて頷いた。可能性は有ろう、今回の一件は天台宗が絡んでいる。相国もその事は理解している筈だ。となれば北野社の現状を変えようとするかもしれぬ。それは天台宗だけでなく他の宗派の者達にも警告となろう。滅多な事で政に口出しは出来なくなる。

「そういえば延暦寺の坊主、詮舜《せんしゅん》と賢珍《えんちん》と言ったかな、だいぶ禅昌の事を怒っているようだの」

「はい、今回の一件で相国は天台宗に不快感を改めて持った筈。延暦寺の再建は当分は許されますまい」

「うむ、これまで随分と嘆願していたようだが……」

「無駄になりました。禅昌は天台宗の僧達からも責められております」

殿下がフッと小さく笑った。

「相国にとっては願ったり叶ったりであろうの」

「左様でございますな。寺社にも影響力を持つ事が出来ます」

殿下が〝うむ〟と頷かれた。

「天下を治めるには公武を押さえるだけでは足りぬ。そこに寺社を加えなければの。既に浄土真《じょうどしん》宗《しゅう》は押さえた。天台宗も大人しくなろう。政に関わるのは危険だと理解した筈だ」

「天台宗だけではありませぬ。他宗の者達も此度の一件で大人しくなりましょう」

殿下が頷かれた。

「悪名を怖れぬ者というのは強いの」

ポツンとした口調であった。

「そうですな。他の者ならともかく、相国が焼き討ち、根切りと言えば怖れぬ者は居りますまい。今回の一件を見ればそれがよく分かります」

殿下が頷かれた。

「我ら公家は何時からか悪名を怖れるようになった。血を怖れ穢れを怖れ恨みを、祟りを怖れるとはそういう事であろう。その事が我ら公家が力を失う事になったのかもしれぬ」

「……そしてそれをなす者を野蛮と蔑んだ」

「うむ、そうする事で自らの弱さから眼を背けたのじゃ。公家が弱いままの筈よな」

否定は出来ぬ。公家は力を失い武家は力を振るう。武家で最大の存在が相国、この天下でもっとも悪名を怖れぬ者。そう思えば相国が天下を制するのは当然の事なのだろう。

「改元をせぬと聞きましたが？」

殿下が〝うむ〟と頷かれた。

「大地震の後なれば縁起が悪いと、改元をするかと思ったがの。そのような事に銭を使うのであれば街の復興に使うとの事であった。強いわ、祟りなど微塵《みじん》も恐れておらぬのであろう」

確かに強い。いや天下人とはそういうものかもしれぬ。悪名も神仏も恐れぬ強さが必要なのであろう。

「九州が乱れております」

「うむ、大友が危ういらしいの」

「はい、相国が九州へ赴くのは早くて今年の末と聞きますが？」

それでいいのだろうか？　そう思ったが殿下の表情は動かない。

「已むを得まい。怪我の事も有るが畿内から北陸、東海は相国にとって最も大事な領域、放置は出来ぬ。九州遠征は復興が順調に進んでからとならざるを得ぬ」

「……龍造寺の勢いが強くなりますぞ」

殿下が含み笑いを漏らした。

「真に危ないと見れば関東から大樹を呼び戻すであろう。違うかな？」

「……確かに」

大樹は徳川を下し関東の制圧にかかっている。朽木家の跡取りとしての力量は皆が認めるところでもある。九州に送れば龍造寺の制圧は難しくとも伸張は抑えられよう。

「だがそれをせぬ。相国は龍造寺を恐れておらぬ」

「では相国は……」

「うむ、これを機に大友、龍造寺の双方を潰すつもりやもしれぬの」

なるほど、むしろ好都合という事か……。


禎兆六年（一五八六年）三月中旬　近江国蒲生郡八幡町　立花邸《たちばなてい》　立花統虎《むねとら》

「義父上、御具合は如何でございますか？」

「うむ、だいぶよくなった。だが時折揺れるのでな、ゆっくり休めぬ事には閉口するの」

「左様ですな、それでも以前に比べればだいぶ減ったように思います。誾《ぎん》もそう申しておりますぞ」

「そうじゃな」

義父、立花道雪《どうせつ》が微かに笑みを頬に浮かべた。この十日ばかり風邪を引いて寝込む日々が続いている。今日は起きているから具合がいいらしい。大殿から見舞いの品として頂いた綿入半纏《はんてん》を羽織っている。かなり暖かいらしい。

「近江は寒いの。どうも儂は寒いのは苦手だ」

向うところ敵無しの義父が寒さを苦手だと言っている。少し可笑しかった。

「九州に比べれば寒いのは仕方がありませぬ。ですが意外に雪が多いのには驚きました」

「うむ、そうじゃの。ところで彌七郎《やしちろう》、何の用だ？」

「失礼しました。義父上に文が届いております」

「儂に？」

義父が眉を寄せた。懐から文を取り出し〝田原紹忍殿です〟と答えると義父が唸り声を上げながら文を受け取った。義父が文を読む。読むにつれて表情が厳しくなった。そして読み終わるとホウッと息を吐いた。

「文にはなんと？」

「近日中に大友家から朽木家に使者が来る。利光宗魚《としみつそうぎょ》殿だ」

「義叔父上が？」

「うむ、吉弘左近大夫統幸《よしひろさこんだゆうむねゆき》殿も付き添いで来るらしい」

「なんと！」

「そなたの従兄弟だな」

「はい」

宗魚殿は義父の妹を妻に迎えている。そして吉弘家は父の実家で吉弘家から出て高橋氏の名跡を継いだ。左近大夫は父の兄の息子、甥《おい》になる。

「大友家の状況は思わしくない、いや龍造寺に攻められて相当に悪いようだ」

「では？」

「うむ。朽木家の援軍を願うらしい。おそらくは我らの口添えを期待しているのだろう」

「拝見しても宜しいですか？」

義父が〝うむ〟と頷いて文を差し出した。それを受け取って中を読む。確かによくない。筑前《ちくぜん》の大友領はあっという間に失われた。豊前《ぶぜん》の国人衆は田原殿が宇佐《うさ》、下毛《しもげ》勢と共に抵抗しているが他は殆どが寝返ったらしい。豊後では志賀《しが》少左衛門尉《しょうざえもんのじょう》親次《ちかつぐ》が岡《おか》城、佐伯《さえき》太郎《たろう》惟定《これさだ》が栂牟《とがむ》礼《れ》城、木付《きつき》中務《ちゅうむ》少輔《しょうゆう》鎮直《しげなお》が木付城で抵抗している。他にも何人か節を曲げずに大友に忠誠を誓っている者が居るようだ。大友の御隠居様、御屋形様は臼杵《うすき》城で籠城している。あの城は簡単には落ちまい。だが……。

「紹忍殿も苦しかろうな。我らにこのような文を送ってくるとは……」

「それを言うならば使者である義叔父上達も同様でしょう」

「そうじゃな、一縷の望みをかけておるのじゃろうが……」

紹忍殿、義叔父上達も朽木家が大友にいい感情を持っていないのは理解していよう。本来なら助けなど願いたくはあるまい。だがそれをせざるを得ないほどに大友家は追い込まれている。

「如何なされます？」

「……口添えは出来ぬ。……その方も分かっておろう」

「はい」

義父も父も大友家に忠誠を尽くしてきた。だが大友の御隠居様は我らよりも筑前二十万石を選んだのだ。そして大殿は朽木の天下取りに協力しなかった大友と龍造寺を許していない。

「それに大殿は地震で御怪我をなされた。漸く骨はくっ付いたようだが未だ歩くのには不自由しておられる。兵を出す事は難しかろう」

「領内の復興の事も有ります。京の復興も大事ですが今浜が大きな被害を出した事で美濃、尾張との物流にも影響が出ているそうです。今浜の復旧は急がねばなりませぬ」

義父が笑い出した。

「彌七郎、随分と詳しいの」

義父に冷やかされて顔が熱くなるのを感じた。

「兵糧方の北条新九郎殿と親しくしております。新九郎殿が色々と教えてくれました。兵糧方は兵糧、武器弾薬の扱いだけではありませぬ。街道の整備や物の流れにも深く関わっております」

兵糧方は朽木独特の組織だ。如何いう物かと思ったが戦だけでは無い、平時の繁栄にも大きく関わっている。

「いい事じゃの。戦が無くなれば大事になるのが領内を豊かにする事だ。色々と聞いておけ」

「はい」

いずれは領地を頂く事も有ろう。その時は朽木の施策を取り入れて繁栄させたい。そのためにも色々と学ばねば……。義父が太い息を吐いた。

「彌七郎。明日、紹運《じょううん》殿と共に登城する。その方も同道せよ」

「はっ、大殿に文を御見せするのですな」

「うむ、おそらく紹運殿の許にも文は届いていよう。我らは朽木家の家臣、大友家のために動く事は出来ぬ。大殿に二心無い事を御見せする」

「はっ」

義父も父も辛かろうな。だが我ら家臣は心を疑われるような事が有ってはならぬ。特に新参の者は……。

徒労

禎兆六年（一五八六年）　三月中旬　周防《すおう》国吉敷《よしき》郡上宇野令《かみうのれい》村　高嶺《こうのみね》城　安国寺恵瓊《あんこくじえけい》

部屋に入ると右馬頭《うまのかみ》様が頷き、駿河守《するがのかみ》様が顔を顰め、左衛門佐《さえもんのすけ》様が穏やかな表情で迎えてくれた。うむ、いつも通りだ。

「大友から使者が来たと聞きましたが」

座って一礼してから問うと右馬頭様が〝うむ〟とまた頷いた。

「一萬田《いちまだ》民部大輔《みんぶだゆう》、宗麟殿の娘婿だ。書院で待っている」

「左様でございますか」

一萬田民部大輔か……。宗麟の信頼が厚いと聞いているが……。

「辛い役目ですな。宗麟公に命じられて来ているのでしょうが我らが助けを出すとは思っておりますまい」

「世鬼《せき》の報せでは瀬戸内を東へと急ぐ大友の船が有ったそうだ。おそらくは近江へ向かったのだろう」

私と左衛門佐様の会話に駿河守様が〝無駄な事を〟と呟いた。

「だいぶ苦しいようだな。使者が来るのはこれで二度目だ。来るだろうと予想はしていたが随分と早い。やはり居城を府内《ふない》から臼杵城へ移さざるを得なかった事が響いているのだろうな」

駿河守様が息を吐いた。そう、前回の使者にも兵は出せぬ、仲裁は出来ぬと答えたのだが……。

臼杵城へ移った事で尻に火が点いたらしい。

「已むを得ますまい。筑前の大友領はあっという間に龍造寺に奪われたと聞いております。府内では防げませぬ」

「道雪、紹運の二人が筑前に居れば少しは違ったのだろうが……」

駿河守様、私、左衛門佐《さえもんのすけ》様の言葉に右馬頭様が何度か頷いた。左衛門佐様の言う通り、あの二人が筑前で十万石ずつ領していれば龍造寺山城守も簡単には攻め込めなかっただろう。だがあの二人は居ない。そして上方では大地震があった。相国様は怪我をして動けない。世鬼の調べでは重傷だという噂も流れたようだ。山城守にとっては千載一遇の機会だろう。躊躇わずに兵を起こした。龍造寺勢は筑前の大友領を制し豊後、豊前へと雪崩れ込んでいる。

「ま、自業自得ではあるな。今日の事態は宗麟が自ら招き寄せたものだ。憐《あわ》れとは思わぬ。同情すべき点も無い」

駿河守様の口調は嘲るような調子ではなかった。淡々としている。だがそれだけに事態は深刻と言える。左衛門佐様、右馬頭様の表情も沈痛と言っていい。大友が滅ぶ時が来た、そう思っているのだろう。分かっていた事だが厄介な事になった。

「それで、如何致します？　当初の取り決め通り、二回目以降は大友からの使者には愚僧が応対する。それで宜しゅうございますか？」

右馬頭様が〝よい〟と答えると駿河守様、左衛門佐様が頷いた。

「では応対して参りましょう」

一礼して立ち上がった。部屋を出て書院へと向かう。決して楽しい仕事ではない。何度か溜息が出た。前回は右馬頭様が応対した。今回もとなれば詰まらぬ恨みを買いかねぬ。という事で私に仕事が回ってきた。

書院に入ると若い武士がこちらを見て頭を下げた。ふむ、この男が一萬田民部大輔か……。嫌なものは感じない。宗麟が娘婿に選んだだけの事はあると思った。

「お待たせしたようでございますな。毛利家家臣、安国寺恵瓊と申しまする」

「大友家家臣、一萬田民部大輔鎮実《しげざね》と申しまする」

正面から顔を見た。やはり嫌なものは感じない、それだけに遣り辛いと思った。

「本来なら主右馬頭が応対すべきところでございますが愚僧の方が話しやすいだろうと仰られましてな」

「左様でございますか」

話している最中に若い女中が入ってきた。一礼して民部大輔の前に置いてあった茶碗を新しい茶碗に替えると私の前にも新しい茶碗を置いた。そして一礼して立ち去った。緊張している。この手の交渉に慣れていないのだと思った。交換した茶碗にはお茶がなみなみと入っていた。おそらくやきもきしながらこちらを待っていたのだろう。

「では御用の趣を伺いましょう。もっとも龍造寺との戦の事でしょうな」

「如何にも。毛利家の力で戦を止めていただきたいのです」

民部大輔がジッと私に視線を当ててきた。強い視線だ。それを避けるために茶を一口飲んだ。視線を避け考える素振りをする。

「……さて、難しいでしょうなあ」

「……」

民部大輔の表情に陰が落ちた。

「龍造寺はだいぶ有利に戦を進めていると聞いております。愚僧には簡単に戦を止めるとは思えませぬ」

「しかし毛利家は九州の旗頭、九州の揉め事を収める役目がありましょう」

「九州の旗頭である事は認めます。しかし形だけのものです。揉め事を収める役目はありませぬ。その事は前回右馬頭より使者の方にお伝えした筈」

「……」

「民部大輔殿もお分かりでござろう。大友家、龍造寺家、どちらを九州の旗頭にしても収まりは付きませぬ。それゆえ毛利家が旗頭となった。相国様からは形だけゆえ何もしなくていいと言われております。たとえ大友、龍造寺が戦になろうともです」

民部大輔が視線を落とした。

「仲裁はしていただけませぬか」

「如何にも。左様な事は相国様がお望みになりますまい」

言外に相国様は大友と龍造寺が争う事を望んでいるのだと伝えると民部大輔の表情が歪《ゆが》んだ。分かっていた事であろうに……。

「ならば相国様へのお口添えは願えませぬか？」

首を横に振った。なるほど、狙いはこちらかもしれぬ。しかし無理だ。そんな事をすれば相国様の怒り、いや侮蔑を買うだけだろう。何の意味も無い。

「……大友は滅ぶ事になります」

「そうかもしれませぬな。それが何か？」

民部大輔が私を睨んだ。やれやれよ、はっきり言わなければならぬ。

「民部大輔殿。毛利と大友は親しい仲でしたかな？」

「……」

「そうではありますまい。何度も戦をしました。その毛利に何を期待しておられるのかな？」

「……」

「誤解をされては困る。毛利は大友家が滅ぶ事を望んでいるわけではない。大友のために危ない橋を渡る事は出来ぬと言っているだけです。そのような義理は無いと。それに、大友家は生き残るために努力してきたと言えましょうか？」

「……」

民部大輔の目が泳いだ。私が何を言っているか分かったのだろう。大友は相国様に助けてもらいながらその恩を仇《あだ》で返したのだ。天下人を怒らせた以上その報いは受けなければならぬ。

「愚僧が何を言っているか、お分かりですな？」

「……」

「立花、高橋の両名が筑前に居ればここまで酷い事にはならなかったでしょう。しかし宗麟公は生き残る事よりも自分の面子《めんつ》を立てる事を望まれた。随分とごねて面子を立ててもらったと聞いております。せっかく立ててもらった面子です。自らの手で守られるが宜しかろう」

「……それが出来るなら……」

口調に苦渋が滲み出ていると思った。

「出来ねば大友家は滅ぶ事になりましょう。朽木は足利とは違うのです。大名の我儘を許すような甘さは無い」

民部大輔が力無く項垂《うなだ》れた。滅ぶな、大友は間違いなく滅ぶ。龍造寺も滅ぶだろう。西国の有力大名は毛利だけになる。それは必ずしも望ましい事態ではない。駿河守様、左衛門佐様もその事は案じている。しかし大友を助ける事は出来ぬ。相国様はそれを許すほど甘くはない。そして毛利は生き残らなければならないのだ。

禎兆六年（一五八六年）　三月下旬　　近江国蒲生郡八幡町　　八幡城　　朽木小夜

「済まぬな」

大殿が面目無さそうな声で謝った。

「いいえ、これも楽しゅうございます」

私が答えると雪乃殿がクスクスと笑った。

「御台所様、このお役は他の側室方《にょにん》には任せられませぬ。そうではありませぬか？」

「ええ」

二人で声を合わせて笑った。困ったような顔をしている大殿がとても可笑しい。

「しかし、重かろう」

雪乃殿が〝ホホホホホ〟と笑った。

「大殿、こう見えても私達女は力持ちですのよ。子らを抱き上げてあやすのですから」

「ひ弱では子育ては出来ませぬ。産んだ子の数だけ腕が逞《たくま》しくなります」

雪乃殿と声を合わせて笑った。

大殿を左右から支えてゆっくりと廊下を歩く。私が右から、雪乃殿が左から。右手、右足が折れている。右足を踏み出す度に私の方に傾く。それを支える。その度に大殿が顔を顰める。

「お辛くはありませぬか？」

問い掛けると大殿が〝少しな〟と言った。

「お部屋に呼べばよかったのです。そうでなければ御重臣方に任せれば……」

「雪乃、そうはいかぬ。そんな事をすれば俺の怪我は重い、二度と戦には行けぬだろうと詰まらぬ噂が立ちかねぬ」

「雪乃はその方が嬉しゅうございます。そうではありませぬか、御台所様」

「そうですね、全くです」

二人で笑うと大殿が〝困った奴らだ〟と笑った。

「それに使者は道雪、紹運の縁者らしい。あの二人の顔を潰す事は出来ぬ」

道雪殿、紹運殿は二心は無いと大友からの文を大殿に提出した。大殿はそれに応えなければならない。天下人になっても気遣い、苦労は続く。

「もう少しで大広間です」

大殿を励ます。急がずゆっくりと大広間を目指す。大広間に入るとざわめきが起こった。左右に重臣達が控え皆が頭を下げた。その中を上座へと向かった。上座でゆっくりと大殿が右足を投げ出して座る。この時が一番大変。雪乃殿と二人で大殿が後ろに転倒せぬように気を付けなければならない。大殿を無事に座らせると私と雪乃殿もその両脇に座った。

「九州から使者が来たと聞いて会わねばなるまいと立ち上がったが……」

大殿が私と雪乃殿を見た。

「人に会うのも一苦労だな」

「はい、一苦労でございます」

「雪乃は嬉しゅうございます。傍に居られますもの」

大殿が苦笑した。重臣達からも笑い声が上がる。本当に一苦労、でも楽しいのも事実。

「待たせたな」

大殿が使者に声を掛けると二人の使者が頭を下げた。一人は老人、もう一人は若い。

「この通り、怪我をしているのでな。無作法を許してくれよ」

「そのような事は何卒お気になさりませぬよう願い奉りまする。御尊顔を拝し奉り恐縮至極。某は大友家家臣、利光宗魚。共に控えるのは吉弘左近大夫にございまする」

老人が答えた。

「二人の事は聞いている。道雪、紹運の縁者らしいな。九州からわざわざ出てくるとは御苦労だが何用かな？」

お人が悪い事。大友が龍造寺に攻められ劣勢にあるのは御存じなのに……。

「はっ、相国様も龍造寺が理不尽にも大友に攻め寄せた事は御存じかと思いまする」

「ああ、その事か。聞いている。もっともこの有様なのでな。詳しい事は知らぬ。そうか、龍造寺の兵を追い払ったと報告に来たか？」

大殿の言葉に周囲から失笑が起こった。

「いえ、それは……」

老人が口籠もると若い使者が〝懼《おそ》れながら〟と口を出した。

「龍造寺勢の攻勢に大友は押されておりまする」

「……おかしな話だな。俺は大友には十分過ぎる、いや過分なほどの領地を与えた筈だ。違ったか？　曽衣」

大殿の問いに飛鳥井曽衣殿が〝違ってはおりませぬ〟と答えた。

「私が交渉しました。大友家には豊前、豊後の他に筑前で二十万石が与えられております」

「龍造寺は肥前、筑後の二カ国だったな。何故押されるのだ？」

大殿が使者に視線を向けた。二人の表情が歪んだ。

「……国人衆が命に従いませぬ、龍造寺に寝返った者も多数居りまする」

「……」

「既に大友家は筑前を失い豊前、豊後でも効果的な反撃は出来ず、龍造寺に押されておりまする。恥を忍んで相国様にお願い致しまする。この上は朽木家のお力にて龍造寺を討伐していただきとうございまする」

老人が頭を下げると若い方も頭を下げた。大殿が苦い表情をしている。重臣達の表情も渋い。相当に大友に対して不満があるのだ。〝頼りにならぬ〟、〝全くだ〟という声が聞こえた。

「宗麟がそう言っているのか？」

「はい。これまでの非礼は幾重にもお詫びします故、何卒と」

「無理だな。見ての通り怪我をしているし領内も地震の被害が酷くてな。その復興を優先しなければならぬ。出兵など当分無理だ」

使者の二人が顔を見合わせた。そして若い方が〝では〟と言って身を乗り出した。

「毛利家に兵を出し大友を助けるようにと命じてはいただけませぬか？　毛利家は九州の旗頭にございます。ですが此度の龍造寺の非道を止めようとは致しませぬ。毛利家には龍造寺の非道を止める責務が有る筈」

「そんなものは無い」

大殿が不機嫌そうに言った。

「しかし」

「毛利は九州に殆ど領地を持っておらぬ。旗頭というのは名前だけだ。大友、龍造寺のどちらを旗頭に選んでも文句を言うだろうから毛利に旗頭を頼んだ。毛利にはたとえ戦になっても何もしなくていいと伝えてある。だから毛利は旗頭を引き受けたのだ。そうでなければ引き受けなかった筈だ。それを今更兵を出せ、大友を助けろとは言えぬ。そんな事を言えば毛利は俺に不信を抱くだろう。話が違うと」

「ですがこのままでは名門大友家は滅びかねませぬ」

大殿が〝名門？〟と言った。声が尖っている。

「左近大夫と言ったな。勘違いするなよ。足利の天下で認められた家格など朽木の天下では何の意味も無いものだぞ。俺は畠山に切腹を許さず斬首に処したが大友の者達はその意味が分かっておらぬのか？」

大殿が厳しい表情で使者達を見ている。二人が目を伏せた。

「大友がどれほどの家かは知らぬがそんなものは考慮に値せぬぞ。俺が重視するのはその家がどれだけ俺のために働いたか、役に立ったかだ。……兵は出せぬ。大友には過分なほどの領地を与えた。その事は宗麟も分かっている筈だ。にもかかわらず龍造寺に押され助けを求めてくるとはどういう事なのか。俺は不快だ」

「……」

「龍造寺に敵わないと思うなら領地も家臣も捨てて逃げればいいだろう。なんなら龍造寺に降伏してもいいぞ。九州探題に任じられた大友が降伏するのだ。龍造寺の隠居も喜ぶかもしれぬ。案外大事にされるかもしれぬな」

大殿の声には嘲笑があった。

「ま、その時は俺が纏めて潰してやる。宗麟に伝えよ、生き残りたければ自らの力で龍造寺を討ち払えとな」

二人が頭を下げた。多分、二人の胸には絶望が溢れているだろう。

「御苦労だった、気を付けて帰れ」

大殿が〝小夜、雪乃〟と私達を呼んだ。立とうとしている。大殿を両脇から支え大広間を出て廊下を歩いた。

「大友はどうなりましょう？」

雪乃殿が訊ねると大殿が〝潰す〟と言った。

「大友も龍造寺も潰す。あの者達は朽木の権威を認めていない。潰すしかない」

「いえ、そうではなく宗麟公が如何するかですけど」

「何も出来ぬ」

雪乃殿と顔を見合わせた。

「宗麟は内を纏める事が出来ぬ男だ。そういう男に大領を与えても混乱するだけだ。今の大友を見れば分かる」

「……」

「頭はいいのだがな。心は弱い」

「弱い？」

問い掛けると大殿が頷いた。

「自分を抑える事が出来ぬのだ。その事が宗麟への不信となる」

「右衛門督《うえもんのかみ》様、左京大夫様のようにですか？」

「三好阿波守《あわのかみ》もそうだった」

私と大殿の遣り取りに雪乃殿が頷いている。大殿が立ち止まり、そして息を一つ吐いた。お疲れになった？

「大友家を大きくしたのは宗麟の頭だ。そして大友家を衰えさせたのは心。知恵というのは周囲から借りる事が出来る。しかし心の強さというのは借りる事が出来ぬ。それを思えば当主に一番必要なのは心の強さなのかもしれぬ」

また一つ息を吐いた。

「疲れる事だ」

大殿が歩き出す。支えながら思った。疲れるとは何の事なのか。歩く事なのか、それとも……。

亡国

禎兆六年（一五八六年）　四月上旬　　越後国頸城郡《くびきぐん》春日村《かすがむら》　春日山城《かすがやまじょう》　上杉景勝

地震の被害を調べに行っていた与六《よろく》が戻ってきた。越後、上野、信濃、甲斐には大きな被害は無かった。だが越中、飛騨《ひだ》には大きな被害が出た。越中からは木舟城が倒壊したという報せも来ている。詳細を知る必要が有るという事で与六に状況を調べさせたのだが……。与六は沈痛な表情をしている。被害は余程に酷かったらしい。

「御苦労であったな、与六。越中、飛騨は未だ雪が残っていた筈、大変であったろう」

「はっ、お気遣い有り難うございまする」

与六が畏まった。

「それで如何であった」

「思いの外に越中、飛騨の被害は酷うございます」

「そうか……」

「越中では大きな津波が起こり海沿いの家が流されたようにございます。溺れ死んだ者も居りますが真冬の事でしたので家を失って寒さによる死者も多数出たようで……」

「……」

雪の中に放り出されては年寄りや子供は耐えられまい。胸が痛んだ。

「越中から飛騨にかけて庄川《しょうがわ》という川が流れておりますが津波はその川を遡り周辺の住居を押し流したようです。ここでも死者が多数出ております」

「飛騨もか？」

「はい」

与六が頷いた。飛騨まで津波が遡ったか。溜息が出た。

「むしろ被害は飛騨の方が大きいやもしれませぬ。飛騨では帰雲山《かえりくもやま》が山崩れを起こし帰雲城が埋没致しました。城内に居た者達は全員行方が知れませぬ。おそらくは皆死んだものと思われまする」

「なんと……」

「先程申し上げました庄川が溢れた事も有って内ヶ島《うちがしま》は全滅に近い有様にございます。領内に在りました金山も埋没致しました」

また溜息が出た。

「済まぬな、与六。辛かったであろう」

「勿体無き御言葉……」

与六の声が湿っている。余程に辛い思いをしたのだ。

「悪い季節に地震が起きてしまった」

「はい」

越中も飛騨も雪が深い。雪の無い地方なら直ぐにも復旧に取り掛かれた。死なずに済んだ者も多かった筈だ。

「手当を急がなければなるまい」

「御実城《おみじょう》様、これを機に関を廃し街道を整備なさるべきかと」

「……」

関を廃そうと思ってもなかなか家臣達の理解を得られない。雪が降った事も有って関の廃止は未だ立ち止まったままだ。

「先ずは越中、飛騨でなされませ。必ずや復興に役立ちまする。それを以って越後、上野、信濃、甲斐に広げるのです。関を廃する事に渋っている者も受け入れましょう」

「なるほど」

そうか、災いを転じて福となすという言葉も有る。越中、飛騨で実績を作ってから他に広げるか……。

「分かった。次の評定で皆に話す。与六、その方も出席せよ。越中、飛騨の状況を説明するのだ。資料を纏めておけ」

「はっ」

復興の作業にも与六を関わらせよう。現場を見ているのだ、必ず力を発揮してくれるだろう。

禎兆六年（一五八六年）　四月上旬　　伊勢国三重《みえ》郡菰野《こもの》村　　朽木基綱

お湯の中で足首をゆっくりと前後左右に動かす。痛みが走った。未だ怪我をする前のようには動かない。だが少しずつ動く幅が広がっている。

「如何でございますか、足の具合は」

「以前に比べればだいぶ動くようになってきたぞ、重蔵」

「それは宜しゅうございました」

重蔵が笑うと一緒に湯に浸かっていた長宗我部宮内少輔、飛鳥井曽衣、平井加賀守が声を合わせて笑った。

四月に入ってから伊勢国の湯《ゆ》の山《やま》温泉に来ている。以前も来たが今度は本当に治療のためだ。足首の骨が漸くくっついた。だが固まってしまって動かない。歩く事が出来ないのだ。医師の話ではゆっくりと足首を動かす事で可動域を広げていくしかないらしい。それで湯の山温泉に来ている。ここに来てから右腕も調子がいい。もっと早く来ればよかった。

「ここは落ち着くな」

「八幡城では落ち着きませぬか？」

「舅殿、八幡城は客が多いのでな、落ち着く事が出来ぬ」

「それは已むを得ますまい」

皆が笑った。でも本当の事だ。ここに来たのは客から逃げて治療に専念するという意味も有る。

九州からは大友の使者が来た。分かり切った事だが助けてくれの出兵要請だ。会いたくなかったが使者が道雪達の縁者らしい。道雪達は二心は無いと大友からの文を見せてくれた。信じていいだろう。だがそうなると使者を無視は出来ない。無視すれば道雪達が辛い思いをするだろう。大友ってそういうところだけは上手いというか厭《いや》らしいわ。

出兵して龍造寺を潰してほしいと言うから怪我をしているし領内の復興を優先しなければならないから当分出兵は無理だと伝えた。すると毛利に大友を助けるように命じてくれと言ってきた。大友から援軍の要請をしても断られた、九州の旗頭なのだから龍造寺の非道を止める責務が有る筈だと。

そんなものは無い。毛利は大友、龍造寺よりも小さいのだ。九州における領地も少ない。旗頭というのは名前だけだ。大友、龍造寺のどちらを選んでも文句を言うだろうから毛利に頼んだだけだ。大体大友には十分な領地を与えたのだ。対応出来ないとは如何いう事だと問うと国人衆が大友の命令に従わない、龍造寺に寝返った者も多数居ると答えた。

分かっていた事だが本当に腹が立った。貪るだけで何の役にも立たない。龍造寺の隠居の方がまだましだ。龍造寺に敵わないなら領地も家臣も捨てて逃げればいいだろう、降伏してもいいぞと言ってやった。使者はアワアワしていたな。すっきりした。ザマアミロだ。ふむ、やはりアキレス腱《けん》を伸ばすと少し痛むな。ここはゆっくりだ。

龍造寺の隠居は先ずは大友領の制覇を優先しているらしい。南九州には兵を出していない。毛利領も避けているようだ。まあ毛利が兵を出そうとしない事も関係しているだろう。大友は名門だけあって本拠の豊後には宗麟の親族、大友庶流の家臣達が多い。この中には大友本家に強い忠誠心を抱いている者も何人か居る。

邪魔なんだな、そういう連中って。大友を潰す時に抵抗するのが目に見えている。越前の朝倉《あさくら》を一向門徒が皆殺しにしたように龍造寺の隠居が潰してくれれば万々歳なんだが、期待していいよな？　いずれ俺が九州に来ると龍造寺の隠居も理解している筈だ。連中を生かしておいてはその時に妙な動きをしかねないと思う筈。気持ちいいほどに潰してくれるだろうと思っている。

実際期待に応えてくれている部分も有る。龍造寺の隠居は豊後のキリシタンの寺院を叩き潰している。大友の混乱を間近で見てきたからな、それに寺や神社を破壊している事にも不満を持っているようだ。龍造寺の隠居はキリシタンを邪教だと思っているのだろう。しかしいいのかな？　龍造寺の配下には有馬、大村というキリシタン大名も居る。そいつらが如何いう目で豊後のキリシタン排斥を見ているか……。付け入る隙が有るぞ、龍造寺の隠居。伊賀衆はそろそろ調略に取りかかるだろう。

九州南部の者達には俺の方から文を送った。当分動けないので自領を固めるようにと。それと日向に移した秋月には馬鹿な事を考えるなと釘を刺した。馬鹿な事というのは秋月復帰だ。龍造寺が日向方面から豊後を攻めてくれれば秋月に復帰させるなんて甘い餌を差し出す可能性が有るからな。念のための注意だ。まあ愚かな男じゃない、大丈夫だろう。

「今月一杯はここに居る。五月には八幡城に戻る。琉球から船が来る、使者もな。それに会わなければならん」

三人が頷いた。今月一杯はここで足のリハビリだ。帰る頃にはかなり足も動くようになるだろう。そうなれば八幡城では歩行の訓練に入れる筈だ。足首を内側に曲げる。これはかなり痛い。

震災復興は順調に進んでいる。なんと言っても銭は有るのだ。そして銭が有るところ、落ちるところに人は集まる。他国からも仕事を求めて人が集まっているらしい。いい傾向だ。畿内、東海、北陸は今年の年貢《ねんぐ》は軽減しよう。皆喜んでくれる筈だ。そして畿内、東海、北陸の国人領主達にはその分だけ銭を配ろう。北野社の尻を叩く必要が有るな。

太閤近衛前久からは関白九条兼孝の屋敷をなんとかしてほしいと文が来た。かなり傷んでいるらしい。次に大きい地震が来れば危ないようだ。関白からは俺に言い辛いようなので自分が文を書いているというような内容が書かれていた。なんだかなあ、俺はそんなに話し辛い相手か？　十年後には慶長大地震が有るんだ。喜んで建ててやるさ。二条《にじょう》、鷹司《たかつかさ》も確認した方がいいだろう。

そういえば大宰府天満宮から使者が来た。自分達は菅公の祟りなどとは言っていない、銭を払えと言うのは不当だと言ってきた。バチ当たりな奴だよな。折角菅公の祟りだと認めてやると言っているのに銭を惜しんで祟りじゃないとかごねている。仕方がないから菅公に仕えながら菅公を軽んずるとは不届き至極であると言って使者を叩き出した。焼き討ちと根切りが待ってるぞと言ってな。それから使者は来ないから納得したんだろう。

北野社では今回の件で内部対立が起きた。一つは松梅院禅昌の人事についての対立、もう一つは待遇改善を求めての対立だ。北野社ってのは神社なんだがこの時代は神も仏も一緒になっているところがあって北野社もその一つだ。坊主が社僧として北野社を管理し具体的には天台宗の曼殊院の門跡が別当として管理している。

この曼殊院門跡の下で社務の実権を掌握しているのが祠官だ。これは松梅院・勝徳院・妙蔵院などの院家が上級社僧として独占している。三院と称されるらしい。こいつらが祠官を独占した理由だが一つには三院家を菅公の末裔である吉見《よしみ》家が世襲しているという理由が有る。神社なのに僧の末裔が実権を握るって妙だよな。特に松梅院の力は強く北野社務は松梅院次第と言われるほどのものらしい。道理で松梅院禅昌が菅公の祟りだなんて言う筈だよ。奴は北野社の一大実力者というだけの存在じゃない、菅公の末裔でもあるのだ。御先祖様が怒っている、そう言いたかったんだろう。

そしてその祠官の下で光乗坊《こうじょうぼう》家・円観坊《えんかんぼう》家など世襲の下級社僧が、直接神殿への奉仕を行っている。今回の騒動は下級社僧が上級社僧を訴えたのだが北野社は上級社僧と下級社僧の対立が酷いらしい。時には下級社僧が門跡を巻き込んでの騒動になる事も有るようだ。門跡が下級社僧の側に付くという事はそれだけ松梅院を始めとする祠官の専横に不満が有るのだろう。

そういう下級社僧にとって今回の一件は願ってもない好機なわけだ。俺は比叡山は焼き討ちするし本願寺はぶっ潰す。菅公も全く怖れていないし朝廷にも強い影響力を持っている。北野社に銭を払えと言ってきたのは困るが現状打破には役に立つと考えたらしい。京の奉行所に松梅院禅昌の祠官解任と三院の横暴を訴えてきた。

悪くないんじゃないかな。下級社僧達が奉行所に訴え出たという事は彼らが朝廷よりも俺を重く見たという事だ。今、奉行所が内情を調べているが戻ったら結論を出す。先ず松梅院禅昌の祠官解任は却下だ。奴を解任したら不届き者は解任しましたので銭の支払いは勘弁を、なんて言い出しかねない。

横暴の件も余程の事が無い限り現状通りだな。坊主共の権力争いなんてどうでもいい事だ。下手に首を突っ込んで深入りするのは御免だし、禅昌の後ろ盾になる事で銭の支払いを確保した方がいい。頭を叩いた後はなでなでだな。禅昌も喜ぶだろう。


禎兆六年（一五八六年）　五月中旬　近江国蒲生郡八幡町　八幡城　朽木基綱

「琉球では砂糖を作っていない？　本当か？」

俺が訊ねると通訳が琉球の使者に確認した。三人の使者が揃って首を横に振った。今年も三人だ。日本への従属に賛成の者、反対の者、中立の者。多分中立の者は旗色のいい方に付こうという日和見なのだろう。

「作っていないそうでございます」

「では何処から得ているのだ？　我が国に売る砂糖は何処の物だ？」

また通訳が訊ねた。もどかしいわ、なんで日本語が通じないんだろう。

「明、或いは天竺《てんじく》と申しております」

中国とインドか……。

なんか吃驚だな。琉球って言えば砂糖だろう。だがこの時代の琉球は砂糖を作っていないらしい。全然気付かなかったわ。相談役の四人も不思議そうな表情だ。

「砂糖は砂糖黍《さとうきび》から作るそうだな。砂糖黍というのは暑いところで育つらしい。琉球には合っているのではないか？　明から砂糖黍の栽培方法を学んでは如何だ？　そして琉球で砂糖を作る。明から買うよりもその方が利益が出よう。民も喜ぶし税の収入も増えるぞ」

通訳から俺の発言を聞いた三人の使者が顔を見合わせている。

あれかな、この三人も中国や朝鮮で言う士大夫《したいふ》と同じかな？　商業なんてものは賤業《せんぎょう》で関心を持つなとか言うのかな？

「俺の言う事は可笑しいか？　だが国を治める者は国を富ませる、民を豊かにする責務があろう。そのためには産業を育成するのは大事な事ではないか？」

三人が通訳の言う事を聞いて頷いている。相談役もだ。

「この国は乱世が終わろうとしている。平和になれば人も増える。そうなれば砂糖はもっと必要になる。いちいち明から購入するのか？　琉球で作れ、ドンと儲けろ。俺はな、この国でも砂糖を作らせようと考えているのだ。九州や四国なら可能だろう。そっちで上手く行ったらこちらに教えてくれ。安心していいぞ、琉球からも買うからな、困る事は無い」

三人が困ったように笑った。

「それにな、明が乱れれば砂糖の値も跳ね上がるぞ。いや、それだけではない。交易そのものにも影響が出かねん。今のうちにそれに備えた方がいいと思うがな」

今度は三人が頷いた。うん、やはりこの三人も明が乱れるのは必至と見ているらしい。チラッと相談役に視線を向けた。四人とも微妙な表情だ。琉球は如何するのか、そう思っているのだろう。

「明の様子は如何かな？　琉球では如何見ているのだ？」

通訳の言葉に三人が顔を見合わせた。一人が答える、結構長い。あれ、通訳が驚いている。なんだ？

「明の皇帝は二年前から墓を造っているそうにございます」

「墓？　未だ若いだろう？　二十歳を越えたばかりの筈だ」

通訳が困っている。しかしなあ、万暦帝はかなり長生きしたぞ。今から墓を造って如何するんだ？　もっとも権力者ってのは自分の墓を造りたがる傾向が有る。始皇帝《しこうてい》とかエジプトのファラオとかもそうだ。だからまあ有り得る事ではあるな。それに人間自分の寿命は分からない。万暦帝が墓を造るのは些か気が早いが公共事業の一環と見れば分からなくもない。

「かなり大きな墓のようで既に二百五十万両以上の銀をつぎ込んだと言っております」

「二百五十？」

思わず声が高くなった。ちょっと恥ずかしかったが相談役も声を出しているから大丈夫だ。二年で二百五十万っていうと一年で百二十五万か。それにしても明の年間予算ってどのくらいなんだろう。三百万や四百万という事は無いだろう。一千万両ぐらいかな？　だとしても国家予算の十三パーセントか。なんか怖くなってきたな。

「大殿、続きがございまする」

通訳が困ったような表情をしている。続き？　聞きたくない……。

「なんだ？」

「墓は未だ完成しておりませぬ。後四、五年は掛かるだろうとの事で……」

「……正気か？　本当に墓なのだろうな？」

誰も笑わない。シンとしている。後四、五年は掛かる？　単純計算で更に五百万から六百万は掛かる事になるぞ。

「明は一年間にどの程度の税収が有るのだ？」

通訳が訊ねると使者達が顔を見合わせて話し出した。首を捻ったり頷いたりしている。漸く答えが出たようだ。通訳に答えた。

「はっきりとは分からぬそうにございますが大体四百から五百万両ではないかと」

溜息が出た。自分の墓を造るのに国家予算の二年分を費やすのかよ。単年で見ても国家予算の二十五パーセントを墓造りに費やしている。未だ若いんだし死ぬのは先の事だぞ。公共事業なんて言ってる場合じゃないな。なんて言うか凄まじい浪費だ。

「正気の沙汰じゃないな」

俺の評価に使者を除いた皆が頷いた。多分使者も同感だろう。万暦帝がどうしようもない馬鹿で明朝は万暦に滅ぶと言われるほどの酷い政治をした事は分かっている。しかしな、現実にそれを聞くと溜息も出ないわ。俺には到底出来ない。小市民なのかもしれないが小市民で十分だ。俺は自分の墓に国家予算の四分の一も費やしたいとは思わない。大体そんな事を言ったら家臣達は俺が気が狂ったと判断して実権を取り上げるだろう。或いは逃げ出すかな？

「明の家臣達は皇帝を諫《いさ》めないのか？」

通訳が問い掛けると使者達が首を振りながら答えた。

「諌めた者は皆遠ざけられたそうにございます。命を失った者も居るとか。皇帝の身近には佞臣《ねいしん》、奸臣《かんしん》の輩が跋扈《ばっこ》しているとの事でございます」

「……国が亡ぶぞ」

俺の言葉に相談役の四人が頷いた。

亡国、正直にそう思った。海を隔てた大陸で明帝国が滅びようとしている。『明朝は万暦に滅ぶ』というのは正当な評価なのだと思った。

流亡

禎兆六年（一五八六年）　五月中旬　　近江国蒲生郡八幡町　　八幡城　　朽木基綱

「明が滅ぶとは思わぬかと問うてみよ」

通訳が三人の使者に話しかけると使者達が困ったような顔をした。

「答え辛いか？　だがそれは明が滅ぶと見ているという事であろう？　違うのか？」

通訳が重ねて問うと三人が更に困ったような顔をした。一応宗主国だからな、滅ぶとは言い辛いか。

「琉球は如何するのだ？　このまま明を頼むのか？」

通訳が質問しても無言のままだ。

「明を頼んでも今の状況では万一の時に助けてくれるとは思えぬ。それに琉球が滅んでも明は少しも困るまい。違うか？」

史実では実際に見捨てられた。朝鮮とは違うのだ。琉球は明の安全保障上重要な国ではない。海に浮かぶ石ころのような国だ。

「その方ら、何のためにここに来た？　遊覧、見物か？」

通訳が俺の言葉を伝えると一人が口を開いた。他の二人が慌てて止めようとするがそれを振り切って何事かを言った。馬鹿にされて怒ったらしい。

「皇帝は若くこのまま悪政が続くなら明は滅びるかもしれない。たとえ滅びずとも琉球を守ってくれないかもしれない。仰る通りである。我らがここに来たのも琉球が進むべき道を探るためであると申しております」

「明が滅ぶというのはその方だけの意見か？　それとも琉球にも同じ考えを持つ者が居るのか？」

通訳が問うとまた同じ男が答えた。

「国許にも同じ事を考える者が少なからず居ると申しております」

なるほどな、琉球でも明を見限る人間が出てきたわけだ。となると後は日本を頼れるか如何かの見極めか。

「今九州で騒乱を起こしている者が居る。俺は怪我をしていてな。今暫くは動けぬ。軍を動かすのは十一月頃であろうな。その方ら、俺の軍に同行せぬか？　琉球へは薩摩から戻ればよかろう」

通訳が伝えると三人が顔を見合って頷いた。どうやら賛成か。いいだろう、朽木の軍事力を見せるいい機会だ。この後は帝との謁見が有る。謁見が終われば見たいところを案内させると伝えて下がらせた。

「凄まじいものでございますな」

宮内少輔の呟きに皆が頷いた。なんて言うか皆毒気を抜かれたような顔をしている。まあ確かに桁外れの愚行ではある。

「国が亡ぶとは思わぬのでしょうか？」

重蔵が首を傾げている。

「思わぬのだろうな。思えばしない筈だ」

皆が頷いた。もっとも納得したような表情ではない。何処かで信じられずにいるのだろう。俺だって万暦帝がどうしようもない阿呆だったと知っているから納得出来るだけだ。そうでなければ俺も信じられなかっただろう。

万暦帝には危機感が無いのだろうな。危機感が有れば配慮をする。無いから傲慢《ごうまん》になる。傲慢と馬鹿は同義語だ。

「真、明は滅びましょうか？」

舅殿が問い掛けてきた。視線が痛い、皆の視線が俺に集まっている。

「このままの悪政が続けば滅ぶだろうな」

「如何ほど続けば？」

「分からぬ。だがな、舅殿。大陸で国が亡びる時には一つの流れが有る」

「と申されますと？」

舅殿、そして他の三人が興味津々という表情で俺を見た。

「悪政が続き税が重くなる。苛政だな、その所為で逃げ出す百姓が現れる。特に飢饉《ききん》が起きれば逃げ出す百姓は更に増えるだろう。その逃げ出した百姓が国に対して反乱を起こす。皆不満を持っているのだ。あっという間に反乱は拡大する」

黄巾《こうきん》の乱、黄巣《こうそう》の乱、紅巾《こうきん》の乱、李自成《りじせい》の乱などだ。黄巾の乱は後漢末、黄巣の乱は唐末、紅巾の乱は元末に起きた。黄巾の乱、黄巣の乱は鎮圧されたがそれぞれ三国時代、五代十国時代という混乱の時代を生み出す。紅巾の乱は明帝国を生み出した。唯の百姓一揆などとは馬鹿に出来ない。大陸の百姓は気が荒いのだ。

「それで国が亡ぶと？」

曽衣が首を傾げている。日本じゃ百姓が一揆を起こして天下を獲ったなんて無いからな。想像が付かんのだろう。

「とは限らぬぞ。反乱は鎮圧される場合も有る。だが国の中で争うのだ、間違いなく国の力は著しく落ちる。異国に滅ぼされる事も有る」

明は李自成の乱で滅んだ。その李自成を潰して中国を奪ったのが女真族《じょしんぞく》だ。彼らは清という帝国を造った。

「年間四百万から五百万の税収が有る。その内百万以上を墓造りに使う。間違いなく銭が足りなくなるだろう」

「では増税ですか？」

「間違いなくそうなる。百姓達が何処まで耐えられるかだな」

既に増税はした。次はなんだ？　塩かな？　だが塩に増税しても税収は増えない。何故なら闇で売る塩が増えるだけだからだ。ついでに言うと闇で塩を売る人間も捕まらない。塩は生活必需品だ。誰だって安く買いたい。皆が庇《かば》うのだ。黄巣の乱を起こした黄巣は塩の闇業者だった。

この世界ではどうなるのだろう？　明の滅亡には秀吉の朝鮮出兵が密接に関与していた。財政面での負担は当然の事だが女真族の台頭も明の軍事力が朝鮮半島に集中した事が要因として有った筈だ。俺は朝鮮出兵なんてするつもりは無い。となると女真族の台頭は難しいのかな？　李自成が明を滅ぼして新たな帝国を造って終わりか？

可能性は有るだろう。しかしな、銀不足が如何影響するかという問題も有る。史実よりも銀が少ない中での苛政。国内での苛政はむしろ史実よりも悪化するんじゃないだろうか。となると内部崩壊は早まるのかもしれない。要注意だな。史実では十七世紀、豊臣が滅亡した後、家光《いえみつ》の将軍時代に明が滅んでいる。少なくとも後三十年から四十年は明の時代が続く筈だが……。


禎兆六年（一五八六年）　五月中旬　山城国葛野郡　近衛前久邸　近衛前久

「ええと、衣冠束帯《いかんそくたい》は……」

「こちらに新調したものがございます」

「そうだな、それでいこう。それと笏《しゃく》は……、鶴、笏は……」

「それも新調致しました。そちらの文机《ふづくえ》の上にございます」

「ああ、そうか。そうだったな。あとは日記、日記を見なければ……」

やれやれよ。息子はうろうろ、あたふた。嫁は座って泰然自若。これでは先が思いやられるの。

少し注意しておくか……。

「落ち着かれては如何でございますか？」

……先を越されたか……。

「そうは言うが先例に外れては皆に笑われよう……」

「先日調べてまともな記録は無いと義父上と仰られていたではありませぬか」

嫁がこちらを見た。

「そうじゃのう、鶴の言う通りじゃ。内府、落ち着いては如何かな？」

「……それはそうですが……」

息子の言葉に嫁が一つ息を吐いた。

「近衛の家に無いのです。他家に詳しい記録が有るとは思えませぬ。今度の謁見が先例になる、そう思われれば宜しゅうございます」

「そうか……」

「はい。慌てず騒がずドンと構えられませ。皆が流石に近衛家の者は違うと感服致しましょう。それこそが大事にございます」

「うむ、そうだな」

息子が曖昧な表情で頷いている。どうやら肚《はら》の据わり具合は嫁の方が上らしい。いい嫁を貰ったと喜ぶべきか、頼りない息子を持ったと嘆くべきか……。悩ましい事よ。

「そなたは肚が据わっておるのう」

息子の言葉に嫁が顔を綻ばせた。いいのう、笑顔が可愛いわ。色が白いから眉の濃さが引き立つ。それもいい。

「朽木の家は元は八千石の国人領主にございます。それが今は天下人。このような先例などございませぬ。何事であれ自分で決めなくてはならぬのでございます。父が征夷大将軍を望まず太政大臣を選んだのもそれ故かと」

なるほどと思った。嫁の肚が据わるのも道理よ。あの父親を見て育ったのだからのう。

「しかしのう、一体どのような謁見になるのか……」

息子が首を傾げると嫁が〝ホホホホホ〟と笑い声を上げた。

「言葉は通じませぬが筆談は出来るそうでございますよ。通訳も居ますし余り困らないのではありませぬか」

「そうなのか？」

息子が調子の外れた声を上げた。余程に意外だったらしい。

「はい、妹の百合から文を貰ったのですが八幡城で筆談したそうです。普通の人間だったとか。文には存外詰まらなかったと書いてありました」

「ほう」

思わず声が出た。存外詰まらなかったとは……。

「鶴よ、百合姫は他にどんな事をそなたに報せたのかな？」

問い掛けると鶴が顔を綻ばせた。

「明の皇帝が愚かで先行きが危ういので日本が頼れるかどうかを調べに来ていると書かれてありました」

「そんな事が書かれてあったのか！」

息子がまた調子の外れた声を上げた。はてさて、嫁の情報網は馬鹿に出来ぬの。それにしても百合姫か、こちらもなかなか手強そうじゃ。

「朽木の父が島津を滅ぼした事が大きく影響しているようです。これからどうなるのか。楽しみにございます」

上機嫌な嫁を見て思った。顔立ちは似ておらぬが中身は父親によく似ておる。これはエラい嫁を貰ったのかもしれぬ。

「鶴よ。その事、余り口には出さんでくれよ。天下の大事じゃからのう」

「ホホホホホホ、勿論にございます」

いい笑顔だと思った。その内息子よりも嫁を相談相手にするようになるかもしれぬな。困ったものよ……。

禎兆六年（一五八六年）　五月下旬　山城国葛野郡　近衛前久邸　朽木基綱

「そなたも参列すればよかったものを」

「未だ怪我が十分に治っておりませぬ。御迷惑を掛けてはと思い遠慮致しました」

「大丈夫なのか？」

殿下が心配そうな目で俺を見ている。ちょっとくすぐったい。

「後一、二ヶ月もすれば完治致しましょう。帰国の挨拶の時には某も同席しようと考えております」

殿下が安心したように頷いた。今は未だ輿で移動だ。だいぶよくなったんだが今ひとつ足を踏ん張れない感じがする。無理は出来ない。

「いい謁見であった。帝も院も御慶びであった」

「それは宜しゅうございました」

「琉球は暑いのじゃな、使者の話を聞いて帝も院も南国なのだと興味を持たれたようだ」

「左様で」

謁見が上首尾だった事で太閤近衛前久は上機嫌だ。なんと言っても朝堂院の再建を頼んだのは殿下だからな。その内〝おーっほほほほ〟が出て超絶御機嫌モードに突入するかもしれない。

「皆、随分と楽しんだようじゃ。汗をかきながらの」

「謁見でございますか？」

「うむ、大極殿での謁見など絶えてなかった事じゃ。皆先祖の日記を引っ張り出してと言いたいところじゃが記録が残っている日記など僅かしかない。記録の残っていない家が多い状況でな。色々と聞きまわっていたの。当家にも随分と訪ねてきた」

「なるほど」

そうだろうな、摂関家なら記録は残っているだろう。ここに無ければ何処にも無い筈だ。悪くないな。皆楽しんだのだ。朝廷内で外国の使者との謁見に反対する勢力は力を失ったと見ていい。大極殿を再建した甲斐が有った。

「もっとも当家にも大した記録は無い」

ふむ、そういうものか。

「まあ何処の家でも日記に記したであろう。子孫のためにの」

そう言うと殿下が口元を扇子で隠しながら〝ほほほほほほ〟と笑った。公家社会は前例主義だからな、無理もない。

「当家の息子も随分と興奮しておった。嫁の方が落ち着いておじゃった」

「左様で……」

演技でもいいから驚けよ。可愛げが無いと思われるぞ。男なんて単純だから可愛げの無い女よりも馬鹿でも可愛い女に惹《ひ》かれるものだ。

「なんでも三好に嫁いだ百合姫、彼女が近江に居る頃に琉球の使者に会っているらしい。筆談もしたらしいの。普通の人間であったとか」

「そんな事が……」

唖然としていると殿下が〝ほほほほほほ〟と笑った。

「知らなんだようじゃの」

「はい」

また殿下が〝ほほほほほほ〟と笑った。右近大夫将監だな、あの妖怪オタクは子供には甘いのだ。

殿下がぐっと身を寄せてきた。

「嫁は明が危ない事も知っておじゃったぞ。琉球の使者が日本を頼れるか如何かの見極めに来ている事もな。百合姫が文で報せてきたようじゃ」

「……」

困った奴。朽木家の内情を知り過ぎているな。外に出したのは失敗だったか。

「女は怖いのう」

「真に」

殿下が〝ほほほほほほ〟と笑った。俺も笑った、笑うしかない。

「で、如何なのじゃ？」

殿下が真顔で問い掛けてきた。

「琉球は未だ迷っております。ですが明は危ないと思い始めた者が増えつつあるようです。琉球の事だけを考えるなら日本にとっては追い風だと言えましょう」

「琉球の事だけ？　他に何か有るのか？」

殿下が訝しげな表情をしている。

「明がどのように滅びるのか？　緩やかに滅び他の国に代わるのか、幾つかの国に分裂するのか、その辺りが見えませぬ」

「……」

史実のように緩やかに滅びるのならいい。だが群雄割拠となった場合はポルトガルが絡んでくる可能性が有る。そうなれば中国の植民地化は早まるだろう。それが日本にどう影響するかが見えない。その事を話すと殿下が唸った。

中国大陸で或る統一国家が滅んだ時、直ぐに別の統一国家が中国を治めるとは限らない。後漢末は群雄割拠から三国時代、西晋《せいしん》の統一から五胡《ごこ》十六国《じゅうろっこく》時代、南北朝時代へと移行し隋《ずい》による統一、その後再分裂して唐《とう》による統一で漸く中国は安定した。唐末から宋《そう》への移行も五代十国という分裂の時代を経ている。大陸を治めるというのは簡単ではないのだ。

「なるほどの、そなたの懸念はよく分かった。しかし本当に明は滅ぶのか？　琉球で滅ぶと見る者達が増えつつあるとは如何いう事じゃ？　何か材料が有るのか？」

「明の皇帝が酷いようで……」

万暦帝の墓の事を話すと殿下がホウッと息を吐いた。

「とんでもない話じゃの」

「はい」

また殿下が息を吐いた。

「この日ノ本でも仁徳《にんとく》の帝、応神《おうじん》の帝が大きな陵《みささぎ》を築いておる。だが仁徳の帝も応神の帝も悪政を施《し》いたとは言われておらぬ。無理のない範囲で負担を民に強いたのだと思うが……」

如何なんだろう？　よく分からない。だが大きな反乱が起こったとは言われていないのは確かだ。

「滅ぶかの」

殿下がじっとこちらに視線を当ててきた。

「百姓次第でしょう。百姓が土地を捨て逃げるようになれば危うい。最初は逃げるだけでしょうが追い詰められれば明に対して反旗を翻します。それが何時起きるか？　大陸の動向からは眼が離せませぬ」

殿下が〝なるほど〟と言って頷いた。

「そなたは墓を造ろうとは思わぬのか？」

「死んでからでも間に合います。その程度の墓で十分です」

「欲が無いのう」

〝ほほほほほ〟と殿下が笑った。俺は笑えない。欲が無いんじゃない、根が小市民なだけだ。だが恥じるつもりは無い。国を傾けるような馬鹿げた愚行と無縁でいられるなら小市民も悪くない。

「北野社も上手く抑えたようじゃの。宮仕達も当てが外れたであろう」

「彼らの権力争いに関わるつもりはありませぬ。松梅院禅昌は菅公の祟りを訴え某もそれを認めました。だから北野社に復興費用の負担を命じております。禅昌もそれを快く受け入れた。禅昌に対して何の不満も有りませぬ。祠官解任など論外ですな。待遇改善など寺の中の事に関わるつもりはありませぬ」

殿下が笑い出した。

宮仕達が銭を払えぬなんてぐずるからもうちょっとで北野社を焼くところだった。禅昌が何度も頭を下げるから北野社を焼く事は許してやったよ。だが宮仕達には二度と朽木家に逆らわぬと誓紙を出させた。禅昌は大喜びだったな。妙な話だが俺との関係を強化出来たし宮仕達を抑える事も出来た。それに復興費用を出す事で京の庶民達から感謝されているとか。北野社にお参りに来る人が増えたらしい。

「禅昌の後ろ盾になるか」

「はい。禅昌も理解したでしょう。某を敵に回すよりも味方にして小煩い身内を抑えた方がいいと」

「謝礼を弾みそうじゃの」

殿下がニヤニヤ笑っている。悪い笑顔だ。ここは敢えて大義名分を言おう。

「被災地の復興も捗《はかど》ります。いい事尽くめで」

「笑いが止まらぬのう、相国。悪い男よ」

殿下が〝おーっほほほほ〟と笑い出した。超絶御機嫌モードだ。うん、そうだな。例の馬揃えの件、相談するなら今だろう。

「ところで殿下、一つ御相談が有るのですが」

「うむ、何かな?」

いいねえ、こちらを警戒する素振りは無い。これが関白なら露骨に警戒しそうだからな。遣り辛いんだ。

「十一月になれば兵を起こします」

殿下が目を瞠った。

「ホホホホホ、いよいよ龍造寺を滅ぼすか」

「はい、大友も潰します。時代は変わりました。朽木と足利は違うのです。その事を理解出来ぬ者達には滅んでもらいます」

殿下が〝うむ〟と大きく頷いた。時代は変わった。その事をもっとも実感しているのは殿下を始めとする公家達だろう。

「その折りですが兵を京に集め馬揃えをしたいと考えております」

「馬揃え？　ほう！」

殿下が声を上げた。ふむ、分かるのかな？

「その昔、九郎判官《くろうほうがん》が駿河で行ったと聞いているがそれを京で行うと？」

え、そうなの？　それは知らなかったな。俺が知っているのは信長の馬揃えだけだ。

「その際、帝、院にも馬揃えを御覧いただきたいと思うのですが……」

「ふむ」

「帝、院に御覧いただければ皆の士気も上がりましょう。九州遠征に華を添える事になります」

殿下が大きく頷いた。

「そうよの。帝、院がそれを嘉《よみ》し給《たも》うたとなれば勅《みことのり》を得たようなものでおじゃろう」

「はい」

それだよ、大事なのは。朽木は天下静謐《てんかせいひつ》の任を与えられているのだ。天下統一のために軍を動かすのは私利私欲に非《あら》ず、朽木に与えられた崇高なる義務だ。帝、院は義務を果たそうとする朽木を後押ししているという事になる。やはり目の前の殿下は頼りになる。関白だと朝廷への威圧かと言い出しそうだからな。

「琉球の使者にも見せようと考えています」

殿下がニヤリと笑った。駄目だよ、悪い顔をしちゃ。

「なるほどのう、琉球を威圧するか」

「それもございます」

「それも？　他には何が有るのかな？」

殿下が面白そうな表情をしている。

「某の家臣が使者達を連れて畿内見物をしたのですがその折り、朝廷と朽木の関係を問われたそうです。要するに某が帝を廃して自ら至尊の地位に就くのかという事を確認したのでしょう。そうなれば混乱するのではないか、琉球を守る事にも影響が出るのではないか、何処まで頼れるのかと懸念したようです」

殿下が顔を顰めた。

「関白が喜びそうな話でおじゃるの」

全くだ、関白なら琉球の使者にその懸念はもっともだと同意するだろう。

「某はそんなつもりは有りませぬ。某の望みは乱世を終わらせる事、天下の安定にございます。使者達の懸念通り、簒奪などしては天下は安定致しませぬ。それは某の望むところではありませぬ」

殿下が〝うむ〟と頷いた。

「麿はそなたという人間を分かっているつもりじゃ。そなたは権力だけを欲している男ではないと
な。だからこれまで後押ししてきた」

有り難い話だよ。一礼すると殿下が頷いた。

「日本に帝が居られるように明には皇帝、朝鮮、琉球には王が居ります。皇帝も王も権力と権威を
独占している。それだけに権力を奪われれば廃される。王朝の交代という事になりました。そうい
う意味では琉球の使者の懸念は当然なものなのでしょう……。しかし日本は違う、そうは思われま
せんか？」

「うむ、違うの」

殿下と顔を見合わせた。俺が頷くと殿下も頷いた。

「日本では帝が権力を失っても王朝の交代という事にはなりませんでした」

不思議なんだよな。蘇我も藤原も簒奪はしなかった。帝の権威の下で権力を振るう事で満足した。

これは武家が天下を制してからも変わらなかった。だからこそ帝の権威は更に高まったのだろう。

その事を言うと殿下がまた頷いた。

「馬揃えを行う。帝、院に御覧いただく。それを琉球の使者に見せる事で朽木は帝の臣下であり朝
廷の庇護者《ひごしゃ》なのだという事を知らしめたいのです。御賛同いただけましょうか？」

問い掛けると殿下が大きく頷いた。

「勿論じゃ。帝、院に御覧いただくとなれば当然公家達も馬揃えを見る。朝廷が一つとなって九州遠征の成功を願っているという事になろう。公武の絆《きずな》も一層深まろうというものよ」

「はい」

俺が答えると殿下が顔を綻ばせた。

「案ずるには及ばぬ。そなたは朝堂院の再建を行っている。そなたが朝廷を盛り立てようとしている事は誰もが分かっている。馬揃えの件は麿から関白に伝えておこう。琉球の使者達の懸念を吹き飛ばすためだと言えば嫌とは言うまい」

「はい」

「ホホホホホ。馬揃えか、楽しみよな」

うん、そういうの、好きそうだよね。よし、ここはもう一押しだ。

「殿下も参加致しませぬか？」

「麿もか？」

声が弾んでいる。

「馬揃えの先頭は某になりますが殿下も御一緒に、如何でございましょう」

誘いを掛けると殿下が〝おーっほほほほ〟と笑い声を上げた。

「いいのう、昔を思い出すわ。二人で京へ馬を走らせたの」

「はい、走らせました」

もう何年前かな。あの日から朽木の天下獲りが始まった。

「磨とそなたが先頭に立つと言えば関白も安心しよう」

「はい、そうなりましょう」

そう、そこが大事だ。

「そなたに貰った南蛮鎧、久し振りに出番が来たようじゃ。楽しみじゃの」

また殿下が〝おーっほほほほ〟と笑い声を上げた。絶好調だな。


禎兆六年(一五八六年)五月下旬　山城国久世《くせ》郡槇島《まきしま》村　槇島城　伊勢貞良《さだよし》

「兵庫頭、謁見は上手く行った」

「左様でございますか」

「うむ、太閤殿下も御慶びであった。聞くところによれば院も帝も上機嫌であられたそうだ。謁見に反対した勢力は消えたか力を失ったらしいな。大極殿を造った甲斐があった。よくやってくれた」

「はっ」

大殿は満足そうに笑みを浮かべている。謁見は上手く行った。大極殿を造った甲斐があったと仰せになられた。琉球からの使者は今回で二回目、少しずつだが琉球を手繰り寄せつつあるのだろう。

「今回は琉球からの使者だがな、いずれは南蛮の使者も会わせたいと思っている」

「南蛮の使者も……」

大殿が頷かれた。

「あの者達を無視は出来ぬからな。直ぐではないぞ、刺激が強過ぎよう。いずれだ、謁見に慣れてからだな」

「はっ」

いずれか。だが十年とは掛かるまい。

「そのためにもだ。朝堂と朝集殿を再建し朝堂院を完成させなければならぬ。朽木の政に協力してもらうためにな」

「はっ」

藤原氏も平氏も娘を帝の后《きさき》にする事で朝廷を牛耳ろうとした。大殿はそれをなされぬ。帝を囲うのではなく朝廷の庇護者として朝廷その物を囲おうとしておられる。

「十一月になれば兵を起こす」

「九州攻めでございますな」

大殿が〃うむ〃と頷かれた。

「そろそろ龍造寺の隠居と決着を付ける頃であろう。大友の始末も付けなければならぬ」

九州では大友が一方的に攻め込まれていると聞く。大殿は大友が役に立たぬと御考えなのであろう。

「そこでな、兵を京に集める故帝を御招待して馬揃えを行いたい」

「なんと！」

思わず声を上げると大殿が声を上げて御笑いになった。

「その上で龍造寺討伐に向かう。勅は頂かぬが勅を頂くのと同じ効果が有ろう。九州の者達にはそれなりに効果は有る筈だ」

「確かに」

また大殿が声を上げられた。

「既に太閤殿下には御相談してある。殿下も面白いと仰せだ」

「では？」

「うむ、やる。だが兵庫頭には復興作業を任せている。とても馬揃えにまでは手が回るまい」

「はっ、少々厳しいかと思いまする」

大殿が頷かれた。

「そこでな、曽衣にやらせようと思う。如何思うか？」

「飛鳥井殿で」

なるほど、元は公家、准大臣とも繋がりは有る。大殿との繋がりも深い。適任かもしれぬ。

「よき御思案かと」

賛成すると大殿が頷かれた。

「だが手助けをする人間が要る。与三郎《よさぶろう》を付けようと思うが如何か？」

「与三郎でございますか」

驚いて問い返すと大殿が頷かれた。

「願っても無い事でございます」

「では決まりだ。頼むぞ」

「はっ」

与三郎も既に二十歳を越えた。私の下で働くだけでなく他人の下で働く事も必要かもしれぬ。或いは大殿もそれを御考えなのか……。武田の家を継いだのだ。そろそろ与三郎を引き立てようという御考えも有るのやもしれぬな。


禎兆六年（一五八六年）　五月下旬　山城国葛野郡　近衛前久邸　九条兼孝

「馬揃え、でおじゃりますか」

私の言葉に太閤殿下が〝うむ〟と頷いた。

「九州遠征のために兵を京に集める。その時にの、相国は馬揃えを行いたいと言うのじゃ」

「……」

「反対かな？」

答えられずにいると殿下が〝ほほほほほほほ〟と笑い声を上げた。

「そなたは分かり易いのう。顔に不承知と書いてある。馬揃えは相国が朝廷を、帝を威圧するためではないかと考えておじゃるのかな？」

顔が熱くなった。

「そうは申しませぬ。相国が朝廷を盛り立てようとしている事は麿も分かっておじゃります。此度の琉球からの使者の謁見も上々の首尾でおじゃりました。しかし他の者は如何でおじゃりましょう？　馬揃えを相国が朝廷を威圧している、そう受け取る者も居るやもしれませぬ。ことさらに事を荒立てるような事はしない方がいいと思うのですが……。考え過ぎでおじゃりましょうか？」

殿下が〝フフフ〟と含み笑いを漏らした。

「いや、関白の懸念はもっともじゃ。既にそう考える者も居るようでおじゃるの」

「……それは……」

殿下がまた〝フフフ〟と含み笑いを漏らした。

「琉球の使者じゃ。あの者ども、相国が簒奪するのではないかと懸念しておる」

「なんと……」

異国の者からはそう見えるというのか……。

「相国にとっては馬鹿馬鹿しいと一笑に付したいところでおじゃろう。だがこの件、笑って済ませる事は出来なくなった」

「と仰られますと？」

殿下が私を見た。厳しい表情をしている。嫌でも身体が引き締まった。

「簒奪をすれば国内が不安定になる。となれば国の外に兵を出す事は出来なくなるのではないかという事よ。つまり臣従しても琉球は見殺しにされるのではないか……」

「なるほど」

そういう事か、琉球は日本に臣従しても無駄なのではないかと疑念を抱きつつある。相国の構想に齟齬《そご》が生じつつあるのだと思った。

「まあ日本では王朝の交代は起こらなかったが異国ではそうではない。それを思えば彼らの懸念はもっともなのでおじゃろう。相国はそれを払拭《ふっしょく》しなければならぬ」

「それで、馬揃えを？」

問い掛けると殿下が頷いた。

「逆効果ではおじゃりませぬか？」

殿下が首を横に振った。

「今のままでは琉球の使者は疑念を持ち続ける事になる。ここは動かねばならぬ」

「……それで馬揃えを？」

「そうじゃ。帝、院に馬揃えを御覧いただく。当然だが公家達も馬揃えを見る事になろう」

「……」

「さすれば馬揃えは朽木の馬揃えではなく朝廷の馬揃えという性格を持つ。そうは思わぬか？」

「それは……」

つまり馬揃えは朽木の武威を示すものではなく日本の武威を示すものという事か……。

「その様を琉球の使者にも見せる。使者達の懸念を払拭すると同時に相国の武威を改めて使者達に示す」

「日本に従属した方が安全だというのでおじゃりますな？」

殿下が頷いた。

「まあ表向きは九州遠征を帝が嘉し給うという事になる。勅を与えたようなものじゃからの」

「……」

朝廷と相国の関係は円滑と言いたいのだろうが……。殿下が〝フフフ〟と笑った。

「麿も馬揃えに参加する。行列の先頭は相国と麿じゃ。どうかな？　安堵したかな？」

「……それは……」

殿下が〝ホホホホホホ〟と笑い声を上げた。……この方には敵わない……。

誅殺《ちゅうさつ》

禎兆六年（一五八六年）　五月下旬　　　肥前国杵島郡堤村　　須古城　　龍造寺隆信

「孫四郎、参りました」

「うむ、ここへ」

自分の前の席を指し示した。酒の膳が用意してある。互いに相手の杯に注げる距離だ。部屋の入り口で孫四郎が戸惑っている。〝さあ、遠慮するな〟と言うと部屋の中に入ってきた。そして座った。緊張していると思った。

「某は蟄居の身でございますが」

「そうだな、儂が命じた」

「……」

緊張は解けない。苦笑いが出た。

「そう構えるな、孫四郎。呼び出して殺そうというのではない。お主に私心が無い事は分かっている」

「……」

だから困るのよ、私心が有れば躊躇わずに殺せた……。

「急にお主と飲みたくなった。それだけの事だ」

「……」

「昔はよくこうして飲んだな。飲んで言いたい事を言い合った。お主だけだ、それが出来たのは。何時の間にかそれも無くなった。寂しい事だ」

孫四郎が一度目を伏せ、そして儂を見た。

「……殿はもう水ヶ江《みずがえ》の国人ではございませぬ。それなりに威儀は正さねば……。そうでなければ周りに示しが付きませぬ。已むを得ぬ事にございます」

だから心が離れたのかもしれぬ。だとすれば……。

「寂しい事よ」

儂の言葉に孫四郎が頷いた。孫四郎も寂しいのかもしれぬ。……偉くなるとはどういう事なのだろう。徐々に自分が自分ではなくなっていく。そういう事なのかもしれぬ。

銚子を取って孫四郎に差し出した。孫四郎が頭を下げて杯を差し出す。それに酒を注いだ。孫四郎が銚子を取ろうとしたから首を横に振った。手酌で杯に酒を注ぐ。

「詰まらぬ気遣いは無しじゃ。膝を崩せ。今宵は昔のようにやろう」

「……では、遠慮無く」

孫四郎が膝を崩し一息に杯を干すと手酌で酒を注いだ。

「それでいい」

儂も一息で杯を干した。そして杯を酒で満たす。膳の上には胡瓜《きゅうり》と茄子《なす》の漬物が有った。それとスルメを使った里芋、大根、人参の煮物。そして銚子は三本。質素な物だ。だが昔は何時もこれだった。一切追加は無し。食べきって飲みきったら終わりだった。だが楽しかった、美味かった。

「懐かしゅうございますな」

「想い出したか」

「はい。昔はよくこれで飲みました」

「そうだな、よく飲んだ」

孫四郎が里芋を美味そうに頬張っている。孫四郎は里芋が好きだったな。儂は大根が好きだった。二人で交換したものだ。その事を言うと孫四郎が笑った。儂も笑った。大根を一つ食べた。軟らかい、味が染み込んでいる。甘味があって美味いと思った。

「交換致しましょうか?」

「いいのか?」

「某は今少し里芋が欲しゅうございます」

「ならば貰うぞ、交換だ」

互いに皿を差し出し儂が大根を取り孫四郎が里芋を取った。二人で顔を見合わせてまた笑った。楽しい、昔はこんなたわい無い事をしながら酒を飲んでいたのだと思った。

「スルメの出汁《だし》がよく出ております」

「うむ、最後は二人でスルメをしゃぶりながら酒を飲んだな」

「はい。ですが殿は我慢出来ずに食べてしまわれた」

「ははははは、そうだったな。お主にスルメを分けてもらった」

「殿は狡《ずる》いとぼやいた事を覚えております」

「儂も覚えている。お主のぼやきを聞きながら飲んだ事をな。あれは楽しかった」

二人で笑った。そう、孫四郎のぼやきが楽しかったのだ。

「今宵は困りますぞ」

「そう言うな、儂とそなたの仲ではないか」

また笑った。涙が出るほど可笑しかった。もう一度あの頃に戻れたらと思った。馬鹿げた望みだ。何故あの弱く小さい龍造寺に戻らなければならないのか……。そこから抜け出そうと頑張ったのではないか。だが分かっていても戻りたいと思った。いや、戻れぬから戻りたいのか……。

「水ヶ江の国人がよくここまで来たものだ。そうは思わぬか？」

「思います。不思議な気がしますな」

孫四郎が懐かしむような表情をしている。

「そうよな。しかし天下には儂以上の事をした御方がいる。相国様じゃ。あの方も国人の家に生ま

れた。そして天下を獲ろうとしている」

「……」

孫四郎の顔から笑みが消えた。警戒していると思った。杯を干して酒を注いだ。

「儂は自分が人に劣るとは思わぬ。ここまで大きくなれたのだからな。だからこそ知りたいのよ。儂と相国様の違いとは何であろう？　鉄砲か？　銭か？　それとも儂の器量か？　孫四郎、お主は相国様に直接会ったな。その為人《ひととなり》を知っておろう。お主は如何思う？　儂は何が及ばぬのだ？」

孫四郎がジッと儂を見た。そして膳に視線を移した。

「……なるほど、それでこの膳を？」

「そうじゃ、昔のように言葉を飾る事無く言ってくれ」

孫四郎が俯いている。そして胡瓜を手で取るとボリボリと頬張った。昔もそうだった。考える時は俯きながら胡瓜を囓《かじ》る男だった。そして儂はそれを待った……。

孫四郎が顔を上げた。

「鉄砲、銭、確かに及ばぬと思います。しかしそれだけとは思えませぬ」

「……儂の器量が及ばぬか」

口中が苦いと思った。自分が劣ると指摘される事がこれほどまでに苦いとは……。孫四郎が首を横に振った。違うのか？

「いえ、器量ではなく覚悟の差が出たのではないかと」

「覚悟……、それはどういう事か？」

孫四郎が杯を干して酒を注いだ。儂も同じように酒を飲んで注いだ。孫四郎が杯を口元に運ぼうとして止めた。考えている。杯を下ろして儂を見た。

「……殿は大友を如何思われます？」

「如何とは？」

「今ではなく昔の小さい龍造寺の頃ですが殿は大友をどのように思われていたのかと」

昔か……。杯を干した。銚子を取り上げて軽いと思った。杯に注いだが半分ほどしか満たさなかった。飲み干してから別な銚子を取り酒を注いだ。昔か……。

「厄介な、面倒なと思ったな。なんと言っても大友は大きかった。当然だが動かす兵力も多い。嫌な相手だと思ったな」

「恐ろしいとは？」

孫四郎がジッと儂を見ている。

「恐ろしいか……。いや、それは思わなかった。甘いところがある、与《くみ》し易い、むしろそう思った。うん、お主ともそういう話をした事があったぞ。そう、こんな風に飲みながらな。違ったか？」

儂の言葉に孫四郎が〝違いませぬ〟と頷いた。

「もう十五年ほども前の事になりましょう。大友が大きくなり始めた殿を危険と見て攻め寄せた時の事にございます」

「そうであった。今山《いまやま》の戦いじゃな。あの時はお主の献策により勝った……」

「はい」

杯を干した。あの頃は儂と孫四郎の間に齟齬は無かった……。

「あの時、こういう話も致しました。大友は面子さえ立てれば多少の事は目を瞑るだろう。いざとなれば頭を下げて機嫌を取ろうと」

「うむ、そういう話もした。大友は甘い、つけ込めるとな。面白くはないがいずれは滅ぼしてやる。それまでの我慢だと」

孫四郎が大きく頷いた。

「おそらく、それこそが相国様と殿の差になったのでないかと」

「儂と相国様の？　孫四郎、それはどういう事だ？」

儂が問うと孫四郎がジッとこちらを見た。そして一つ息を吐いた。

「殿は、いや殿だけではございませぬ。某も含め龍造寺の者は皆、大友の甘さに気付いた。それに馴れてしまった」

「……」

「馴れるという事は龍造寺も何処かで甘くなっていたのだと思います」

「儂もか」

孫四郎が〝はい〟と頷いた。

「いざとなれば頭を下げればいい。なんとかなる。そこには生き残るための必死さはありますまい。何処かで高を括ったのではないかと思うのです。大友ではなく、生き残る事に対して」

「……」

「それに比べて相国様は……。相国様が畿内で戦った時、その行く手を阻んだのは比叡山、一向一揆でございました。相国様は比叡山を焼き、一向一揆を根切りにした。皆が非難したでしょうが相国様は微塵も怯まなかった。そうでなければ生き残れなかったのでしょう。そこには甘さなど欠片も無かった。滅ぼすか滅ぼされるか、ただそれだけだったのだと思います」

孫四郎が首を振っている。

「そうか、甘さか。儂は甘いか……」

孫四郎が〝はい〟と言った。苦いわ、苦い。自分が甘いとは……。

「必死さが相国様に及ばなかった。だから相国様は天下を制し殿は大友を滅ぼせなかった。九州に覇を唱える事が出来なかったのだと思います」

酒を喉に流し込んだ。続けざまに二度、三度と流し込んだ。苦味は消えない。大根を口に入れても消えなかった。

「必死さが足りぬか……。かもしれぬ。相国様が島津を攻め滅ぼした時、儂は正直驚いた。野分《のわき》の中、自ら夜襲で攻め滅ぼす。激しい、自分に出来るか、とな」

「……」

「必死に生きたつもりだった。だが、甘かった。つもりだけだったか……」

「某も必死に生きたつもりでした。殿をお支えしたつもりでした。しかし足りなかったのだと思います。如何すればよかったのか、何をすればよかったのか……」

孫四郎が俯いて胡瓜を囓っている。ボリボリという音だけが響いた。

「孫四郎、よく言ってくれた。感謝するぞ」

「畏れ入りまする」

孫四郎が頭を下げた。

「お主の言う通りじゃ、儂は甘い」

「殿……」

「見るがよい」

自分の身体を指し示し腹の肉を掴んだ。手に余るほどの贅肉《ぜいにく》、昔は無かった。仁王《におう》のような身体と言われたのに……。孫四郎が痛ましそうに儂を見ている。

「何時の間にか肥えたわ。醜いほどにな」

「……」

「相国様はどうだ？　肥えているか？」

孫四郎が〝いいえ〟と言って首を横に振った。

「そうであろうな」

酒を嗜まぬと聞いた。今も必死なのだ。それに比べて儂は戦国乱世だというのに美食に溺れた。領地が広がるにつれ必死さが更に薄れたのだろう。甘いわ、甘いのよ。孫四郎が朽木との戦に反対するのもそれ故かもしれぬ。

孫四郎が〝殿〟と儂を呼んだ。

「戦をお止めいただく事は出来ませぬか」

「……」

「今ならまだ間に合いまする。此度の戦は大友に非礼が有ったためと……」

〝孫四郎〟と呼んで言葉を遮った。

「儂の身体はもう万全ではない」

孫四郎が〝殿〟と言った。訝しげに儂を見ている。

「心の臓の病じゃ」

「まさか……」

儂が〝真じゃ〟と言うと孫四郎が目を泳がせた。予想外の事だったのだろう。

「昨年の秋から胸に鋭い痛みが走るようになった。興奮すると心の臓が高鳴る時もある。一度吐いた。正月には痛みで動けなくなった……」

あの時はこのまま死ぬのかと思った。痛みが治まってからも暫くは動けなかった。身体に力が入らなかった……。そんな時に大地震が起きた。千載一遇の機会だと思った。だが戦うと決めた時に恐怖が儂を襲った。勝てるか？　負ければどうなる？　龍造寺を滅ぼしていいのかと。それをねじ伏せて兵を挙げた……。

「その事、知る者は？」

孫四郎が小声で訊いてきた。儂が首を横に振ると孫四郎がホッとしたような表情を見せた。

「殿、御翻意願えませぬか？　心の臓の病となれば戦は無理にございます」

「……」

「殿！」

孫四郎が儂を見ている。哀しそうな目だ。孫四郎は本当に儂を案じているのだと思った。泣きたくなった。孫四郎に自分は本当は怖いのだと言いたくなった。負けるかもしれぬ事、そしてあの痛みが儂を襲う事。あの日から儂はずっと怯えながら生きているのだ。……馬鹿な、何を考えている。その怯えをねじ伏せて立ち上がったのではないか。それこそが儂のあるべき姿ではないか。儂は儂であるべきなのだ！

「礼を言うぞ、孫四郎。そなたは儂を心から案じてくれる」

「……」

「だが戦を止める事は出来ぬ」

孫四郎が〝殿〟と儂を呼んだ。済まぬな、済まぬ……。

「儂にとって最後の戦だ。相国様と戦う最後の機会なのだ」

「戦の最中《さなか》に心の臓に痛みが走ればなんとします。とんでもない事になりますぞ。殿のお命も……」

孫四郎が唇を噛み締めている。

「そうだな、死ぬかもしれぬ。龍造寺軍は混乱して敗北するだろう。だがここで戦を止めれば儂は残りの人生を後悔しながら生きる事になる。何故戦を止めたのか、とな」

「殿……」

孫四郎が乱暴な手つきで酒を飲んだ。一杯、二杯……。その姿を見ていると涙が滲んできた。

「孫四郎、儂と共に戦ってくれぬか。昔のように」

「……」

声が震えた。孫四郎が俯いている。

「……そうか、出来ぬか。それは龍造寺を守るためか？」

「はい」

「儂が負けた後、お主が相国様に掛け合って龍造寺の家を残す。そうだな？」

「はい」

声が震えていた。

「やはりそうか。済まぬな、孫四郎。儂はいい友を得た。そなたの御陰で儂は何の憂いも無く戦える」

「殿」

孫四郎の目から涙が零れ落ちた。儂の目からも涙が零れ落ちた。涙を拭った。

「難しい話は止めじゃ。こうして二人で飲むのは今宵が最後となろう。いや、会うのも最後かもしれぬ。さあ、杯を取れ、孫四郎」

「はい」

涙を拭って孫四郎が杯を取る。その杯に酒を注いだ。そして儂の杯にも酒を注いだ。

殺さねばならぬと思った。多くの者がいざとなれば孫四郎が相国様《あのおとこ》に掛け合う。龍造寺の家は残る。そう思っていよう。それでは駄目なのだ。勝たねば龍造寺は残らぬ。勝つしかないのだと皆に、いや儂自身に覚悟させなければ……。龍造寺を必死にさせなければ……。儂は二度と後悔したくない。甘いなどと言われたくない……。

「楽しかったぞ、孫四郎」

「某も楽しゅうございました」

手向けの言葉だ。共に酒を一気に飲み干した。そして笑った。食べきって飲みきったら終わりだ。孫四郎を殺す。多分儂は泣くだろう。孫四郎の身体に縋って泣くに違いない。それでもやらねばならぬ。それまでは楽しもう。……大根を食べた。甘いと思った……。

海外情勢

禎兆六年(一五八六年)　六月上旬　　近江国蒲生郡八幡町　　八幡城　　朽木基綱

人払いをして自室で寛いでいると廊下から〝大殿〟と徳川小太郎が声を掛けてきた。暑いから戸は閉めていない。廊下から遠慮気味に小太郎がこちらを見ている。

「如何した」

「御倉奉行荒川平九郎様、殖産奉行宮川又兵衛様がお時間を頂きたいと」

「分かった。入ってもらえ。それと麦湯を三人分頼む」

「はっ」

小太郎が畏まって下がった。それと入れ替わるように平九郎と又兵衛が姿を見せた。部屋の中に入ってくると平九郎がスッと又兵衛がドスンと音を立てて腰を下ろした。

「暑いな。今麦湯が来る。話はそれからにしよう」

俺の言葉に二人が〝はっ〟、〝有り難うございまする〟と言った。この二人が揃って来たとなると話は例の件だろう。重い話になる。喉が渇く筈だ。直ぐに小太郎が入ってきた。俺、平九郎、又兵衛の前に麦湯を置く。

「小太郎、半刻ほど暇を与える。好きに致せ」

小太郎が驚いたような表情を見せたが直ぐに〝はっ、有り難うございまする〟と畏まって下がった。

「いい若者ですな」

又兵衛の言葉に平九郎が頷いた。

「このまま真っ直ぐに育ってもらいたいもので」

「俺もそれを願っている」

元服をさせた後は嫁取りという事になるだろう。だが簡単には行かないだろうな。何処の家も娘を出すのは嫌がるだろう。出すとすれば徳川の旧臣だろうがそれは止めた方がいいな。それでは小太郎は朽木で浮いてしまう。となると俺の娘、或いは養女という事になるが……。

「その方らが揃って来たという事は銀の事か?」

問い掛けると二人が〝はっ〟と畏まった。

「あの大地震の所為でえらい手間取りました」

「全くで」

二人がぼやいている。まあなあ、あの大地震で一番影響を受けたのはこの二人だろう。復興には銭が掛かるし若狭や敦賀は津波の被害も受けた。彼方此方走り回って復興の支援をしていた。

「それで？」

ぼやいていても仕方がない。話を促すと二人が揃って麦湯を一口飲んだ。

「大地震の被害の確認と共に調べたのですがやはり銀は日本に入ってきております」

「堺でも銀が入ってきております。敦賀、小浜でも銀が流れ込んでいる。量は敦賀、小浜の方が多いようで」

又兵衛、平九郎が言った。要するに蝦夷地との交易品、海産物が大きいという事か。

「大湊は？」

「大湊も同じでございます。あそこからも銀が入ってきております」

又兵衛が汗を拭きながら答えた。肥えているからな。暑いらしい。しかし銀の流入は日本海側の敦賀、小浜だけの事じゃない。瀬戸内、太平洋側にも銀が入ってきている。腑に落ちんな。

「よく分からんな。一体何が売れているのだ？」

問い掛けると二人が顔を見合わせて又兵衛が咳払いをした。

「まあ北からは昆布、海産物が入ってきますが最近では蝦夷地から毛皮を取り寄せているようで……」

「毛皮？」

問い返すと又兵衛が頷いた。毛皮って何の毛皮だ？

「熊や鹿、狐、それに黒貂《くろてん》、海獺《らっこ》などで……」

「……」

黒貂、海獺か。そりゃ売れるわ。あれは高級品の筈。そうか、北海道には居るんだ。……獲り過ぎて絶滅とかしないよな。

「相当儲かるようですな。明の商人、南蛮人、共に高値で買っていきます」

「なるほどな。しかし今まで毛皮が売れているとは聞かなかったが？」

俺が訊ねると二人が苦笑いを浮かべた。

「専売所を通しませぬからな」

平九郎の答えになるほどと思った。専売所は国人衆が産物を持ち込む。だが毛皮は商人が蝦夷地で買い付ける。そして湊で直接明の商人に売るという事か。だから又兵衛、平九郎も詳しく知らなかったという事なのだろう。確認すると二人が頷いた。

「他には？」

「国内からですと椎茸、石鹸、硫黄、刀、銅、螺鈿、蒔絵、木綿、そんなところです。椎茸、石鹸、硫黄は明、南蛮の商人どちらも買います。刀、銅は明の商人が螺鈿、蒔絵、木綿は南蛮の商人が喜びますな」

言い終わって平九郎が一口麦湯を飲んだ。うん、この辺りは想定内だ。それに椎茸、昆布を除けばそれほど大きな利益が出ているとも思えん。毛皮が売れているのは予想外だ。高値で取引はされるだろうが量はそれほど多くないと思うんだが……。

「南からは砂糖、胡椒《こしょう》、蘇木《そぼく》、沈香《じんこう》、伽羅《きゃら》、象牙《ぞうげ》、それに鉛が入ってきております。これは大湊、堺が多いですな」

「砂糖はともかく妙な物が入ってくるな。誰が買うのだ？」

「砂糖は国内でも使いますが多くは蝦夷地に持っていきます。だいぶ高値で売れるようですな。鉛は朽木家の兵糧方が多く買います。それ以外は日本でも買う者がおりますが殆どが明、南蛮の商人で。相当高く売れるようですぞ」

しれっと言うな！　又兵衛。

「日本の産物でない物がこの国に持ち込まれ明や南蛮の商人が買っていくと言うのか」

二人が〝はい〟、〝その通りで〟と答えた。やはりこの国は交易の中継基地になっている。繁栄はするけど狙われる事も多くなる。

「誰がそれを持ってくるのだ？」

南蛮人や明人とは思えない。連中なら明へ持っていくだろう。一体誰が持ち込むんだ？　そして何を持って帰る？

「日本の商人で」

「……」

平九郎が何を言ってるんだというような目で俺を見ている。又兵衛も似たような表情だ。なんだこれ。

「又兵衛殿、大殿はどうやらお分かりではないようじゃ」

「そうでござるの。某は既にお分かりだと思っておりましたが……」

どうやら俺は期待外れの主人らしい。又兵衛が咳払いをした。

「大殿は商人を集めて金銀を使った銭の支払いを決めましたな」

「ああ、決めたな」

「あれで国内での取引が随分と楽になりました。紛れがなくなったのです」

「そうだろうな」

「となればです。商人達が大きな取引を、利幅の大きな取引をしたいと思うようになるのもおかしな話ではございませぬ」

「なるほど」

取引にリスクが少なくなったのだ。当たり前の事だな。頷いていると今度は平九郎が〝大殿〟と俺に話し掛けてきた。

「大殿は北の蝦夷地、南の琉球と交易をしておりました。多くの商人が朽木の財力は国の外の産物を扱うから。そう思ったとしてもおかしくはございませぬ」

「そうだな」

「となればでござる。多くの商人が海の外に行くのも当然の事で」

「なるほど」

成功例が有るのだ。躊躇う必要は無い。となれば日本の商人が海外へ船を出すのも当たり前か。

「しかしな、いきなり外に船を出して上手く行くのか？　言葉が通じぬのではないか？」

俺が問うと平九郎が〝ウフフ〟と笑い、又兵衛が〝いやいや〟と言った。

「異国の地にも日本人の住む町がございます。そこを拠点に取引を行うようで」

「……日本人町か」

二人が満足そうに頷いた。なるほど、それが有ったか。現地にしっかりした拠点が有るのだ。当ては有るという事か。

「となると象牙はシャムのアユタヤか」

「御明察」

「如何にも」

二人が俺を褒めた。まあ褒められても余り嬉しくはないな。この時代なら気付いて当然か。

「それに九鬼《くき》、堀内《ほりうち》も居ります」

「あの二人がどうかしたのか、平九郎」

「何隻か商船が纏まれば九鬼や堀内、それに村上《むらかみ》らの海賊衆が護衛を出すそうで。報酬は銭、或いは買い付けた商品の一部と聞いております」

「……」

「元々は大湊の商人に護衛を頼まれた事が始まりだそうで。今では全国に広がっておりますな」

何時の間に……。商船護衛か。海賊に襲われても守ってもらえるとなれば益々国の外へ出るな。大航海時代か……。ヨーロッパだけじゃない。日本人も大航海時代のプレイヤーなのだと思った。

「それに最近では琉球の商人も堺、大湊に来ますぞ」

又兵衛が嬉しそうに言った。思わず〝琉球の？〟と問い返していた。こちらから商船が行く事は有るが琉球から商船が来るのか？

「大殿が島津を滅ぼしましたからな。遠慮は要らぬという事で。大湊、堺に来ております。あの者達、南から様々な物を持ってきますな。いい事で」

平九郎が笑いながら教えてくれた。なるほど、商船が朽木へ向かう事に島津がいい顔をしなかったか。距離的には島津の方が近いからな。どうしても顔色を窺わなければならなかったのだろう。だがその島津が滅んだ。今では琉球の商人は東南アジアの産物を日本に運んでいる。そして昆布を持って帰るのだろう。

「まあそういう事で日本に様々な産物が集まります。それを明、南蛮、琉球の商人が買っていく。銀も日本に集まる。そうなっております」

又兵衛が嬉しそうに言った。ふむ、やはり銀は日本に集まるな。

「それだけに今回の大地震で敦賀、小浜の湊が被害を受けた事は大変でした」

「今浜も被害を受けましたからの」

年寄り二人が顔を顰めている。

「敦賀、小浜から大湊への流れが途絶えた事で大湊では昆布の値が暴騰し通常の三倍、四倍にもなったと聞きます」

「敦賀では砂糖の値が三倍になったそうで」

溜息が出た。そんな事になったなんて……。

「そうそう、南蛮人の銀ですが天竺から持ってきておりますぞ」

「天竺?」

問い返すと平九郎が頷いた。インドか。となると最初はヨーロッパから持ってくるのだろうが途中、インドで仕入れるのだろう。そして東南アジアで産物を買い明、日本で売るか。ヨーロッパの銀はスペインがメキシコから持ち込んだ銀だろうな。

「よく分かった。今の話、紙に纏めてくれ」

「はっ」

「急いでくれよ。色々と考えなければならぬ事が有る」

「はっ」

爺様二人が畏まった。

「それと又兵衛、絹はどうなった? 質は上がったか?」

問い掛けると又兵衛の表情が渋くなった。

「残念ではありますが明の物にはまだまだ……」

首を横に振っている。やはり及ばないか……。そうだよな、日本の絹が中国の物に負けなくなるのは江戸時代に入ってからだ。

「又兵衛、今直ぐにとは言わぬ。だが十年ほどで目途をつけろ」

「十年でございますか」

又兵衛が困惑している。

「俺は目途をつけろと言った。完成させろとは言っておらぬ」

「はっ」

難しいだろうな。しかし尻を叩かなければ……。

「陶磁器はどうだ？　売れているか？」

「売れておりまする。ただ数が少ないので……」

又兵衛が言い辛そうにしている。

「売れているならいい。徐々に陶工が増えれば数も揃う筈だ。競い合えば質も上がる。大事なのは売れる事だ。売れれば励みになる。そうだろう？」

又兵衛、平九郎が頷いた。そして陶工が増えれば自然と切磋琢磨《せっさたくま》する。品質は上がる筈だ。それと塗料だな。こっちは明から人を呼ばなければ……。これは八門に頼もう。

「買い手は誰だ？」

「南蛮人が多く買っております」

「そうか。評価は？」

「明の物には及ばぬがその分廉価だと」

又兵衛が面白く無さそうな表情をしている。平九郎も同様だ。

「已むを得ぬ。日本の陶磁器は始まったばかりなのだ。これから徐々に質を高めていけばいい。又兵衛、援助を惜しむな。平九郎、頼むぞ」

「はっ」

又兵衛と平九郎が畏まった。これから明は混乱する可能性が高い。当然だがその事は絹、陶磁器の品質にも影響する。絹と陶磁器、この二つをなんとかしなければならん……。

禎兆六年（一五八六年）六月上旬　近江国蒲生郡八幡町　八幡城　荒川平九郎

大殿の御前を下がり廊下を歩いていると隣を歩いていた又兵衛殿が〝平九郎殿〟と私を呼んだ。

「小腹が空きませぬかな？」

「そうですなあ、少々空きましたな」

「では寄っていきませぬか。カステーラがござる」

「ほう、では馳走《ちそう》になりますか。実を申すと又兵衛殿と少し話したい事も有る」

「ならば好都合」

又兵衛殿が頷く。ふむ、又兵衛殿も話したい事があるのかもしれぬ。

廊下を歩き殖産奉行の御用部屋に入った。書類に溢れた部屋だ。十人ほどが忙しそうに働いている。壺があった。丹波《たんば》焼きの爽やかな緑の壺、自分の部屋と同じだと思った。

「奥の部屋へ行く。平九郎殿と少々話がある。茶とカステーラを用意してくれぬか」

又兵衛殿の言葉に一人が〝某が〟と返事をした。又兵衛殿が〝頼むぞ〟と言うとまた歩き出した。

御用部屋の更に奥の部屋へと通された。奉行である又兵衛殿の私室だ。何度かこの部屋で話をした事がある。小さな文机がありその上に瑪瑙《めのう》の文鎮があった。若狭の職人が作った物だろう。いい文鎮だ、自分も一つ購入しようか。壺もあった。以前は無かった青磁の小さな壺。流石は殖産奉行の部屋だと思った。

二人で向かい合って座る。

「いい壺ですな」

又兵衛殿が顔を綻ばせた。

「お目に留まりましたか。信助《しんすけ》という未だ若い陶工が独り立ちして初めて作った壺でしてな。壺としては些か小さ過ぎる。それ故売れなかったようですが机に置いて楽しむには手頃だと思い購入しました。喜んでおりましたな」

「なるほど」

売れなくて困っていたのだろう。それを助けたか。

「平九郎殿も如何かな？」

「某は壺よりもそちらの瑪瑙の文鎮を手に入れようかと思っております」

「ほう、それはいい。職人達も喜びましょう。地震の被害は酷かったですからな」

「嘆いておりましょうな」

「ええ、若い者は」

「若い者は？」

問い返すと又兵衛殿が頷いた。

「年寄りは意外と意気軒昂《いきけんこう》でしてな。昔は重税と御家騒動で酷かった。それに比べればずっとましだと」

「それは……」

「復興のために援助もしてくれる。有り難い事だと」

「はははは、年寄りはしぶとい」

「如何にも、我らも負けられませぬな」

「負けられませぬ」

二人で声を合わせて笑った。

「失礼致しまする」

声があって男が入ってきた。先程の男だ。私と又兵衛殿の前に茶とカステーラを置くと一礼して立ち去った。

「今の若者は平五郎《へいごろう》と申しましてな。朽木谷の平助《へいすけ》の末の倅《せがれ》にござる」

「あれが？　あの栃餅《とちもち》作りの平助の？　似ておりませぬな」

平助は蟹《かに》のような顔をした栃餅作りの名人だった。気のいい男で朽木谷に居る頃は何度か栃餅を貰った事がある。美味い栃餅だった。平五郎はどちらかと言えば整った目鼻立ちをしていたが……。

「母親に似たのでござろう。末っ子ですから受け継ぐ土地など無い。それで朽木家に仕えました。なかなか頭はいい。直ぐに文字も算盤も覚えました。将来が楽しみにござる」

「ほう、左様で」

そういえば平助の女房はなかなかの美形だった。顔に似合わぬ女房を貰ったなどと冷やかされていたが平助は性格が真っ直ぐな男だったから女達からは人気があった。女房がそれでよく焼き餅を焼いたという話を聞いた事が有る。なるほど、母親に似たか。

「では、頂きましょうか？」

「馳走になりまする」

二人でカステーラを食べた。甘い、茶で流し込む。美味いと思った。

「平九郎殿、何度食べても飽きませぬな」

「如何にも、飽きませぬ」

二人で声を合わせて笑った。残りのカステーラを食べ茶を飲むと自然と二人で見詰め合う事になった。

「それで、お話とは？」

「……先程の大殿とのお話でござる。又兵衛殿は如何思われた」

又兵衛殿が一度目を伏せ、そして上げた。

「……大殿は明は危ういと見ているのではないかと思いました」

「やはり左様か」

「平九郎殿も？」

「某もそう思いました」

二人で頷いた。

「大殿の御懸念も無理はない。又兵衛殿、間違いなく銀は明から日本に流れている。それも一時的なものではない。そうでござろう」

「左様ですな」

「明にとって銀は銭。その銭が国の外に出ている。つまり明は貧しくなっているという事。税を重くしたのもそれが理由でござろう」

又兵衛殿が頷いた。

「税を重くしたとなればますます民は貧しくなりますな」

「如何にも」

「平九郎殿、一揆が起きましょうか？」

「起きるかもしれませぬ」

一揆が起きれば明は更に貧しくなるだろう。国も危うくなるかもしれぬ。だがその後はどうなるのか……。海の外の事はよく分からぬ。又兵衛殿が息を吐いた。

「大殿は十年で絹の品質を上げよ、目途をつけよと某に命じられた。おそらく十年後にはもっとはっきりした形で明が危ういと見えるのではないかと思います」

素直に頷けた。大殿は陶磁器の事も気にしておられた。絹、陶磁器、どちらも明の特産品。明が危うくなれば明からの入手は難しくなる、そう考えているのだろう。その事を言うと又兵衛殿が頷いた。

「おそらくは。ですが某はもう一つの可能性もあると見ております」

「それは？」

先を促すと又兵衛殿が顔を綻ばせた。

「明に代わって日本が陶磁器、絹を南蛮人に売るという事です」

「なるほど」

思わず声が出た。明の代わりか。そんな事は考えた事が無かった。陶磁器と言えば明、絹と言えば明だった。だが昔は綿布も国の外から買っていたのだ。今では国内の綿布を外に売り出すほどになっている。三十年ほどでそうなった。であれば陶磁器や絹で同じ事が出来ぬとは言えまい。実際に陶磁器は南蛮人が買い始めているのだ。明の代わりに陶磁器、絹を売るか……。

「可能でござろうか?」

念のために確認すると又兵衛殿が苦笑を浮かべた。

「明が危ういと誰の目にも明らかになるのに十年、しかし直ぐには滅びますまい。明が滅ぶまでには更に十年くらいはかかるのではないかと思います。となれば二十年の歳月が有る。陶磁器は陶工も増える筈、今よりも品質のいいそれなりの物が出来上がりましょうな。心配はしておりませぬ。問題は絹でござろう」

「……絹か……」

又兵衛殿が頷いた。

「丹波、近江、播磨、伊勢、越前、美濃で養蚕《ようさん》を奨《すす》めております。各地の人を集め話もさせている。そこから何か得るものが有れば少しでも質がよくなる。そう思っての事ですがなかなか難しい」

「……」

「しかし諦める事は出来ませぬ。天下が統一されれば戦が無くなるのです。絹を欲しがる者はこれまで以上に増える。それが目に見えておりますからな」

「左様ですな」

その通りだ。明が危うくなれば絹の値も上がるだろう。なんとしても絹の質を高めなくてはならぬ。又兵衛殿が茶を一口飲んだ。

「某は御存じの通り武張った事がどうにも苦手でしてな。生まれたからには人生は楽しむもの。美味い物を喰い美しい物を愛でるべき。そう思っておりました。父には随分と不肖の息子と嘆かれたものにござる」

「某も似たようなものでしたな。槍や刀よりも帳面と筆の方が好きでした。困ったもので」

二人で顔を見合わせて笑った。

「大殿が当主になって朽木家は変わりました。大殿は産物を育て銭を稼いだ。妙な事をすると思いましたが面白くも思いました。自分も役に立つかもしれない。そう思ったのです。殖産奉行に任じられた時は嬉しかったですな。彼方此方に行って美味い物を喰い新しい産物を育てる。百姓達が喜ぶ顔を見るのも楽しかった……。ふふふ、楽しかったのです」

「又兵衛殿の働きによって朽木の倉には銭が溢れました。その事が朽木の天下取りを支えたと思いますぞ」

私の言葉に又兵衛殿が目を和ませた。

「その銭を平九郎殿は上手に使った。だから銭は増えた」

少し照れ臭かった。

「若い頃は銭というのは使えば無くなる。そう思っておりましたが違うのだと段々と分かりました。新しい産物を育てるために使う、商売のために船を買う。それによって新たに銭を稼げるのだと。先を見据えて銭を使う。無駄遣いではなく将来何倍にもなって返ってくる使い方が有るのだと。某は銭の持つ不思議さに魅せられたのかもしれませぬ」

そういう不思議さを教えてくれたのが大殿であり又兵衛殿であった……。

「このまま大殿が天下を統一し、いずれは御屋形様が跡を継ぐ。朽木の天下が来る。そう思っておりましたが……、簡単にはいかぬかもしれませぬなあ」

又兵衛殿が嘆息を漏らした。

「又兵衛殿は戦になるとお考えかな？」

問い掛けると顔を曇らせた。

「銀を失い貧しくなった明が日本を如何見るか……」

「……」

「豊かであれば無茶はしますまい。しかし貧しければ豊かな者を妬《ねた》み嫉《そね》むもの。その豊かさを奪おうとするやもしれませぬ。違いましょうか？」

「……かもしれませぬな」

明と日本の間で戦になる。馬鹿げているとは言えまい。三百年前には元が日本に攻めてきた。二度も。

「その事をもっとも理解しているのが大殿なのではないかと思います。銭の流れ、物の流れを追えと申されたのもそれ故の事かと……」

「……」

「それに南蛮の事もござる。あの者達、南ではだいぶ阿漕《あこぎ》な事をしていると九鬼、堀内が言っておりました」

「日本人町の者達も不安に思っているとは言っておりましたな」

又兵衛殿が頷いた。大湊であの二人から話を聞いた。あの二人も南蛮の動きを危険視していた。商船の護衛も南蛮の者達を危うんでの事だ。

「日本人町の者達が日本の商人に協力するのも南蛮人を恐れての事。彼らは日本の商人と密接に繋がる事で日本と繋がろうとしています。いざという時には大殿を頼ろうというのでしょう」

「そうでしょうな。琉球も同じ事を考えて大殿に使者を出しています。琉球が日本に服属するようになれば大殿の力は更に南へと延びる事になる」

琉球が大殿に近付くのも大殿の力が強くなったからだけではない。明の力が衰えたと見ているからだろう。となれば当然だが南蛮人達も大殿に注目する筈だ。

「大殿は紙に記して提出せよと申されました。そこには南の事も書こうと思います」

「そうですな。大殿は我らの危惧を理解されるでしょう」

二人で頷いた。大殿は如何なされるか……。明だけではない、南蛮とも戦う事になるかもしれない。怯えるか、奮い立つか。……怯えるなど無いな。あの御方なら鷹が獲物を前にして羽を震わせるように心を奮わせるに違いない。

「……平九郎殿、なかなか落ち着きませぬな」

「已むを得ませぬ。大殿が創ろうとしている天下はこれまでの天下とは違う。外に開いた天下なのです。落ち着くまでには時がかかりましょう」

又兵衛殿が〝そうですな〟と言って頷いた。

粛清

禎兆六年(一五八六年) 六月上旬 近江国蒲生郡八幡町 八幡城 朽木基綱

闇の中、気配がした。布団の中、太刀を握りしめた。この瞬間が嫌だ。心臓の動悸が速まるような気がする。

「小兵衛か?」

息を凝らしながら訊ねると〝はっ〟という答えが有った。ホッとした。大丈夫だとは思ってもやはり闇の中で蠢《うごめ》く気配には恐怖心を掻き立てられる。この時代は警報装置なんて物は無い。それに忍びこんで人を殺すなんて事を簡単に行う者達も居る。危険なのだ。太刀から手を離し身体を起こした。

「報告したい事が有ると聞いた」

「はっ」

「話してくれ」

「先ずは佐渡の事で御報告をさせていただきまする。これは本間氏が守護として治めております」

「ふむ」

本間か、帝国陸軍の本間雅晴《まさはる》中将が佐渡出身だったな。もしかすると末裔かもしれない。

「雑太《さわた》郡雑太城を支配する本間家が本間の総領であったのですが没落しております。今は孫四郎憲《のり》泰《やす》という者が雑太城を支配しておりますが佐渡を纏める力は有りませぬ」

「うむ」

佐渡なんて小さな島でも守護が没落した。戦国の波は日本を等しく襲ったわけだ。

「雑太の本間家に代わって力を振るっているのが分家の雑太郡河原田《かわはらだ》城主、河原田佐渡守《さどのかみ》高統《たかつな》と同じく分家の羽茂《はもち》郡羽茂城主、羽茂対馬守《つしまのかみ》高貞《たかさだ》にございまする」

「本家が没落して分家が力を伸ばす、戦国ではよく有る事だな。近江源氏も六角、京極が没落して朽木が勢力を伸ばした」

「……佐渡では河原田佐渡守と羽茂対馬守を中心に争いが生じております。未だ収まる気配は有りませぬ」

絶対的な強者が居ない。しかも大きく伸びる余地が無い。その事が争いを続けさせている。コップの中の嵐か。一瞬間が有ったな、答え辛い事を言ってしまったかな……。

「それで上杉家との関係は？」

「羽茂の本間家が未だ長尾《ながお》家の時代に上杉家と縁を持っております。それ以来羽茂は上杉に近うございます。もっとも臣従しているというわけではありませぬ」

「うむ」

長尾家の時代か、となるとかなり前だな。縁を持ったとなると長尾家の当主は謙信じゃなかった筈だ。父親かもしれんな。

「上杉家も積極的に佐渡を支配しようとはしておりませぬ。なんと言っても佐渡は小そうございます。上杉にとっては危険な存在ではありませぬ。どうしても佐渡は後回しになりましょう。謙信公が御健勝の頃は信濃、越中、関東に出兵を。御当代弾正少弼様の代になられてからは徳川、蘆名が相手にございます。それに羽茂の本間家が有れば佐渡が一つに纏まって上杉に敵対する事は有りませぬ」

「そうだな」

何時でも獲れる島か。将棋で言う質駒《しちごま》に近いな。小兵衛に問うとその通りだと答えが有った。

「朽木が佐渡を獲る事に同意すると思うか？」

「なんとも分かりかねまする」

「そうだな。質駒だと思っていれば朽木の手出しは面白くはないな。俺も氣比に文をやったのだがな。あちらからも同じような答えが来た。上杉が佐渡の現状に満足しているとは思わぬ。だが朽木が手を出すのを認めるかどうかは分からぬと」

「……」

「直接上杉に訊いてみよう。佐渡が混乱していると交易に影響が出る。佐渡を攻めたいと思うがいいかと」

「それが宜しいかと」

「そうだな」

もしかすると上杉は自分で佐渡を攻めると言うかもしれない。その時は共同出兵という形にして佐渡は共有する事で取り込もう。金は半分ずつだ。……上手く行くかな？

「ところで大殿」

「何だ？」

小兵衛の声が緊張している。厄介事だ。

「今ひとつ御報告を致しまする。対馬の宗氏でございますが……」

「何か有ったか？」

「はっ、家臣の中に密かにではありますが龍造寺と繋がろうとしている者がおりまする」

「……それは宗氏としての動きか？」

確認すると〝分かりませぬ〟と答えが有った。家臣の中に龍造寺と繋がろうとしている者が居る……。讃岐守の指示じゃないのかな？

「讃岐守は病の疑いがございます。ここ暫く姿が見えぬと報告が上がっております」

「病……」

「確証は有りませぬが……」

声が弱い。確度の低い情報なのだろう。

「ふむ、跡取りの彦三郎《ひこさぶろう》は未だ若かったな。となると家中の統制が緩んだ可能性は有るな」

「そうかもしれませぬ」

一つ間違うと御家騒動になる。佐渡だけじゃない、対馬も混乱か。

「動いている者とは？」

「柳川権之助調信《やながわごんのすけしげのぶ》、柚谷半九郎康広《ゆたにはんくろうやすひろ》が中心となっております。宗家でもそれなりに力の有る者にございます」

柚谷というのは聞き覚えがない。だが柳川というのは聞き覚えが有る。江戸時代に国書偽造で大騒ぎを起こしたのが柳川だった。まあ年代的に同一人物じゃないだろう。

「その者達は俺が朝鮮との交易を拡大しようとしている、交易の拡大は宗氏にとっては旨みが減ると見たわけだ」

「はっ、大殿の仰られる通りかと思いまする」

つまり俺よりも龍造寺の方が御し易い、旨みを確保し易いと見たのだろう。龍造寺の隠居も舐められてるよな。いや、舐められているのは俺か。俺の眼を欺くのは難しくないと思われたらしい。

「讃岐守だが本当に病かな？　仮病という事は無いか？　家中が乱れていると演出している、こちらの眼を晦《くら》まそうとしている……」

国書を偽造したり偽使を出して交易をしようとする連中だ。有り得ない事じゃない。小兵衛も同じ想いなのだろう。反論する事無く〝確認致しまする〟と答えた。

交易しか生きる道が無いのは分かる。そのために何でもやろうとするのも理解する。だが邪魔だし交渉担当者として使うには不適当だ。あの連中は常に交易を考えながら交渉する。つまり自分の利を絡めながら国の交渉をする事になる。しかも弱い立場でだ。これではこちらの意が正確に相手に伝わらない。こんな道具は要らないし使えない。やはり領地替えが必要だ。今回の一件を利用しよう。

「それと、鍋島ですが」

「うむ」

「誅《ちゅう》されました。理由は朽木に通じたとされております。いずれ伊賀衆より報せが入りましょう」

「……そうか」

鍋島孫四郎信生《のぶなり》が死んだ。天下を獲るには知恵も勇気も有るが、大気が足りないと秀吉に評された男が死んだ。

「俺に通じたと言うがそんな事実はない。名目であろうな。誅殺の真の理由は何だ?」

「目障りになったのではないかと」

「目障りか……」

「鍋島は戦に反対し参加しておりませぬ」

「なるほどな」

龍造寺の隠居は俺が動けない事を利用して大友を攻めている。反乱を起こしたわけだ。龍造寺の隠居から見て自分に同調しない鍋島孫四郎が目障りになったという事は十分に有り得る。或いは危険だとも思ったかもしれない。ここ数年、龍造寺の隠居は鍋島孫四郎を疎んじていたと聞く。自分が相手を疎んじている以上相手も自分を疎んじているだろうと思うのは当然の事だ。俺が兵を動かした時、それに同調されたら……。

だが孫四郎にはそんな考えは無かっただろう。何度か誘ったが孫四郎は俺の誘いに乗らなかった。龍造寺を見捨てる事は出来なかったのだ。だが戦に参加しなかった事を考えれば孫四郎には龍造寺と共に滅ぶ気も無かったのだと思う。孫四郎は自分が疎まれている事を理解していた筈だ。にもかかわらず龍造寺内部に留まったのは龍造寺が俺に敗れた時に隠居の命乞い、或いは龍造寺家の存続を願い出るのが目的だったんじゃないかと思う。龍造寺に対する、隠居に対する最後の忠義をと思ったのだろう。或いは乗っ取りを企《たくら》んだかな？

憐れだな……。史実では鍋島孫四郎が殺される事は無かった。だがそれは龍造寺の隠居が島津との戦いで死んだからかもしれない。或る時までは協力者として有用でも或る時からは邪魔者になるという事は有るのだ。戦国乱世だ、主君に対して謀反《むほん》を起こした家臣は少なくない。だが最初は有能な家臣だったと評価される者も多い。謀反を起こしたのではなく謀反に追い込まれた者も居るのだろう。史実の明智光秀がそうだった。

死んだ奴の事を考えても仕方がないな。龍造寺の隠居は自らの手で龍造寺家の命綱を切った。馬鹿な奴だ、自ら滅びの道を歩もうとしている。……いや、本当に愚かなのかな？　鍋島孫四郎の想いを知っていて断ち切ったのだとしたら……。背水の陣だな。乾坤一擲、最後の大勝負を挑んできたという事だろう……。

問題はこの誅殺が龍造寺内部に如何いう影響を齎《もたら》すかだ。内部粛清は難しいのだ。龍造寺譜代の家臣達にも不安に思う人間が出るだろう。大がかりに伊賀衆に調略をさせよう。それと流言だな。不満に思っている家臣が居ると噂を流す。大村、有馬は感触は悪くないと報告が上がっている。この一件が二人の背中を押すかもしれない。


禎兆六年（一五八六年）六月中旬　　近江国蒲生郡八幡町　　八幡城　　黒野影久

「重蔵にございます」

部屋の前で声を掛けると〝うん、構わぬぞ〟と部屋の主が答えた。戸を開け部屋に入る。部屋の中では大殿が寝そべっていた。傍に寄り〝如何なされました〟と声を掛けると大殿が俺を見た。

「落ち込んでいる」

「……皆が心配しております。大殿が時折憂鬱そうになさると。龍造寺、大友の事でお悩みでございますか？」

「まさか、あの連中の事で悩む事など無い」

大殿が俺を見てから天井に視線を向けた。

「済まぬな、重蔵。本当なら起きねばならぬのだがその気になれぬ」

「某にお気遣いは無用にございます」

「重蔵も横になれ」

そう言って大殿は自分の横を軽く叩いた。

「しかし」

「遠慮するな。畏まられては落ち着かぬ」

大殿が笑いながら言った。困ったものよ……。

「では、失礼いたしまする」

大殿の傍に身体を横たえた。二人で天井を見ている。その事が妙に嬉しかった。

「如何なされました？」

「うん、……俺はとんでもない事をしたのかもしれぬ」

「とんでもない事でございますか？」

大殿が天井を見ながら〝うん〟と頷いた。

「俺はな、八千石の朽木家に生まれた。戦国乱世、周りは敵だらけだ。生き残るために銭を稼ぎ銭で兵を雇う事を考えた。石鹸、椎茸、澄み酒、綿……。関を廃し商人を呼び大いに稼いだ。そして高島六頭を潰し浅井を滅ぼした」

「はい」

「その後は敦賀を獲って蝦夷地と交易した。明の船を呼び南蛮の船も呼んだ。儲かったな、倉の底が抜けるほどに銭が溜まった。その銭を使って兵を雇い南近江、北陸を制した」

「はい」

「その後は伊勢を獲り琉球と交易を始めた。ああ、今浜に町も作ったな。俺は北と南の産物を近江に集めそこから東西へと流す仕組みを作ったわけだ。銭は朽木に集まった」

「はい」

自慢をなさっているわけではないと思った。大殿の憂鬱そうな表情は変わっていないのだ。

「重蔵、明は滅ぶぞ」

「はい、皇帝が暗君である事は某も分かっております」

「そうではない、俺が潰す事になる。まあ誰もそうは思わんだろうがな」

「……」

大殿が俺を見て笑った。

「あの国はな、銀を銭として使っている。絹、陶磁器を国の外に売ってその代価として銀を得ているのだ。つまり、あの国は銭を外から得ている。南蛮人が持ってくる銀と日本の石見、生野の銀がそれだ」

「……石見、生野の銀は……」

「そうだ、俺が得た。石見、生野の銀は朽木の大事な財産だ」

大殿がまた笑った。暗い笑みだった。

「明からは絹、陶磁器などの唐物が日本に入り日本からは椎茸、昆布、硫黄、それに南から入ってきた胡椒などの産物が明に売られている。以前は銀は日本から明に流れていたが今では逆転した。銀は明から日本に流れている。多分、ここ四、五年の事だと思う」

「そのような事が……」

大殿が頷いた。そうか、朽木が大きくなるにつれて銀は日本に流れるようになったという事か……。椎茸の量も増えた。それも影響しているに違いない。

「この流れは変わらない。銀はこれからも日本に流れるだろう。明は徐々に貧しくなる。そして明の皇帝は馬鹿だ。馬鹿は自分の墓造りに夢中で増税をした」

大殿が天井を見ながら息を吐いた。

「銀が日本に流れ続ければ明は益々貧しくなり税は重くなる。だがあの皇帝はそんな事は気にするまい。ひたすら税を搾り取り浪費するだろう。いずれ彼方此方で反乱が起きる。そして明は滅びる事になる」

「……その後はどうなりましょう？」

大殿が〝分からぬ〟と首を横に振った。

「別な国が出来るのか、それとも分裂して争い続けるのか……。どちらにしても混乱は長く続く筈だ。そしてそれを好機と見て動く者も居る」

「それは？」

「南蛮だ」

大殿が俺を見た。

「……」

「あの連中はな、明の絹と陶磁器が欲しくて堪《たま》らぬのだ。今は交易で得ているが明が混乱し滅びれば食指を動かすだろうよ」

大殿が冷笑を浮かべている。南蛮か……。

「伴天連《ばてれん》もでございますか？」

「あれはその手先のようなものだ」

「なんと……。あの者達、九州では大友に喰い込んでおりますが」

「上手く唆《そそのか》して日本の兵を使って明を攻め獲りたいとでも思っているのだろう。俺を利用したいと思っているだろうな」

「……」

「大友は潰す。伴天連達もがっかりするだろう」

大殿が〝ふふふふふふ〟と嗤った。

「平九郎と又兵衛に銀と物の流れを追わせた。二人に報告書を上げさせたのだがそこには海の外では南蛮の者達が随分と酷い事をしていると書かれていた。平九郎も又兵衛も南蛮が危険だと見ている」

「……大殿も危険だと見ておられるのですな」

「勿論だ。それなのに俺は明を危うくしている。明が滅べばとんでもない事態になるだろう。日本もその影響を受ける事になる」

大殿が落ち込んでおられる理由が分かった。大殿は自分が南蛮の野心に火を点けてしまうと思っておられるのだ。

「容易ならぬ事態になるだろう。場合によっては南蛮と争う事になる。いや、その前に明と争う事にもなるだろう」

「明と？」

「報告書に書かれていた。銀の無い明が銀の有る日本を如何思うかとな」

「なるほど」

明が銀を奪おうと戦を仕掛けてくるという事か……。大殿が低い声で笑い出した。

「馬鹿な男だとは思わぬか、重蔵。何も分からずに跳ね回って気が付けばとんでもない災厄を呼び込もうとしている。それが俺の正体だ」

「大殿は天下を統一し君臣豊楽を目指しただけでございます。それが間違っているとは思えませぬ」

「……」

「災厄が来るなら打ち払えばいいだけの事。大殿にそれが出来ぬとは思えませぬ」

「……」

大殿が起き上がった。慌てて俺も起き上がった。

「そうだな。自分で蒔いた種だ、自分で刈り取らねばな」

「……はい」

「九鬼と堀内を呼ばねばならぬ。新たな水軍を造らねば……」

「新たな水軍でございますか？」

大殿が〝そうだ〟と頷いた。

「九鬼の水軍ではない、堀内の水軍でもない。新たな日本の水軍だ。明や南蛮と戦い日本を守る水軍」

「九鬼や堀内の水軍は……」

「それを支援する事になる。新しい日本の水軍、その中核になる水軍を造る」

大殿が〝ククククク〟と笑い出した。

「銭が要るな、膨大な銭が要る。益々交易を盛んにせねば……。俺が天下を統一し新たな水軍を造るのが先か、災厄がやってくるのが先か……。重蔵、楽しくなりそうだな」

「はい」

いつもの大殿だ。

「さてと、表に行くか」

「それが宜しいかと」

大殿が立ち上がって歩く。その後に続く。これでいいのだ。自分は何処までもこの御方に付いていく。そう決めたのだから……。


禎兆六年（一五八六年）　七月上旬　　近江国蒲生郡八幡町　　八幡城　　朽木基綱

安国寺恵瓊が久し振りに出てきた。相変わらず頭が大きい。隣にいる児玉三郎右衛門の倍はあるんじゃないかと思うほどの巨頭だ。相談役の四人、評定衆の田沢《たざわ》又兵衛、殖産奉行の宮川又兵衛、そして朽木主税が同席しているが皆が恵瓊の頭を見ている。顔じゃないぞ、頭だ。一度でいいからあの頭を磨いてみたいと思うのは俺だけじゃないだろう。

「恵瓊、久しいな」

「真に御久しゅうございまする。御怪我の具合は如何でございまするか」

「この通り、もう大丈夫だ」

膝をポンポンと叩いた。痛みは全くない。六月頃から中庭をウォーキングしているし七月からは軽いジョギングに切り替えた。馬にも乗れるし鐙《あぶみ》で踏ん張る事も出来る。戦場に出ても大丈夫だろう。朽木の家臣達も不安そうな表情は見せていない。

恵瓊が児玉三郎右衛門と顔を見合わせている。そして軽く二人で頷いた。多分、恵瓊は自らの眼で俺の状態を確認したのだろう。おそらくは国元から命じられたのだ。本来なら三郎右衛門からの報告で足りる。実際三郎右衛門から報告が毛利に行っている筈だ。だが三郎右衛門は周の件で俺には恩を感じている可能性が有る。報告が真実かどうかの確認も有るのだろう。それは三郎右衛門が今後も信じられるか否かの確認でもある。

「大樹公に姫君がお生まれになったと聞きました。おめでとうございまする」

恵瓊が祝うと三郎右衛門も〝おめでとうございまする〟と声を合わせた。

「祝ってくれるか、有り難い事だ。名は桐《きり》と付けたようだ」

二人が〝桐姫様〟と言って頷いた。大樹からの報せの文には喜びが素直に記されていた。竹若丸の時は双子だったからな。喜ぶ事が出来なかったのかもしれない。

「ところで、京を通ったのであろう。如何であった？」

「彼方此方で普請が行われており活気がございました」

「随分と壊れたからな。未だに終わらんのだ。活気が有るのは嬉しいが素直には喜べん」

恵瓊が〝左様で〟と言った。

「公家の屋敷には相当に古い物も有る。本来なら建て替えるべきなのだが費《つい》えが出せぬために建て替えられぬ家も有るのだ。そういう家には援助しなければならん……」

京を押さえる以上公家達の窮状を無視は出来ない。頭が痛いわ。いかん、ぼやいてばかりもいられない。

「地震の所為で延び延びになっていた次郎右衛門と弓姫の婚儀だが九月に行う事でいいのかな？」

「はっ、毛利は異存有りませぬ」

恵瓊が答え頭を下げると三郎右衛門も頭を下げた。

「では場所は槇島城で、いいかな」

「はっ、異存有りませぬ」

まあこの辺りは俺と三郎右衛門で調整済みの部分だから問題は無い。

「毛利からは誰が出るのだ？」

「はっ、主右馬頭夫妻と駿河守夫妻、弓姫の両親、他にも親族衆が参列しましょう」

「左衛門佐殿の名が無かったが」

恵瓊の顔が悲しげだ。

「九州への抑えに残りまする」

「そうか、残念な事だな」

「その御言葉、左衛門佐に必ず伝えまする。喜びましょう」

恵瓊が嬉しそうに答えた。恵瓊は小早川《こばやかわ》左衛門佐が好きらしい。

「こちらも参列者は似たようなものだがちょっと変わったところからも出るかもしれん」

恵瓊と三郎右衛門が顔を見合わせた。

「五摂家《ごせっけ》の方々がな、出席を希望されている」

〝なんと！〟、〝真で〟と二人が声を上げた。

「事実だ。他にも朽木と縁のある方々が参列を望んでおられる。かなりの人数になろう」

二人とも目が点だ。それに比べると朽木の家臣はちょっと誇らしげだな。でもね、朽木と毛利の縁結びだよ。朽木と三好の婚儀の時は五摂家の中から近衛、一条、九条が参列した。今回式場は京、槇島城だ。如何見ても参列するだろう。そうするだけの理由も有る。

「京は地震によって大きな被害を受けた。公家の方々もな。復興には朽木の力が要る。という事でな、公家の方々は今回の婚儀に参加する事で婚儀に箔《はく》を付けようとされているのだ」

恵瓊と三郎右衛門が顔を見合わせた。

「見返りは京の復興にございますか」

「正確には自分達を忘れてくれるなという事だな、恵瓊。戦に夢中になっては困るという事だ。先程言ったであろう、公家の屋敷の中には相当に古い物も有ると」

恵瓊と三郎右衛門が納得したというように頷いた。公家ってのは自分の利用価値をよく分かっているよ。ただ屋敷の建て替えをと甘えるんじゃなくて役に立つんだから宜しくねと言ってきた。屋敷の建替えをしなければならん。もっとも町の復興が一段落してからだ。予定では九州遠征の後だな。それまでに連中に設計図を用意させておこう。

「婚儀の件だが大々的に発表しようと思っている。五摂家の方々が参列するというのは悪くない。そうであろう?」

恵瓊と三郎右衛門が〝はっ〟と畏まった。九州で騒乱が起きている今、朽木、毛利にとってこの婚儀は大きな意味を持つ。龍造寺に対しては毛利の後ろには朽木が居る、毛利領に攻め込めば朽木が黙っていないとの表明だ。そして毛利に対しては朽木が必ず毛利を守るから心配するなという表明であり裏切るなという念押しでもある。

「婚儀が終わったら九州再征の準備だ。毛利家は九州の状況を如何見ているのだ?」

俺が問うと恵瓊が軽く頭を下げた。

「龍造寺は優勢に攻めておりますが臼杵城は堅城、簡単には落ちますまい。それに筑前、豊前は失いましたが、豊後では節を曲げぬ者も居ります」

豊後は大友の本拠地だからな、流石にしぶといか。

「だが龍造寺に反撃は出来まい、防ぐので精一杯であろう」

「はっ」

「何時まで持つ?」

俺が問い掛けると恵瓊は〝さて〟と小首を傾げた。おいおい、危ないぞ、頭が落ちるぞ。

「難しゅうございますな。判断が付きかねまする」

漸く頭が戻った。

「そうか、……十月の末にこちらを出る。九州攻めは十一月からとなる。野分の時期は戦を避けたい。島津攻めでは随分と苦労したからな」

二人が頷いた。台風が来るのは十月の末までだ。十一月に台風が来る可能性は低い。それに雨も少なめだ。

九州はこちらに比べれば気温は暖かいから辛い戦にはならない筈だ。大友はもっと早くと言ってくるかもしれない。だけどね、俺は台風の時期に戦をするのは懲りたんだ。前回の九州遠征では何処かの誰かの所為で本当に酷い戦をする事になった。文句があるならそいつに言えばいいのだ。

「毛利家は九州における領地を確保してくれ」

「はっ」

「朽木の兵が要るか？　或いは武器弾薬でもよい。援助が必要なら言え。遠慮は要らんぞ」

恵瓊が要らないとは思うが戻って右馬頭に確認すると答えた。

越後からは佐渡について未だ返事は来ない。悩んでいるのだろう。この状況では佐渡攻めは早くても九州遠征後になるな。越後からの返事はそれまでに届けばよい。ゆっくりと待つとしようか。

疑惑

禎兆六年（一五八六年）　七月上旬　　近江国蒲生郡八幡町　　八幡城　　児玉元良《もとよし》

「ところで恵瓊、対馬の宗氏の事だが何か聞いているか？」

「いえ、特には」

恵瓊が答えると相国様が〃そうか〃と頷かれた。わざわざ口にされたという事は何か有る。

「何か御気にかかる事が？」

訊ねると相国様が〃ふむ〃と鼻を鳴らされた。そしてチラッと朽木の家臣達を見た。中に頷く者が居た。

「そうだな、話しておいた方がよかろうな。宗氏の家中に龍造寺に通じる者が居るらしい」

「なんと！」

「まさか！」

私が声を上げると恵瓊も声を上げた。恵瓊は心底驚いているようだ、演技ではあるまい。だが相国様は首を横に振って〃そういう報告が有った〃と仰られた。伊賀、或いは八門からの報せだろう。油断無く探っているという事か。後れを取ったな。

「しかし讃岐守様は相国様に従うと申されておりましたが……」

恵瓊が納得がいかないというように小首を傾げると相国様が微かに笑みを浮かべられた。苦笑か。

「讃岐守ではない、家中の者よ。それに讃岐守は病ではないかと思われる節が有る」

〝なんと！〟とまた恵瓊が声を漏らした。

「では家中に混乱が生じているという事ですな？」

恵瓊の問いに相国様が首を横に振った。

「分からぬ。讃岐守の病というのも推測でしかない。事実か、偽りか、どちらにしても面白からぬ事ではある」

相国様が太い息を吐かれた。病が偽り？　その場合は讃岐守自身が龍造寺に通じたという事だろう。確かに面白からぬ事よ。

「しかし何故に？　やはり朝鮮の事が原因でございましょうか？」

「多分な、他には考えられぬ」

「相国様は宗氏を邪険に扱ってはおられませぬぞ」

恵瓊の言う通りだ。相国様は宗氏を邪険には扱っていない。むしろその立場を理解しておいでだ。

だが相国様がまた苦笑を漏らされた。

「俺の天下では宗氏の将来《さき》に希望が無いと思ったのかもしれぬ」

「……龍造寺なら希望が有ると？」

疑問に思いながら私が問うと相国様が膝を叩いて御笑いになった。そして笑い終えるとすっと生真面目な御顔で私を見た。

「三郎右衛門よ、宗氏にとってはな、今のままでいいのだ。朝鮮の事に口出ししなければ誰が天下人でも気にかけまい。足利でもな。いや、天下人などという面倒な者は居なくてもいいと思っているかもしれんぞ」

「……」

相国様がクスクスと御笑いになった。

「あの連中にとって朝鮮との交易は何よりも大事な事なのだ。俺はその大事な事に口を出す困った男なのかもしれん。……邪魔よな」

シンとした。私も、恵瓊も、朽木の家臣達も何も言えずにいる。そんな中、相国様だけが笑みを浮かべて我らを見ている。ぞっとするような暗い笑みだ。宗氏に対して強い御不満が有るらしい。

邪魔というのは宗氏から見た御自身の事か、それとも宗氏の事か。

「恵瓊よ、右馬頭殿に宗氏の動きに注意するように伝えてくれ。何かおかしいと感じたら躊躇わずに報せを寄越してほしい」

「はっ、必ずや」

恵瓊が答えると〝頼むぞ〟と仰られて頷かれた。

御前を下がり屋敷に戻ると恵瓊が〝少し御話し出来ませぬか〟と言ってきた。深刻な表情をしている。何か今の会談で思う事が有るようだ。倅の六次郎元次に茶を用意させ二人だけで向き合った。

「先程の宗氏の一件、如何思われました」

「些か信じかねる思いにござる。確かに宗氏の中には相国様に反感を持つ者が居るのかもしれぬ。しかし龍造寺と組むというのは……」

有り得ぬ。首を横に振って答えると恵瓊が頷いた。

「愚僧も最初はそう思っておりました。無謀である、到底勝てぬ、そのような事を考えるなど有り得ぬと。しかし……」

言葉が途切れた。

「有り得ると御考えか？」

恵瓊がゆっくりと頷いた。

「宗氏と龍造寺だけなら無謀でござろう。勝ち目は無い。なれどそこに朝鮮が加われば如何か？」

「朝鮮？」

問い返すと恵瓊が頷いた。

「宗氏が朝鮮に服属していた事を忘れてはなりますまい」

朝鮮に服属していた事か……、まさかな……。

「宗氏が朝鮮を後ろ盾に相国様に対抗しようとしている。龍造寺と朝鮮を結び付けようとしていると？」

恵瓊が頷いた。

「途方も無いと御考えかな？」

「些か」

何時の間にか顔を寄せ合い小声になっていた。

「愚僧もそう思わぬでもない。だが……」

「恵瓊殿？」

恵瓊がじっとこちらを見た。

「相国様が朝鮮の地に野心を抱いていると訴えれば如何でござろう」

「……朝鮮がそれを信じると？」

それだけで信じるだろうか？　とてもそうは思えない。だが恵瓊は頷いた。恵瓊は朝鮮が信じる、或いは信じる可能性が有ると見ている。

「相国様は琉球を服属させようと御考えでござる。現に琉球の使者が日本に来ている。その辺りも含めて朝鮮に訴えれば如何でござろう。朝鮮も荒唐無稽《こうとうむけい》と一笑には出来ますまい、そうは思われませぬか？」

「……」

声が出ない。恵瓊がこちらをじっと見ている。搦め捕られるような気がした。

「龍造寺にとっても悪い話ではない。実現すれば相国様は朝鮮への抑えの兵を置かねばなりませぬ。その分だけ龍造寺の勝ち目は増える。その辺りを訴えれば龍造寺もその気になるやもしれませぬぞ。朝鮮、対馬と組み、北九州から南へと向かう」

可能性は有るのかもしれない。しかし本当に成ると考えているのだろうか。異国と組む？　その事を言うと恵瓊が〝御尤も〟と言った。

「喉が渇きましたな」

「真に、カラカラにござる」

「茶を頂きましょう」

恵瓊が一口茶を飲んだ。こちらも茶を口に含みゆっくりと飲んだ。互いに視線を合わせない。身体が軽くなるような気がした。飲み終わり茶碗を置くとまた見合った。身体が重くなった。

「昔の事ですがな、あの地には新羅《しらぎ》という国が有り、その新羅と九州の有力者が手を結んでその時の帝に逆らったという記録が有ります。筑紫君磐井《つくしのきみいわい》の乱、でしたかな」

「……」

「過去に一度有った事でござる。もう一度無いとは言えますまい」

確かに無いとは言えない。恵瓊が低く含み笑いを漏らした。

「分かりませぬよ、あの地で何が起き宗氏が何を考えているのかは分かりませぬ。なればこそ注意が必要でござろう」

「確かに……、讃岐守様の病でござるが……」

問い掛けると恵瓊が頷いた。

「仮病かもしれませぬな。もし仮病なら朝鮮と組むという疑いは一気に真実味を増します」

「……」

仮病か、それとも病は真実か……。

「もし、相国様が敗れ朝鮮の力が九州に及ぶのなら我ら毛利とて安閑とはしておられませぬ。我らにも必ず影響は及ぶ筈です」

その通りだ。筑前の毛利領はあっという間に失われるだろう。龍造寺が南に行けばいいが海を渡って毛利領に攻め込むという可能性もある。

「今の事、相国様には?」

問い掛けると恵瓊が首を横に振った。

「三郎右衛門殿からお伝えくだされ。愚僧は戻りまする。宗氏の事、朝鮮の事、龍造寺の事、早急に調べなければなりませぬ……」

「確かに。知らぬでは済まぬ事にござる」

「油断しました。世鬼の尻を叩かねば……」

恵瓊が坊主頭をつるりと撫でた。いつもなら可笑しく思う、だが今日は少しも笑えなかった……。


禎兆六年(一五八六年)七月上旬　近江国蒲生郡八幡町　八幡城　児玉元良

相国様に拝謁を願うと直ぐに相国様の私室に通された。どうやら御寛ぎのところだったらしい。悪い事をしたかと思っていると相国様が上機嫌で〝これへ〟と手招きして下された。ふむ、憎い御方よ。こちらの心をくすぐるわ。

「御寛ぎのところ、申し訳ありませぬ」

「いや、三郎右衛門が会いたいと願っていると聞いてな。こちらにしたのだ」

「それは、お気遣いを頂きましたようで……」

恐縮すると相国様が声を上げて御笑いになった。やはり憎い御方よ。

「失礼致しまする」

声と共に入ってきたのは娘の周だった。相国様の前、そして儂の前に麦湯と饅頭《まんじゅう》を置いて立ち去った。相国様がじっと見ている。

「浮ついたところの無いいい娘だな」

「畏れ入りまする」

一つ息を吐いて相国様が儂を見た。

「だが若い娘にしては少々落ち着き過ぎているようだ。小夜も心配している。幸せになるのを諦めているのではないかと」

「……」

胸が痛んだ。娘は未だ殿の事を慮っている。何故こんな事に……。今度は儂に溜息が出た。

「いい相手は見つからぬか？」

「未だ……」

相国様が〝そうか〟と言った。

「俺も探してみよう。その方も気になる者が居たら遠慮無く相談してほしい」

「有り難うございまする」

頭を下げた。もしかすると私室で会う事にしたのは周の事を話すためかもしれぬ。お気遣いを受けたのだと思った。

「それで、今日は何の用だ？」

「はっ、先日の事でございますが対馬の宗氏と龍造寺が組むのではないかとのお話がございました」

「うむ」

「恵瓊がそこに朝鮮が加わるのではないかと案じております。そうなれば大変な事になるだろうと……」

相国様が〃なるほど〃と頷いた。

「某はまさかと思いましたが古い昔に一度それが有ったと恵瓊が言っておりました。相国様は如何思われましょうか？」

「なるほど、筑紫君磐井の乱か。坊主というのは博覧強記だな」

相国様が苦笑いをしている。はて、博覧強記は相国様も同じであろう。古い昔に一度有ったと言っただけで筑紫君磐井の乱と言い当てた。

「三郎右衛門、饅頭を食わぬか」

「はっ」

相国様が饅頭を食べ始めた。考えを纏めようとしているのかもしれぬ。儂も饅頭を口に運んだ。うむ、なかなかに美味い。麦湯で口の中の餡《あん》を流した。相国様も麦湯を飲んでいる。相国様が顔を綻ばせた。

「いけるな」

「はい。塩味が宜しいかと」

「うむ、なかなかの物だ」

妙なものだ。天下人と饅頭を食べ麦湯を飲んでいる。しかも楽しい。困ったものよ、儂は毛利の家臣なのだが……。食べ終わると相国様が〝さて〟と言った。

「まあ然程に案ずる事はあるまいな。昔とは状況が違う」

「と仰られますと？」

昔とは状況が違うとはどういう事だろう。

「筑紫君磐井の乱が有った頃だが日本は倭と言っていた。倭国とな。そして半島は新羅、百済《くだら》、高《こう》句麗《くり》の三国に分裂し争っていた。倭国はしばしば半島に兵を出した。主に百済と結んで新羅、高句麗と戦っていたようだ。半島から見て倭国は厄介な国だったのだ。隙あらば混乱させよう。半島に兵を出させないようにしよう。新羅や高句麗がそう考えるのは当たり前の事だな」

「……それが筑紫君磐井の乱」

相国様が頷いた。

「今は違う。日本が半島に兵を出さなくなって久しい。千年は経つまいが九百年は過ぎた筈だ」

そんなにも……。驚いていると相国様が目で笑った。

「そして半島も三国が争う時代から新羅が統一し高麗《こうらい》、朝鮮へと王朝が変わった。三郎右衛門、今の朝鮮が日本を、俺を危険視すると思うか？　怖れると思うか？　日本と半島は千年近く戦をしておらぬのだぞ」

「……思いませぬ」

儂の言葉に相国様が〝そうだな〟と頷いた。

「今の朝鮮が日本を危険視する事は無い。いや、関心さえ無いだろう。そして宗氏に対する扱いも倭寇対策でしかない。となればだ、龍造寺と組んで俺と戦おうとするとは思えぬ」

「左様でございますな」

納得がいった。如何見ても有り得ない。恵瓊は千年近く戦が無かった事を認識していない。或いは軽視している。だから朝鮮、宗氏、龍造寺の三者が組むと考えたのだ。うむ、やはり相国様の方が一枚上か。

「仮にだ。宗氏の説得が上手くいって龍造寺と結んで俺と敵対しようとしたとする。この場合は時が無さ過ぎる。九州遠征までに同盟を結べるかが疑問だし結んだとしても如何協力するか、協力後の報酬を如何するか。詰めなければならない事が多過ぎる。まあ、無理だな」

「確かに」

頷いていると相国様が〝三郎右衛門〟と儂の名を呼んだ。人の悪そうな笑みを浮かべている。

「それにな、朝鮮の事だ。龍造寺に服属を求めるかもしれぬ」

「なんと！」

相国様が笑い声を上げた。

「困っているのは龍造寺だ、朝鮮ではない。となればだ。朝鮮は龍造寺が助けを求めて朝鮮に服属してきた。そんな形を望むだろうよ。そうする事で朝鮮王の威徳は一段と上がったと自画自賛するだろう。まともな同盟が結べると思うか？」

「……」

答えられなかった。相国様がまた笑った。

「宗氏は朝鮮と龍造寺の間で苦しむ事になるぞ。それこそ文書を偽造して同盟を結ぶ事になるだろう。碌《ろく》な事にはなるまいよ」

「……」

相国様が〝ククク〟と嗤った。

「まあ、念のためだ。水軍を送ろう。朝鮮の兵が海を渡ろうとしても阻止出来るようにな」

「はっ」

「次郎右衛門と弓姫の婚儀の後でその辺りも相談したい。右馬頭殿にそのように伝えてくれ」

「はっ、そのように伝えまする」

相国様が満足そうに頷いた。

「ま、楽しみだな」

「……」

楽しみというのは何の事だろう。婚儀の事か、或いは相談の事か。それとも龍造寺、宗氏、朝鮮の同盟の事か……。分からぬ御人だ。まあ簡単に分かるようでは天下など獲れぬのかもしれぬが……。

禎兆六年（一五八六年）　七月中旬　　近江国蒲生郡八幡町　　八幡城　　朽木基綱

「では御戻りになられますか？」

「はい」

目の前の老女が穏やかな笑みを浮かべて頷いた。

「越前はこれから暑くなります。御気を付け下さい、義叔母上」

「有り難うございます。相国様も御気を付け下さい」

「はい、十分に気を付けまする」

北畠の義叔母が立ち上がったので俺も立ち上がった。相手は驚いていたが見送らせてほしいと言うと嬉しそうにした。手を引いてゆっくり歩く。義叔母が何を思ったのかクスクスと笑い出した。

「如何なされました？」

「このように若い殿御に手を引いてもらうなど久方ぶりの事ですので嬉しくなったのです」

思わず苦笑が漏れた。

「それほど若くはありませぬ。もう直ぐ四十になります」

「十分に若うございます」

未だ笑っている。困った御婆《おばば》様だ。

俺を困らせて喜んでいる老女は権中納言北畠具教《とものり》の妻だった女性だ。六角定頼の娘で承禎入道の妹でもある。そして北畠右近大夫将監、北畠次郎の母親だ。名前は笛。俺とは義理とはいえ叔母、甥の関係になる。つまり北畠右近大夫将監と次郎は俺にとって義理筋の従兄弟なのだ。義叔母の夫であった北畠具教は俺が殺した。本当なら恨まれても仕方がないのだが北畠具教と義叔母の関係は冷え切っていたためそうはならなかった。

冷え切った理由は二つある。一つは息子の扱いだ。北畠具教は義叔母の産んだ右近大夫将監と次郎を疎んじた。そして側室が産んだ男児を可愛がった。嫡男である右近大夫将監を廃して側室が産んだ男児を跡継ぎにしようとしたのだ。俺が介入しなければ右近大夫将監は殺されていただろう。義叔母は俺が息子達を救ったと思っているしそれぞれを引き立てているとも思っている。

特に喜んでいるのは右近大夫将監が作った妖怪の本を俺が朝廷に献上した事、そしてその本が朝廷で喜ばれている事だ。義叔母にとっては俺は右近大夫将監の理解者であり後援者でもある。母親にとっては息子を全否定した夫などより俺の方がずっと好感を持てる存在だ。天と地ほども違うだろう。俺と義叔母の関係は円満そのものだ。

もう一つの理由は北畠具教の持っていた名門意識だった。確かに北畠家は名門だが義叔母から見れば武家なのか公家なのか分からないという変な家だった。おまけに北畠家は南朝側について活躍した家だ。室町幕府の中では必ずしも重んじられていない。義叔母には六角家の方が武家としては名門だし室町幕府でも重んじられているという意識が有った。なんと言っても管領代の娘だからな、そのあたりの意識は強い。

そんな義叔母には北畠具教の持っていた名門意識など笑止なだけだった。ついでに言えば剣の達人というのも低評価に繋がったらしい。大将が剣術に夢中になって如何するのか、一騎打ちでもするのかと馬鹿にしていたようだ。北畠具教は砂で目潰しを喰らって何も出来ずに死んだのだがその死に様も軽蔑しているようだ。北畠具教が右近大夫将監と次郎を疎んじたのは義叔母に対する反発も有ったのかもしれない。

城の玄関口には輿が置いてあった。義叔母が礼を言って輿に乗った。ゆっくりと輿が去っていく。それを見届けてから部屋に戻った。義叔母が越前から近江に出てきたのは一つは右近大夫将監の顔を見るためであったらしい。そしてもう一つは六角家の事だ。三郎右衛門が六角家を継ぐのだがその妻を如何するかで俺と最終調整を行いに来たのだ。

義叔母は出来れば六角家所縁の娘を妻に娶ってほしい。そうなれば名跡だけでなく血も繋がると考えている。だが適当な娘がいないのだ。梅戸、北畠、細川、土岐、畠山、いずれも居ない。もっとも細川と土岐は義叔母の方で嫌がったのかもしれない。六角は土岐の所為で道を誤ったと言っていたし細川は左京大夫輝頼の事を養子のくせに家を潰した愚か者と罵っていた。まあその通りなんだけどね。

結局のところ三郎右衛門の代で六角家の血を入れる事は無理だとなった。三郎右衛門の息子の代で六角家の血を入れる事で決まった。義叔母はがっかりしていたな。だが直ぐに気を取り直して〝三郎右衛門殿には六角家の当主としてそれなりの家の娘を娶ってもらわねばなりませぬ、自分が嫁を捜します〟と宣言したのは天晴《あっぱ》れだった。思わず平伏しそうになったわ。男だったらいい当主になったかもしれない。

それと三郎右衛門に与える領地の件も話し合った。六角家を継ぐ以上、三郎右衛門を近江に置くのは面白くない。その事は義叔母も渋々ではあったが認めた。近江は朽木の近江なのだ、六角の近江ではない。三郎右衛門には近江以外で領地を与える。十万石ぐらいだ。第一候補は九州、第二候補は四国だな。そのどちらかに入れる事にしよう。さてと、鼓《つづみ》でも打つか。

恵瓊が朝鮮と龍造寺が組むのではないか、宗氏が仲立ちをするのではないかと心配している。確かに過去に北九州では磐井の乱が有った。だがあの当時は日本と朝鮮半島は密接に絡んでいた。今とは違う。今の朝鮮は日本には関心が無い。秀吉の朝鮮出兵だって軽視して不意打ちを喰らったくらいだ。それになんと言っても小中華の意識に凝り固まった国だからな。龍造寺と対等の同盟を組むような事は無いだろう。まあ服属なら受け入れるかもしれんがそれでは龍造寺の隠居が納得するまい。間に立つ宗氏が調整に苦労するだけだ。時間を浪費するだけで終わるだろう。九州遠征までに間に合わない。それにあの国には外に踏み込んで戦をするほどの軍事力も無い。たとえ同盟を結んでも形だけのものになる。まあ念のために水軍の配備は忘れずにおこう。それと情報収集だな。毛利にも働いてもらわなければ……。

禎兆六年(一五八六年) 七月中旬　周防国吉敷郡上宇野令村　高嶺城　小早川隆景《たかかげ》

「ふむ、それで三郎右衛門はなんと書いて寄越したのだ」

兄が興味津々といった表情で問い掛けてきた。

「例の朝鮮の件です。三郎右衛門の文によれば相国様はその可能性は小さいだろうと考えているようですな」

　文を取り出して〝お読みになりますか？〟と訊くと兄は首を横に振った。私から話を聞きたいという事らしい。

「朝鮮が日本に関心を持っているとも思えない。関心の無い相手と組むとも思えないと」

「なるほど、まして相手が龍造寺ともなれば……」

　兄がまた〝ふむ〟と鼻を鳴らした。兄の言う通りだ、龍造寺は日本の一地方を治める大名でしかない。朝鮮が龍造寺を何処まで知っているか。よく分からぬ相手と簡単には組めまい。

「それに同盟を結ぶにしても時が無さ過ぎると。九州遠征までに同盟が結べるか、結んだとしても如何協力するか、協力後の報酬を如何するか、決めるのは難しかろうと」

「確かにそうだな。となると朝鮮の一件は坊主の先走りか」

　兄が顔を顰めた。恵瓊を認めてはいるが好意は持っていない。本人が目の前に居れば叱責が飛んだであろう。その恵瓊は九州の四郎の許に行っている。今頃は宗氏と龍造寺の動きから目を離すなと注意している筈だ。

「兄上、相国様は念のために水軍を送るそうです。朝鮮が兵を送るとなれば海を渡ってです。それを阻止しようとの事でしょう。それと婚儀の後で相談したいと申されたとか。心の備えが必要だと三郎右衛門の文には書かれてありました」

　〝油断はせぬか〟と兄が小さく舌打ちをした。面白くないのだろうな。相国様の油断が見えれば顔を綻ばせたに違いない。

「しかしな、左衛門佐。水軍を送るとなると……」

「はい、根拠地が要ります。九州、朝鮮、対馬に睨みを利かせるとなると……」

「対馬かな？」

兄が首を傾げた。

「離反が間違いなければそれも有りましょう。一気に宗氏を攻め潰す。朝鮮、龍造寺に対して同盟は無意味だと教える事になります。龍造寺の士気を挫《くじ》きましょう。そうでなければ……」

兄が顔を顰めた。

「毛利領か」

「そうなりましょうな。九州、対馬、朝鮮を横から睨む形になります。その辺りを婚儀の後で話す事になると思います」

「やれやれ、婚儀の後で軍議か」

兄が呆れたように言う。

「已むを得ますまい。この婚儀は朽木と毛利の絆を強めるために結ぶもの。それが試されるのは戦《いくさ》場《ば》の筈です」

兄が〝そうだな〟と言って頷いた。

外伝XXVII

鬼神

[きしん]

あふみのうみ

みなもがゆれるとき

杉木基綱

くつきもとつな

禎兆五年（一五八五年）　七月上旬　　近江国蒲生郡八幡町　　八幡城　　朽木小夜

「いいかな？」

声のした方に視線を向けると父平井加賀守が部屋の入口に立っていた。

「まあ、父上。如何なされたのです？　お仕事は？」

問い掛けると父が嬉しそうに顔を綻ばせた。

「一段落した。大殿は今自室で文を書いておられる。半刻ほどは掛かるだろう。という事でな、自由にするようにと言われておる」

「左様でございますか。さ、どうぞ、こちらへ」

父が笑顔で部屋の中に入ってきた。困った事、どうしても顔が綻んでしまう。今頃大殿はウンウン唸りながら苦手な文を書いているだろう。その事を言うと父と周が笑い声を上げた。私も笑ってしまった。

「今日は暑いな」

座るなり父が息を吐いた。

「左様でございますね。昨夜は雨が降りました。その所為でしょう、少し蒸します。麦湯は如何でございますか」

「うむ、頼む」

周に視線を向けると周が頷いて麦湯の用意に取り掛かった。

「そなたの分も用意するのですよ」

「はい」

周が手早く父に、私に麦湯の入った茶碗を差し出す。そして自分の前にも麦湯の入った茶碗を置いた。父が一口麦湯を飲んで顔を綻ばせた。

「甘露、甘露」

「それは宜しゅうございました」

私が笑うと周も口元を袂で押さえた。父も声を上げて笑った。

「御機嫌でございますね。何かいい事でも？」

問い掛けると父が少し困ったような表情を見せた。

「いい事というより昔を思い出したのだ。懐かしい思い出であった」

「左様で」

「もっとも懐かしいと思えるのも歳月が過ぎたからかもしれぬ。あの当時はただただ苦い思い出でしかなかった。そう思うと歳を取るのも悪くない」

「……」

父は穏やかな表情をしている。苦い思い、でも今は懐かしい……。思い出したのは六角家の事かもしれないと思った。

「ところで、大殿が北野社に土地の返還を命じたのは知っているな。朝堂院の再建のためだが」

「はい。元々は朝堂院が在った場所。北野社が不当に占有していたと聞いております。大殿の命に従い返還したと聞きましたが？」

私が問い掛けると父が頷いた。思い出に関係あるのだろうか？

「渋々の」

「まあ」

渋々？　意外な答えに驚くと父が声を上げて笑った。

「今まで返還しろなどと言われた事は無かったのだ。なんと言っても北野社には天神様の祟りが有る。朝廷も強くは言えなかった」

「……」

「大殿が返還を命じた時、北野社はだいぶ慌てたようだ。公卿方の間を回って撤回するように大殿を説得してほしいと頼んだと聞く」

そんな事が？　周も目を点にしている。でも……。

「大殿の許にはどなた様からもそのような依頼は来なかった筈ですが……」

「それはそうだ。公卿方は皆断ったらしいからな」

「まあ」

声を上げると父が笑い声を上げた。そして真顔になった。

「公卿方にとっては天神様の祟りも怖いが大殿の怒りも怖いという事よ。大殿は寺社には容赦せぬからの」

「そういう事ですか」

漸く腑に落ちた。公家達は北野社と大殿の間で動かなかった、いや動けなかったのだろう。父が麦湯を一口飲んだ。

「朝廷への奉仕も手厚いからの。大殿を怒らせるような事は避けたいと思っているのだろう」

「よく分かります。昔の事ですが大殿が比叡山を焼き討ちした時も朝廷は大殿を非難しませんでした」

父が〝比叡山か〟と呟いた。

「まあ」

「不思議じゃ、大殿と比叡山の焼き討ちの事を話したばかりであった」

「懐かしい思い出というのもその事での」

「……」

驚いていると父がまた〝不思議じゃ〟と言って笑った。

「大殿が叡山を焼いた時、そなたは如何思った？」

「如何とは？」

父が私を見た。

「大殿が怖くはなかったか？」

「いいえ」

迷う事無く答えると父が〝そうか〟と頷いた。その傍で周が目を丸くしていた。予想外の答えだったのだろう。

「不思議でございますか？」

問い掛けると父が頷いた。

「私も弥太郎もそれを聞いた時は信じられなかった。何度も自分に出来るかと問い掛け首を横に振ったものだ。命じられても出来ぬし命じる事も出来まい。大殿の心の強さにただただ驚くしかなかった。人の心ではない、鬼神の心だと思った事を覚えている」

父が首を横に振っている。鬼神の心。そうではないと思った。必死だったのだ。生き残るために必死だった。躊躇えば滅ぶ。そう思っていたに過ぎない。

「そして六角は完全に差を付けられた、上に行かれたと思った。徐々に国人衆から見放されるだろうとも思ったな。隣にあれほどまでに強い大名が居ては……。滅ぶという事を実感した日でもあった……」

父にとっては辛い思いをした日なのだと思った。

「……あの当時、朽木は小さい存在でした。北近江で四郡、越前で一郡、合わせても三十万石ほどでしかなかった。動かせる兵力は一万を漸く越える程度です。そして周囲を三好、一向一揆、一色、六角と朽木よりも大きい勢力に囲まれていました。そのいずれもが朽木を敵視していた……」

私の言葉に父が〝そうじゃの〟と頷いた。

「北の一向一揆が三万に近い大軍で敦賀に迫ってきました。それに呼応する形で堅田も不審な動きをしていた。大殿は苦しんでいたと思います。堅田の後ろには叡山が居ますから場合によっては叡山とも敵対関係になる。覚悟したのでしょうね。たとえ叡山と敵対する事になっても退く気は無いと……」

「……」

「そして何が有っても驚かぬ覚悟をしてくれと私に言ったのです。たとえ自分が死んでもと……」

「そうか」

父が沈痛な表情で頷いた。あの時の事は今でも覚えている。私は口を開く事も頷く事も震える事も出来なかった。多分、受け入れる事が出来なかったのだろう。そんな私を大殿は如何思ったか……。さぞかし頼りないと不安に思っただろう。

「私は最初の結婚では幸せにはなれませんでした。二度目の結婚で大殿と出会って漸く幸せになれたのです。それだけに大殿を失う事に怯えていました。子供も居ませんでしたから大殿との繋がりが何も無かったのです。唯々ご無事で戻ってとそれだけを祈っていたと思います」

父が、周が、痛ましそうに私を見ている。

「ですから大殿がご無事で戻られた時は本当に嬉しかった。叡山を焼いた事も気になりませんでした。以前、大殿は食わなければ食われる。食う事を躊躇ってはならない、食う事で生き残れるのだと仰っていました。それも有ったのだと思います」

父が頷いた。

「なるほど。食う事を躊躇ってはならないか……。その通りじゃの」

そう、躊躇ってはならない。もし躊躇っていれば、叡山を焼き討ちしなければ朽木が天下を獲る事は無かっただろう。それどころか、生き残る事さえ出来なかったに違いない。今は乱世なのだ。

禎兆五年（一五八五年）　七月上旬　　近江国蒲生郡八幡町　　八幡城　　朽木綾

「まあ、そのような事が？」

驚いて問うと兄准大臣飛鳥井雅春が〝うむ〟と頷いた。

「信じられませぬ。息子からは特に問題も無く北野社は土地の返還に同意したと聞いておりました。そこに住んでいた者達も銭を貰う事で納得したと」

兄が首を横に振った。

「表向きはそう見えたかもしれぬ」

「違うのですか？」

問い掛けると兄が〝うむ〟と頷いた。

「北野天満宮の祠官、松梅院禅昌という者が公家達の間を陳情のために回ったようでおじゃるの」

「土地の返還を止めてほしいとですか？」

「そうじゃ。相国を説得してほしいとな」

「……それで？」

また兄が首を横に振った。

「誰も引き受けなかったようでおじゃるの」

「まあ、……兄上のところには……」

「ハハハハハ、当然来た。麿は相国の伯父だからの。一番最初に来たようじゃ。熱心に頼まれたが麿も断った」

公家達は、兄は北野社よりも息子を怖れたという事だろうか？　その事を問うと兄が少し困ったような表情を浮かべた。

「まあそれが無いとは言わぬよ。しかしのう、朝堂院の再建はこちらから頼んだものじゃ。太閤殿下、関白殿下も今更止めてくれとは言えぬ。そうでおじゃろう？」

「それは……」

太閤殿下、関白殿下も断ったのだと分かった。朝廷の実力者である二人が断った以上、他の公家達が引き受ける事は有り得ない。

「それにの、相国は北野社にも怯まぬ。その事に皆が驚いている。いや、納得している。そんなところかもしれぬ」

「兄上もでございますか？」

問い掛けると兄が頷いた。

「麿は禅昌に相国を止めたければ近江に行って直接相国に掛け合えと言ったのだがな。いや、麿だけではおじゃらぬ。多くの公家がそれを言った筈じゃ。だが禅昌は相国に止めてくれとは言えぬようでおじゃるの」

「まあ、何故でございましょう？」

私が問うと兄が私をジッと見た。そして嗤った。

「怖いのよ」

「……」

「分からぬかな？　直接掛け合って止めてくれと頼む。相国が止めてくれればいい。だが止めぬと言ったら如何する？」

「それは……」

顔が強張るのが分かった。兄がまた嗤った。

「分かったようでおじゃるの」

「……はい」

声が小さくなっていた。

「禅昌は菅公の祟りが有ると相国を脅さざるを得ぬ。脅さねば菅公の祟りは相国には通じぬと禅昌自ら認めた事になろう」

「はい」

「だが脅せるかな？　相国を」

首を横に振った。息子を脅すなど出来る事ではない。そのような事をすれば息子を怒らせるだけだろう。それが一体何を引き起こすか……。兄が頷いた。

「そういう事じゃ。あの男、麿を菅公の祟りが有ると脅した。だから直接掛け合えと言ってやったわ。相国を脅してみよとな」

兄が〝ふふふふふふ〟と笑った。

「今のそなたと同じように顔を強張らせていたの。真っ青になっていた」

「どうなるか、想像したのですね」

兄が頷いた。

「焼き討ち、根切りじゃの」

「……」

「叡山は焼き討ちされ未だ再建を許されず本願寺は消滅した。今では邪宗の教えと忌諱《きい》されておる。それを想えば簡単に相国を脅す事など出来ぬ」

「はい」

私が頷くと兄も頷いた。息子は寺社の件では一切妥協しない。一度叡山の再建の件で願い出た者に口添えしたがにべもなく断られた。あの時、息子は感情の消えた冷たい表情をしていた。私は何も言えなかった……。

「強いのう。鬼神も避けるという言葉が有るが、正に相国のために有るような言葉よ」

「……」

「北野社が大人しく引き下がった事で相国の権威は一層高まった。朝廷では相国はまた一つ天下人の重みを身に纏ったと皆が言うておじゃる。皆が改めて相国の強さを知ったのじゃ。これほどまでに強い天下人は初めてでおじゃろうとな」

兄が感嘆の言葉を発した。そして私を見て笑った。

「不安かな？」

「……」

「そなたはいつも相国の事になると不安そうな表情をする」

「それは……。強過ぎる事が不安なのです。まるで人ではないような……」

兄が頷いた。もう笑ってはいない。

「人として見るから不安なのであろう。天下人として見れば違う」

「……天下人、ですか」

兄が頷いた。

「天下人は天下に一人、常人では務まらぬ。そう思えばおかしな事ではない」

そうなのかもしれない。でも自分の息子がその天下人になる。素直に喜べない。私と同じ立場になった母親も同じような想いをしたのだろうか……。

外伝XXVIII

名家の重み

[めいけのおもみ]

あふみのうみ

みなもがゆれるとき

朽木基綱

禎兆五年(一五八五年)　七月上旬　近江国蒲生郡八幡町　八幡城　朽木小夜

父が麦湯を一口飲んだ。そして〝ホウッ〟と息を吐いた。

「三郎右衛門様が六角家を継ぐか……。いい事よ。亡き御屋形様、管領代様もさぞかしお喜びになろう」

〝左様でございますね〟と私が答えると父平井加賀守がウンウンと二度頷いた。

「それにしても不思議な事じゃ。そなたの子が六角家を継ぐとは……」

「それは北畠の義叔母上の頼みですから無下には出来ませぬ」

私が答えると父が〝いや、そういう意味ではないのだ〟と笑いながら言った。何やら他の意味が有るらしい。

「観音寺崩れの時だが六角家は外から養子を迎える事になった。その時、そなたが私の娘ではなく御屋形様の実の娘であったらと何度か思った」

「まあ、……それは大殿を六角家の当主に、そういう事でございますか?」

思いがけない言葉だ。問い返すと父が頷いた。

「なんと言っても大殿は武勇の大将で政にも熱心だった。仕える立場から見れば理想の主君と言ってよかろう」

そうかもしれない。浅井の旧臣達も不満を漏らす事なく大殿に仕えていた。

「そう思ったのは私だけではなかった。そなたが御屋形様の娘ならと一度ならず周囲から言われた事が有る。まあ大きな声ではなかったがな。そなたは考えた事は無かったか?」

父が私の顔を覗き込んだ。〝いいえ〟と答えた。

「そのような事は考えた事が有りませんでした。多分、大殿も同じだと思います。一度も話題になりませんでしたから……」

「そうか……」

「大殿には兄弟が居ませんでしたし他の家を継ぐという考えはなかなか……」

私が首を横に振ると父が〝かもしれぬの〟と言った。そして〝ふふふ〟と笑った。

「そなたも大殿も意外に淡白だな。近江を統一するいい機会であったのに」

「ホホホホホホ、大殿は天下人でございますよ。淡白では天下は獲れますまい」

「ハハハハハ、一本取られたの」

二人で声を合わせて笑った。一頻り笑うと父が遣る瀬無さそうな表情を見せた。

「左京大夫様を当主に迎えてからもその声は無くならなかった。むしろ増えた。左京大夫様への失望は大きかったからな」

「幕臣達の言いなりだったと聞きました」

父が苦い表情で頷いた。

「あの方が重視したのは幕府の意向だった。内を纏めなければならない時に三好と戦う事を望み大殿が自分に従わないと敵視した。我ら重臣達の意見は悉く《ことごと》無視された。そして蒲生下野守殿は隠居へと追い込まれた。私も疎まれた。そなたが大殿に嫁いでいるから当然ではあった。だが……」

「だが?」

私が続きを促すと父が私を見た。

「或いは左京大夫様もその声を聞いたのかもしれぬ。そなたが御屋形様の実の娘であったらと」

「……」

「だとすれば左京大夫様が疎まれたのは私や大殿だけではない。そなたも疎まれたのかもしれぬのう」

思いがけない言葉だった。私が疎まれていた……。そんな事が有ったのだろうか……。

「意外かな?」

「はい」

頷くと父も頷いた。

「そうだな。逆恨みと言ってよかろう。しかし人の世とはそういう理不尽なもので動く事が少なからず有る。そして大体において碌な事にはならぬ。右衛門督様の大殿への敵意、嫉妬もそうであった。その理不尽なものが六角家を没落させた……」

父が遣る瀬無さそうな表情で首を横に振っている。観音寺崩れと呼ばれた騒動は右衛門督様の大殿への嫉妬が原因だった。

「……大殿に訊いた事が有ります」

「何をかな?」

「右衛門督様を邪魔だと思った事は無いかと。右衛門督様が亡くなられた時の事だったと覚えています」

父が〝そうか〟と言ってじっと私を見た。

「それで大殿はなんと」

「邪魔だったがそれ以上に馬鹿だと思ったそうです。いずれは自滅する。自分が手を下すまでもないと思ったと仰っておられました」

「そうか……」

その通りになった。そして右衛門督様を毒殺した左京大夫様も周囲から見離されて没落した……。その事を言うと父が沈痛な表情で頷いた。

「六角家と朽木家の関係を円滑ならしめる事が私の役目だと思っていた。しかし左京大夫様への失望を感じる度にそなたが御屋形様の娘であったらと思った。結局私は六角家を去り朽木家に付いた」

「已むを得ぬ事にございます。そうでなければ平井の家は潰されていたでしょう」

私の言葉に父が〝そうだな〟と言った。

「已むを得ぬ事だな。あの時、六角家は滅ぶだろうと思った。大殿に滅ぼされるだろうと。寂しかったな。実際に滅んだ時よりも寂しさを感じた」

父の顔は寂しげだった。今でも寂しいのだろう。〝已むを得ぬ事だな〟と言った口調には自分を納得させようとしているような響きがあった。父にとって御屋形様に仕え、管領代様に仕えた事は誇りだったのだろう。その誇りを捨てざるを得なかった……。辛い決断だったに違いない。

「だが今そなたの子が六角家を継ぐ。紆余曲折はあったが六角家は再興されそなたの子が継ぐのじゃ。不思議としか言いようがない」

「そうですね。大殿に言われました。俺の子であるよりもそなたの子の方がいいだろうと。不思議な気がします」

私が六角家の養女になったのはあくまで六角家の利益のためだった。浅井に嫁ぎ、そして朽木に嫁いだ。当時の朽木は十万石ほどの小身の大名、だが六角家に服属する事を拒否していた。私は六角家と朽木家を結びつけるために嫁ぐ事になった。でも今では私が六角家の養女であった事が、息子が六角家を継ぐ名分になっている……。

「父上、大殿は三郎右衛門を鍛えると仰っていました。その後に六角家の名跡を取らせ九州に送ると仰ったのです」

父が頷いた。

「近江には置けぬか」

「はい。六角の名にはそれだけの重みが有るとお考えのようです。六角家が再興されるまで今少し時が掛かりましょう。元気でいてくださいね」

「そうじゃの、まだまだ死ねぬのう」

父が相好を崩して喜んでいる。その時が早く来ればいいと思った。


禎兆五年（一五八五年）七月上旬　　近江国蒲生郡八幡町　　八幡城　　朽木滋綱

「休夢、その方はこの本を読めば応仁《おうにん》・文明《ぶんめい》の乱の事が分かると言ったが俺には少しも分からんぞ。

なんでこんな酷い事になるのだ？　滅茶苦茶だな」

問い掛けると傅役の黒田休夢、千種三郎左衛門が顔を綻ばせた。

「さあ、某にも分かりませぬ。しかし滅茶苦茶になったので乱が続いたのではございませぬか？」

「休夢殿に同意致します。十年も乱が続くなど尋常な事ではございませぬ。余程に混乱したのでしょう」

ふむ、それで答えになるのか？　何やら誤魔化されているような気もするが……。戦国乱世を引き起こした応仁・文明の乱の事を知りたいと思った。休夢は応仁記《おうにんき》という本をくれたが……。本の最初を捲《めく》った。


応仁丁亥《おうにんていがい》ノ《の》歳《とし》天下大ニ動乱シ、ソレヨリ永ク五畿七道悉ク乱ル。其起ヲ尋ルニ尊氏《たかうじ》将軍ノ七代目ノ将軍義政《よしまさ》公ノ天下ノ成敗ヲ有道ノ管領ニ不任、タダ御台所或ハ香樹院《きょうじゅいん》或ハ春日局《かすがのつぼね》ナド云、理非ヲモ不弁、公事政道ヲモ知リ給ハザル青女房、比丘尼《びくに》達計ヒトシテ酒宴淫楽ノ紛レニ申沙汰セラレ、亦伊勢守定親《いせのかみさだちか》ヤ鹿苑院《ろくおんいん》ノ《の》蔭涼軒《いんりょうけん》ナンドト評定セラレケレバ、今迄贔負《ひいき》ニ募テ論人ニ申与ベキ所領ヲモ、又賄賂ニ耽ル訴人ニ理ヲ付ケ、又奉行所ヨリ本主安堵ヲ給レバ、御台所ヨリ恩賞ニ被行。

要するに七代将軍義政公が道理を知る管領に天下の政をまかせず、御台所や側室、乳母、伊勢守や鹿苑院の蔭涼軒などと評定をした事だったと言っている。そのために訴訟の沙汰や恩賞が滅茶苦茶になったと。それは分かる。しかしだ、何故そんな事が出来るのだ？　俺にはその辺りがよく分からぬ。そのような事をすれば皆が不満を持つとは思わなかったのだろうか……。

「三郎右衛門殿、入りますよ」

声と共に母上が部屋に入ってきた。慌てて下座に控えて母上を迎えた。母上は腰を下ろすとジッと俺の顔を見た。またこれだ。余程に俺は父上の若い頃に似ているらしい。

「いらせられませ、御用でしょうか？」

問い掛けると母上が顔を綻ばせた。

「今、平井の父と話をしていたのです」

「御祖父様と？」

「ええ、そなたが六角家を継ぐ事を喜んでいました」

「そうですか」

六角家を継ぐ。俺が生まれた時にはもう六角家は父に滅ぼされていた。二十年ほど前の事になるだろう。だがかつては南近江に在り近隣に武威を誇ったと聞いている。母上の実家の平井家も六角家に従属していた。

「そなたは如何です。六角家を継ぐ事に不満は有りませぬか？　朽木の姓を名乗れなくなるのですが」

母上が心配そうな表情をしている。

「いいえ、不満は有りませぬ。六角家は近江源氏の名流、南近江の者達は六角家が再興される事を喜んでいると聞きました。それに母上は六角家の養女として父上の許に嫁いだ。そのような家を継ぐのです。名誉な事と思っております」

「それを聞いて安心しました」

母上が顔を綻ばせた。

「六角家は観音寺崩れで直系の血が途絶えました。外から血の繋がった方を当主として迎えたのですがその方は必ずしもいい主君ではなかった。その事で南近江の国人達は失望し六角家を見限り朽木家に付いた。生き残るためには已むを得ない事でしたが辛い決断だったと思います」

「……」

「そなたは南近江を領するわけではありません。でも南近江の多くの者が六角家を継いだそなたを見ている事を忘れてはなりませぬ。いいですね」

「はい、期待に応えられるように努めます」

母上が満足そうに頷いた。そして袂で口を押さえながらクスクスと笑い出した。

「そなたは本当に大殿のお若い頃にそっくり」

また始まった。休夢と三郎左衛門が笑うのを堪えている。

「南近江の国人達も喜ぶでしょうね」

「……」

母上が〝ウフフ〟と笑った。

「直系の血が途絶えた時、私が養女ではなく実の娘であったらという声が六角家中には有ったそうです。そうであれば大殿を六角家に迎えられる。そう思ったのでしょう」

「そんな事が……、南近江の者達の中には六角の遺徳を偲ぶ者も居ると聞きましたがそんな事が有ったのですか」

「ええ、私も先程父からその事を聞きました。父もそう思ったそうです。私が実の娘であればと。そなたが六角家を継げば皆が時が戻ったようなと思うでしょうね。その時が楽しみです」

母上がまた〝ウフフ〟と笑った。もしかすると母上が一番喜ぶのかもしれないな。困ったものだ……。

コミカライズ出張版
おまけ漫画
～コミックス6巻収録SS『臭《にお》い』より～
永禄七年 二月中旬
近江国伊香郡塩津浜
浄光寺《じょうこうじ》
その格好で行くのですか？
着替えられてはどうです
芦田《あしだ》四郎左衛門《しろうざえもん》信守《のぶもり》
真田《さなだ》弾正忠《だんじょうちゅう》幸隆《ゆきたか》
室賀《むろが》甚七郎《じんしちろう》満正《みつまさ》
ボロッ
※その格好
恭殿の言う通りです
殿！
着替えてはどうですか？
あまりにひどくては…
侮《あなど》りを受けるやもしれませぬぞ
室賀 貞《さだ》
真田 恭《きょう》
芦田 文《ふみ》

どうかの？
うむ…まあ…
そうじゃのう
どん!!
いや!!
やはりこのままで行こう！
ここに来てすぐに仕官を望んだということを日置《ひおき》殿に伝えたい!!!
おおおっ
そうじゃの！
イエーィ！
うむ！その通りよ！案ずるな恭！
じゃっ!!
弥五郎様に会う時は盛装していけばよい！
よ…よろしかったのでしょうか…？
行ってしまった…

殿方というのは
身なりに気を
遣いませぬから…
多少…
臭いました
それが心配です
多少とは
言ったけれど
相当に臭う
思いきって
臭うと
言うべきだったの
だろうか
ですが 仕官は
早く決まったほうが
いいのは事実です
夫たちはそれを
考えたのかも
しれませぬ

こうしていても仕方が有りませぬ
荷を解きましょうか
そうですね
そうしましょう
夫たちは小半刻も経たないうちに上機嫌で戻ってきた
遅くとも五日ほどで反応があると
半月ほど先には仕官も決まるかもと話していると
初老の武士がぬっと姿を現した
ぬっ
日置五郎衛門《ごろうえもん》
先ほどはどうも
主 弥五郎基綱に御貴殿方のことを話したところ
すぐに会うとのことにござる
なんと！
では すぐに支度を
いや
しばらくお待ちいただきたい

そのままで構わぬとの仰せでござる
はっ?
このまま?
この汚れた格好で!?
我が主はせっかちでしてな
とにかく早く連れて来いとの御命令
某《それがし》が案内致す
しかし…
さ 参りますぞ
塩津

バタ
やむを得ん
行ってくる
後を頼むぞ！
バタ
…あの格好でよろしかったのでしょうか…
困った
私にも答えられない
仕官はどうなるのだろう？
…弥五郎様の元まで臭いが届かなければいいのだけれど………

あとがき

明けましておめでとうございます、イスラーフィールです。

この度、「淡海乃海 水面が揺れる時 ～三英傑に嫌われた不運な男、朽木基綱の逆襲～十四」を御手にとって頂き有難うございます。


西暦２０２２年が終わり２０２３年に突入しました。気が付けば自分は今年還暦を迎える事になりました。光陰矢の如しと言いますが本当にそうですね。あっという間です。何時の間に？と首を傾げたくなります。しかし月日は確かに流れているんですね。昨年、『淡海乃海 水面が揺れる時』はシリーズ累計が１００万部を突破しました。最初の一巻を出したのが２０１７年11月でしたから5年で１００万部を突破した事になります。凄いですね、素直に驚いています。

最初に本を出版した時は売れるとはあまり思っていませんでした。取り敢えず一冊本を世の中に出した。それで十分じゃないか。そんな事を思っていました。小説を書くのはあくまで趣味でしたからね。印税で稼ぐという意識は希薄だったんです。それだけに最初の一巻の重版が決まった時は驚きました。嬉しさよりも驚きの方が大きかったと思います。え？ 売れているの？ そんな感じでした。

あれから5年が経ち『淡海乃海 水面が揺れる時』は大きく育ちました。コミカライズ化され舞台にもなりドラマＣＤも出しています。そして異伝も書籍化されました。最初は小さな若芽だったのが今では立派な木に育っている。そんな感じがします。沢山の方に助けられてここまで来ました。その事に感謝しています。そして読者の方々に心からお礼を申し上げます。有り難うございました。そしてこれからもよろしくお願いします。

さて、第十四巻ですが西日本から中部にかけては大友、龍造寺だけが朽木の天下に不満を持っていますが積極的に敵対しようとはしていません。東日本も息子の堅綱が関東に攻め入り特に大きな不安要素もなく順調に国内の天下統一が進んでいます。基綱もようやく一安心なのですが問題は海の外からやってきます。日本は戦国時代ですが世界史でみればこの時代は大航海時代なのです。ヨーロッパがアジア、アフリカ、アメリカに進出した時代です。武力による征服も有れば経済による侵食もある。弱肉強食、極めて危険な時代なのです。そして日本も否応なくそれに巻き込まれていく。これからどうなるのか、想像して楽しんで頂きたいと思います。

イラストを担当して下さったのは今回も碧風羽様です。素敵なイラスト、本当に有難うございました。出張漫画を描いて下さったもとむらえり先生、有難うございます。そしてＴＯブックスの皆様、色々と御配慮有難うございました。皆様の御協力のおかげで無事に第十四巻を世に送り出す事が出来ました。心から御礼を申し上げます。

最後にこの本を手に取って読んで下さった方に心から感謝を。次は異伝の第四巻になると思います。そちらでまたお会い出来る事を楽しみにしています。

二〇二三年一月　イスラーフィール

京に迫る戦乱を
[著]イスラーフィール
[絵]碧風羽《みどりふう》
最新第四巻
2023年夏発売予定!

回避せよ!
六角・畠山陣営と三好は
一触即発の事態へ!
京を戦乱から
守り抜けるのか!?
異伝 淡海乃海
羽林、乱世を翔る
いてん あふみのうみ
うりん、らんせをかける

漫画配信サイト
CORONA EX
コロナEX
TObooks
OPEN!!
詳しくはこちら!
https://to-corona-ex.com/

TOブックス
コミカライズ
連載最新話が
読める!
パイスリー様!!
月額400円(税込)で
全作品が読み放題!

淡海乃海《あふみのうみ》　水面が揺れる時
～三英傑に嫌われた不運な男、朽木基綱の逆襲～十四

2023年3月1日　第1刷発行

著　者　イスラーフィール

発行者　本田武市

発行所　TOブックス
〒150-0002
東京都渋谷区渋谷三丁目1番1号　PMO渋谷Ⅱ　11階
TEL 0120-933-772（営業フリーダイヤル）
FAX 050-3156-0508

印刷・製本　中央精版印刷株式会社

ISBN978-4-86699-774-2